Fritjof Karnani

TAKEOVER

Fritjof Karnani

TAKEOVER

Thriller

KRIMI IM GMEINER-VERLAG

Bibliografische Information
der Deutschen Bibliothek
Die Deutsche Bibliothek verzeichnet diese
Publikation in der Deutschen Nationalbibliografie;
detaillierte bibliografische Daten sind im Internet
über http://dnb.ddb.de abrufbar.

Besuchen Sie uns im Internet:
www.gmeiner-verlag.de

Im Ehnried 5, 88605 Meßkirch
Telefon 07575/2095-0
info@gmeiner-verlag.de

1. Auflage 2006

Lektorat: Claudia Senghaas, Kirchardt
Umschlaggestaltung: U.O.R.G. Lutz Eberle, Stuttgart
unter Verwendung von Fotos von
pixelquelle.de und photocase.de
Gesetzt aus der 9,6/13 Punkt GV Garamond
Druck: Fuldaer Verlagsanstalt, Fulda
Printed in Germany
ISBN 13: 978- 3-89977-663-8
ISBN 10: 3-89977-663-1

Für Filomena

* *5. September 2005*

Wichtige Personen

Bei GermanNet

Winfried Bohl	*Chef des Operation Center (OC)*
Doris Jensen	*Mitarbeiterin Operation Center*
Rolf Keller	*Chief Finance Officer (CFO)*
Angela Müller	*Referentin für Öffentlichkeitsarbeit*
Ferry Ranco	*Gründer und Chief Executive Officer (CEO) von GermanNet*
Diana Schischkowski	*Chefcontrollerin und ehemalige »Miss Berlin«*

Bei X-Secure

Stefan Dürrer	*Geschäftsführer*
Michael Kunze	*System-Administrator*

In Cambridge

Leo Baldure	*Professor für Netzwerktechnik an der Universität Cambridge*
Marc Barrings	*Supermarktbesitzer*
Isabel Hamel	*Freundin von Judith Knowles aus Studententagen*
Judith Knowles	*Publizistin und Netzwerkingenieurin, Doktorandin an der Universität Cambridge*

In Berlin

Thomas Baumann	*Leiter des Wahlkampfbüros von Karl Heise*
Felix Bonhoff	*Kandidat für die Wahl zum Regierenden Bürgermeister von Berlin*
Karl Heise	*Kandidat für die Wahl zum Regierenden Bürgermeister von Berlin*

An anderen Schauplätzen

Maximilian	*arbeitet für das Syndikat*
Michaela	*Enthüllungsjournalistin aus Vancouver*
Frank Ossowski	*Programmierer bei Softgon Inc., Boston*

1

In Berlin war der Wahlkampf zum Abgeordnetenhaus in der heißen Phase. Nur noch zehn Tage bis zur Entscheidung. Nach den letzten Umfrageergebnissen lagen die beiden großen Parteien fast gleich auf und die Spitzenkandidaten für das Amt des Regierenden Bürgermeisters lieferten sich ein Kopf-an-Kopf-Rennen. Der Wahlkampf war zu einer reinen Personenwahl geworden, Karl Heise gegen Felix Bonhoff.

Thomas Baumann, Leiter des Wahlkampfbüros von Karl Heise, hatte in den letzten Tagen krampfhaft versucht, eine neue Strategie zu entwickeln, die es Karl ermöglichen sollte, sich kurz vor der Wahl noch an die Spitze zu setzen. Aber auch ihm war nichts wirklich Überzeugendes mehr eingefallen. Doch dann war plötzlich ein Mann im Büro von Thomas Baumann aufgetaucht und hatte kompromittierende Details aus dem Privatleben von Felix Bonhoff angeboten. Der Fremde stellte sich schlicht als Maximilian vor.

»Wir können Ihnen Informationen über Felix Bonhoff liefern«, sagte Maximilian.

»Was für Informationen?«, fragte Thomas gelangweilt und bereute schon, den Fremden überhaupt in sein Büro gebeten zu haben.

»Wir haben Beweise, dass Felix Bonhoff eine Geliebte hat.«

»Hören Sie zu, guter Mann, selbst wenn das wahr sein sollte, viel kann man daraus nicht machen. Vielleicht werden sich ein paar Konservative darüber aufregen, mehr aber auch nicht. Fast jeder hat heute ein Verhältnis. Es besteht sogar die Gefahr, dass das Ganze nach hinten losgeht und auf uns zurückfällt. Wenn Sie mich jetzt entschuldigen würden. Sie wissen, wir haben nur noch wenige Tage bis zur Wahl, ich bin daher etwas in Zeitnot«, behauptete Thomas in der Hoffnung, den Fremden gleich wieder los zu werden.

»Würde sich etwas an Ihrer Einschätzung ändern, wenn Sie wüssten, dass seine Geliebte heute gerade einmal 18 Jahre alt ist? Als die Geschichte anfing, war sie sogar erst 16, also etwa so alt wie seine eigene Tochter. Ich glaube nicht, dass das der Regierende Bürgermeister ist, den sich die Berliner Bürger wünschen. Was meinen Sie?«

»Woher haben Sie diese Informationen und vor allem, können Sie diese Behauptungen auch beweisen?« Thomas bereute die Frage sofort wieder, würde sie doch dieses sinnlose Gespräch nur noch verlängern.

»Die beiden Turteltauben korrespondieren seit Anfang ihrer Liaison per E-Mail. Ich kann ihnen alle Mails der letzten zwei Jahre liefern. Die beiden haben sich außerdem ein paar Mal auf Mallorca getroffen. Wie Sie bestimmt wissen, hat Felix Bonhoff dort ein Wochenendhaus. Uns liegen Auszüge seiner Kreditkartenabrechnungen vor, aus denen man ersehen kann, dass er

zweimal die Flugtickets der Kleinen nach Mallorca bezahlt hat. Anhand der Kreditkarten lässt sich sogar ersehen, was er für seine kleine Freundin so alles gekauft hat. Er hat ihr zum Beispiel Unterwäsche geschenkt, die Pille bezahlt und in einer Videothek auf Mallorca haben sich beide mit Sexfilmen eingedeckt.«

Thomas kam ins Zweifeln. Wenn diese Informationen tatsächlich stimmen sollten, dann hatten sie endlich etwas in der Hand, mit dem Felix Bonhoffs Glaubwürdigkeit und Integrität verletzt werden konnte. Diese Informationen zum jetzigen Zeitpunkt an die Öffentlichkeit zu bringen, könnte tatsächlich den Wahlausgang entscheiden. Aber Thomas war misstrauisch. Er wusste nicht, wer dieser Fremde war, und er wusste nicht, was er wollte.

»Warum kommen Sie damit zu mir?«, hinterfragte Thomas.

»Sagen wir, ich vertrete Leute, denen daran gelegen ist, dass Herr Heise das Rennen macht.«

»Warum gehen Sie dann mit ihren Informationen nicht einfach an die Presse?«

»Genau das werden wir heute tun. Sie können die Einzelheiten dann morgen in den Zeitungen nachlesen. Meine Auftraggeber möchten nur, dass Herr Heise weiß, dass er auf uns zählen kann, und wir möchten, dass Herr Heise weiß, wer seine Freunde sind.«

»Wir sind nicht käuflich. Bitte verlassen Sie sofort mein Büro«, Thomas und erhob sich. Dieses Gespräch musste sofort beendet werden.

»Erlauben Sie mir, ihnen einige Unterlagen da zu lassen, die wir heute an die Presse geben werden. Ma-

chen Sie sich selbst ein Bild von dem, was wir Ihnen anbieten.« Bevor Thomas protestieren konnte, legte der Unbekannte einen verschlossenen Umschlag auf den Schreibtisch und verließ das Büro.

Michael Kunze hatte bei X-SECURE die Aufgabe, die IT-Sicherheit des Computersystems zu garantieren. Seine wichtigste Aufgabe war es, zu verhindern, dass jemand in das System einbrechen und die streng geheimen Daten stehlen konnte. Aber genau das war eben geschehen, und würde ihn wahrscheinlich den Job kosten. Michael war speiübel, er überlegte kurz, ob er versuchen sollte, das Ganze einfach unter den Teppich zu kehren. Außer ihm hatte niemand etwas bemerkt, er könnte also versuchen, alle Spuren einfach zu beseitigen. Aber jemand hatte diese Daten gezielt gestohlen und dieser Jemand hatte etwas damit vor. Wenn bekannt wurde, dass hochsensible Daten gestohlen worden waren, war X-SECURE als Unternehmen am Ende.

Michael arbeitete seit fast fünf Jahren bei X-SECURE. Nach seinem Studium zum Physiklehrer war er drei Jahre arbeitslos gewesen. Eine Zeit, in der er beinahe verzweifelt wäre. Nach einer Umschulung zum Systemadministrator hatte er seine erste Anstellung bei X-SECURE gefunden. Michael hatte sich mit vollem Eifer in die Arbeit gestürzt, sich ständig weitergebildet und hochgearbeitet. In den letzten Jahren war er zu einem anerkannten Spezialisten für IT-Sicherheit geworden, dem man bei X-SECURE voll und ganz vertraute. Damit war es jetzt wohl vorbei – jemand hatte ihn ausgetrickst. Michael dachte an seine Familie und an seinen Job. Er entschied sich schließlich dafür, zu seiner Verantwortung der Firma gegenüber zu stehen, und rief seinen Chef an.

Die Firma X-SECURE stellte Verschlüsselungs- und Sicherungstechnik her. Das erfolgreichste Produkt waren biometrische Sensoren zur Handabtastung, mit denen Türen gesichert und kontrolliert werden: ›Zugang nur mit Ihrem Daumen‹. Die Fingerabdrücke des Menschen sind so unverwechselbar, dass keine zwei Menschen dieselben haben – als Türschloss also eine sichere Variante. X-SECURE hatte in einer Vielzahl von Unternehmen und Behörden seine Systeme installiert, besonders stolz war man darauf, das Bundeskanzleramt zum Kundenkreis zählen zu können. In der streng geheimen Datenbank von X-SECURE wurden Sicherheitskopien der Fingerabdrücke aller Berechtigten aufbewahrt. Hier fanden sich auch die Fingerabdrücke des Bundeskanzlers der Bundesrepublik Deutschland, schließlich musste auch er die Türen seines Büros öffnen. Und auf diese Datenbank hatte es eben den Angriff eines Computer-Hackers gegeben.

Michael Kunze war nur durch Zufall auf den Hacker aufmerksam geworden. Er wollte in der Nacht Wartungsarbeiten am Computersystem durchführen, als er einen Einwahlversuch von außen bemerkte. Neugierig, wer um zwei Uhr nachts auf das System zugreifen wollte, hatte er nachgesehen, wer der Nutzer war. Der Username und die Kennung waren ihm unbekannt, der Fremde hatte keine Rechte, auf das System zuzugreifen. Der Hacker versuchte Zugriff auf den Daten-Server zu erhalten, auf dem die Spezifikationen der Sensorsysteme lagen. Diese Daten waren streng geheim, denn mit ihnen war es möglich, die Sicherheitssysteme zu umgehen. Auf diesen Server hatten nur zwei Mitarbeiter Zugriff: er selbst und der Geschäftsführer. Jedenfalls nicht der Fremde, wer immer es war.

»Die Sicherheitssysteme müssten gleich den Zugriff verweigern und die Leitung unterbrechen«, dachte Michael und konnte zuerst nicht glauben, was er live miterlebte: Das System gewährte dem Fremden Zugriff auf das Allerheiligste von X-SECURE. Alle Sicherheitsmaßnahmen, die er installiert und die er bis eben für unüberwindlich gehalten hatte, versagten, und der Hacker begann, streng geheime Daten herunterzuladen.

»Wer ist das und was macht er da?«, fluchte Michael. Er wusste nicht, was er tun sollte, aber einfach dasitzen und zusehen konnte er auch nicht. Schließlich tat er das Einzige, was ihm übrig blieb, um den Eindringling aufzuhalten. Er zog den Stecker raus, unterbrach also die physikalische Verbindung zwischen dem internen Netzwerk und dem Internet. Damit war X-SECURE zwar erst mal sicher, aber gleichzeitig auch von der Welt getrennt. Die verschiedenen Fernwartungsprogramme würden ebenso wie Fehler- und Alarmmeldungen nicht mehr durchkommen, schlimm genug, aber in dieser Situation wohl das kleinere Übel.

»Das hier war kein primitiver Hackerangriff«, dachte Michael. Der Fremde hatte sich Zugang und

Rechte verschafft, die eigentlich nur der Systemadministrator vergeben konnte. Es gab keine Zweifel, X-SECURE war Opfer eines höchst professionellen Hackerangriffes geworden. Der Angriff war durch die Umgehung aller Sicherheitsbarrieren so geschickt gewesen, dass es unheimlich war. Wer immer das war, er war gut – zu gut. Der Fremde hatte in der kurzen Zeit, die er in das Computersystem von X-SECURE eingedrungen war, streng geheime Dateien herunterladen können. Er hatte die Codes für die Sicherheitssysteme des Bundeskanzleramtes gestohlen.

Stefan Dürrer, der Geschäftführer von X-SECURE, wurde durch den nächtlichen Anruf seines Systemadministrators aus dem Bett geholt.

»Habe ich dich richtig verstanden, Michael? Jemand ist in unser System eingedrungen, hat dort geheime Kundendaten heruntergeladen und du hast die ganze Zeit daneben gesessen?«, fragte er noch ziemlich verschlafen.

»Hör zu, Stefan, wir haben es hier mit verdammt guten Profis zu tun«, antwortete Michael nervös.

»Lassen wir das erst mal beiseite. Welche Daten genau haben sie wie gestohlen?«

»Die Umgehungscodes für das Sicherheitssystem des Kanzleramtes.«

»Sag das bitte noch einmal.«

»Da ich das Herunterladen bemerkt habe und der Hacker wahrscheinlich weiß, dass wir ihn erwischt haben, glaube ich nicht, dass es so schlimm ist«, Michael versuchte die Sache herunterzuspielen.

»Nicht so schlimm ist?«, schrie Stefan, der inzwischen hellwach war, ins Telefon, »wenn das, was eben passiert ist, bekannt wird, können wir einpacken. Unser Job ist es, Sicherheit zu verkaufen. Wenn unsere Kunden Zweifel an der Sicherheit unserer Systeme bekommen, werden wir künftig keine Kunden mehr haben.«

»Du brauchst mir keinen Vortrag darüber halten, ich bin genauso entsetzt wie du. Wir senden heute früh einen Techniker ins Kanzleramt und lassen die Umgehungscodes ändern, wir können das Ganze als normale Routine-Überprüfung darstellen.«

»Du holst mich nachts um zwei Uhr aus dem Bett, um mir zu sagen, dass wir durch deine Schuld gerade dabei sind, unser Unternehmen und die Arbeit der letzten Jahre aufs Spiel zu setzen, und willst nicht, dass man dir Vorwürfe macht? Hör zu, Michael, ich bin in einer halben Stunde im Büro, es wäre besser für uns und für dich, wenn du bis dahin ein paar Antworten hast.«

Stefan Dürrer traf nach 45 Minuten im Büro des Systemadministrators ein.

»Wie konnte das passieren? Um uns zu schützen, haben wir auf deinen Rat hin ein Sicherheitssystem gekauft, das ein Vermögen gekostet hat. Und heute Nacht geht da jemand einfach so durch?«

»Wir haben so ziemlich das beste Sicherheitssystem, das man im zivilen Bereich haben kann, aber alle Barrieren wurden von dem Eindringling überwunden. Frage mich nicht, wie er das gemacht hat. Ich habe online miterleben müssen, wie er einfach durch alles durchmarschiert ist. Der einzige Weg ihn aufzuhalten, war es, den Stecker rauszuziehen. Das, was ich hier heute gesehen habe, dürfte es eigentlich gar nicht geben«, versuchte Michael sich zu rechtfertigen.

»Ich brauche keine Ausflüchte. Dein Job ist es, solch eine Scheiße, wie sie eben passiert ist, zu verhindern. Verdammt noch mal, ich will wissen, wer uns hier verarscht!«

»Nun ja, ich habe seine IP-Nummer«, antwortete Stefan.

»Und, was bedeutet das?«

»Nun, er kam über das Internet und dort hinterlässt jeder Surfer seine Spuren. Jeder Nutzer des Internet erhält eine IP-Nummer, sozusagen seinen Namen und seine Adresse, mit der er sich weltweit im Internet ausweist. Jede IP-Nummer gibt es nur einmal und sie ist eindeutig einem Nutzer zugeordnet.«

»Schön, und wer ist nun der Kerl?«

»Ich konnte die IP zurückverfolgen, sie gehört zu GermanNet. Nur leider hilft uns das nicht weiter.«

»Kannst du deutlicher werden?«, Stefan wurde zunehmend ungeduldiger.

»Es ist die Nummer eines Netzbetreibers. Das Unternehmen hat ein paar hunderttausend IP-Adressen. Wenn sich ein Nutzer über das Telefon oder DSL bei GermanNet einwählt, wird ihm eine IP-Adresse zugewiesen, die aber nur für diese Sitzung gilt. Wenn er sich das nächste Mal einwählt, erhält er eine andere IP-Nummer, eben immer die IP-Nummer, die gerade frei ist. Und GermanNet ist der größte deutsche Netzbetreiber.«

»Können wir versuchen herauszubekommen, wer sich heute Nacht hinter dieser IP-Adresse versteckt hat?«

»Nur der Netzbetreiber, der die IP-Adressen vergibt, kann das herausbekommen. In unserem Fall also GermanNet, und nur die Staatsanwaltschaft kann die Herausgabe dieser Daten verlangen. Es handelt sich schließlich um personenbezogene Daten, die unter das Datenschutzgesetz fallen, und die darf man uns nicht einfach mitteilen.«

»Die Polizei sollten wir aus dem Spiel lassen. Wir sollten überhaupt alles unterlassen, was Aufsehen erregen könnte. Michael, ich will, dass du herausbekommst, was hier los ist. Wenn wir den Auftrag beim Bundeskanzleramt vermasseln, sind wir als Unternehmen für immer aus dem Geschäft. Ich will heute früh einen ausführlichen Bericht auf meinem Schreibtisch«, sagte Stefan beim Rausgehen.

Michael blieb allein und ratlos in seinem Büro zurück. Er hatte wenig Hoffung, dass es etwas bringen würde, aber da ihm nichts Besseres einfiel, sandte er eine Email an das Kontrollzentrum von GermanNet und bat um Hilfe.

Karl Heise war zehn Tage vor der Wahl verzweifelt. Dies war definitiv sein letzter Wahlkampf, er hatte vor zwei Jahren einen Herzinfarkt erlitten und würde seine politische Karriere bald an den Nagel hängen müssen. Diese Wahl war seine letzte Möglichkeit, Regierender Bürgermeister zu werden. Karl war seit über 30 Jahren in der Politik und er hatte es bisher nicht geschafft, auch nur einmal ein wirklich wichtiges Amt zu erlangen. Er wollte diese Wahl gewinnen. Um jeden Preis.

Thomas erzählte Karl von dem Gespräch mit Maximilian. »Ich weiß nichts über den Fremden, ich weiß nicht, woher er die Informationen hat und was er dafür haben will. Karl, ich denke, wir sollten vorsichtig sein und besser die Finger davon lassen.«

»Wir brauchen jede Hilfe, die wir bekommen können. Und ich habe hier auch keine moralischen Bedenken. Es ist ja nicht so, dass wir etwas über Felix erfinden. Was immer er versteckt, die Öffentlichkeit hat ein Recht darauf, es zu erfahren. Soll er doch dazu stehen, soll er vor die Kameras treten und verkünden, dass er seine Frau mit einem Mädchen betrügt, das so alt ist wie seine Tochter. Und dann sollen die Wähler entscheiden«, sagte Karl.

Er hatte sich die Unterlagen angesehen, es waren E-Mails mit wirklich kompromittierendem Inhalt. Aber was sagten E-Mails schon aus? So was ließ sich leicht fälschen. Die Kopien der Kreditkartenbelege waren da schon besser. Wie konnte man so blöd sein, die Flugtickets für die Geliebte mit der Kreditkarte zu bezahlen? Aber das Beste war das Foto, Felix mit der jungen Geliebten am Swimmingpool seiner Finca auf Mallorca. Beide waren nackt und die Gesichter waren hervorragend zu erkennen. Die Kleine war wirklich hübsch. Karl konnte Felix durchaus verstehen, aber Felix war selbst schuld, wenn er sich erwischen ließ.

»Ich will mich mit diesem Maximilian treffen«, entschied Karl.

»Aber auf wen lassen wir uns da ein, woher kommen diese Informationen und was ist, wenn es Fälschungen sind?«, fragte Frank.

»Wir bekommen nur Antworten auf die Fragen,

wenn wir uns mit Maximilian treffen. Mach einen Termin mit ›Herrn Unbekannt‹. Wir haben nicht mehr viel Zeit.«

Die letzten Umfrageergebnisse zeigten, dass die Beliebtheit von Felix anstieg, während seine eigene sank. Das Wahlkampfteam von Felix hatte es geschafft, die gesundheitliche Angeschlagenheit von Karl zum Thema in den Medien zu machen. Vielleicht konnte er ihm das jetzt heimzahlen, doppelt und dreifach.

Karl und Thomas trafen sich am selben Abend mit Maximilian in einem Hotelzimmer.

»Wir sind uns nicht sicher, ob Ihre Unterlagen echt sind. Und selbst wenn, werden sie ausreichen, um die Öffentlichkeit zu überzeugen?«, begann Karl das Gespräch.

»Wir haben Ihnen bisher nur einen kleinen Auszug aus den Informationen gegeben, die wir besitzen. Ich habe Ihnen noch etwas mitgebracht, bitte sehen Sie sich auch diese Unterlagen an.« Maximilian legte einen Stapel mit Dokumenten auf den Tisch »Wie Sie sehen können, sind dies Auszüge aus den Unterlagen einer Krankenkasse. Die kleine Freundin von Herrn Bonhoff hatte vor sechs Monaten einen Schwangerschaftsabbruch. Und dies hier sind Ausdrucke der Krankenakte des Krankenhauses. Wie Sie sehen können, ist hier der Tag der Empfängnis berechnet worden. Der Termin fällt genau in die Woche, in der die beiden mit dem von Felix Bonhoff bezahlten Ticket auf Mallorca waren. Wir besitzen noch weitere Informationen.«

»Ich will gar nicht wissen, woher Sie diese Unterlagen haben. Aber sagen Sie mir, wer Sie sind und warum Sie damit zu mir gekommen sind.«

»Sie kommen immer gleich zum Kern der Sache, Herr Heise, das gefällt uns an Ihnen. Wie Sie wissen, will Berlin seine Wasserversorgung privatisieren. Dafür gibt es zurzeit noch zwei Anbieter, mit denen das Land Berlin Verhandlungen führt. Ich vertrete einen dieser beiden Anbieter: die PublicBestInvest, kurz PBI. Die Privatisierung wird eine komplexe Entscheidung werden, es geht hier um den Erhalt von Arbeitsplätzen und darum, welche Perspektiven ein Investor der Stadt bieten kann. Der Kaufpreis sollte nicht das einzige Kriterium sein. Die Priv atisierungsentscheidung wird der Berliner Senat fällen, das heißt also, die stärkste Partei und der Regierende Bürgermeister. Das Konsortium, das ich vertrete, ist der Meinung, dass Sie und ihre Partei die Kompetenz besitzen, die Tragweite dieser Entscheidung zu beurteilen und daher auch in der Lage sein werden zu entscheiden, wer der richtige Partner für Berlin ist. Herrn Bonhoff und seiner Partei trauen wir solch eine Entscheidung nicht zu.«

»Und die beste Perspektive für Berlin bietet Ihrer Meinung nach natürlich PBI, auch wenn man weniger zahlen will als der Mitbewerber?«

»Genau so sehen wir das.«

»Ich bin nicht bestechlich, aber ich kann Ihnen versprechen, wenn ich Regierender Bürgermeister bin, wird der beste Partner für Berlin gefunden werden und dieser wird dann auch den Zuschlag erhalten.«

»Die Entscheidung, wer der Beste ist, wird sich dabei nicht nur auf den Kaufpreis reduzieren?«

»Nein, wie Sie schon selbst festgestellt haben, es ist eine äußerst komplexe Entscheidung mit vielen Facetten.«

»Herr Heise, die Berliner Bürger sollten wissen, wem Sie ihre Stimme geben. Die Informationen über Felix Bonhoff werden noch heute Abend verschiedenen Zeitungsredaktionen zugespielt. Man wird Sie weder mit uns noch mit diesen Informationen in Verbindung bringen können.«

Nach dieser Feststellung gab es nichts mehr zu besprechen. Maximilian verabschiedete sich und ging.

»Ich habe den Eindruck, dass wir gerade unsere Seelen an den Teufel verkauft haben«, sagte Thomas nachdenklich. »Und sie scheinen verdammt gute Verbindungen zu haben. Sie haben offensichtlich Zugriff auf E-Mails, Kreditkartenabrechnung und Krankenkassendaten, also auf vertrauliche Daten.«

»Mach es nicht so dramatisch, wir haben einen Verbündeten gefunden, das ist alles. Und ich habe das Gefühl, dass sich gerade entschieden hat, wer die Wahl gewinnen wird.«

Am nächsten Morgen erschienen die Zeitungen in Berlin mit der Meldung über das Verhältnis von Felix und seiner Lolita. Das Bild am Pool war auf den Titelseiten aller Boulevardzeitungen. Bis zum Mittag versuchte Felix noch zu leugnen, aber als immer mehr Einzelheiten an die Öffentlichkeit drangen, gab er es auf. Seine Pressesprecherin erklärte am Nachmittag, dass Frank Bonhoff wegen der Verleugnungskampagne, die gegen ihn veranstaltet würde, einen Nervenzusammenbruch erlitten habe und daher nicht länger kandidieren könne. In aller Eile wurde von seiner Partei ein neuer Kandidat aufgestellt, es waren nur noch neun Tage bis zur Wahl.

Die Wahl ging mit einem erdrutschartigen Sieg für Karl Heise aus. Dieser Sieg kam nicht überraschend, die Umfrageergebnisse hatten gezeigt, dass Karl Heise seit Beginn des Skandals um Felix Bonhoff und dessen überraschenden Rücktritt fast 20 % der Stimmen hinzugewonnen hatte, vor allem bei den Wählerinnen hatte er stark zugelegt.

Wie nach den letzten Wählerumfragen zu erwarten war, wurde Karl neuer Regierender Bürgermeister von Berlin und verfügte außerdem über eine solide Mehrheit im Abgeordnetenhaus. Eine seiner ersten Amtshandlungen war die Privatisierung der Berliner Wasserbetriebe. Den Zuschlag erhielt das Unternehmen PublicBestInvest. Der Kaufpreis, den das Land Berlin von PBI erhalten sollte, war zwar fast 20 Millionen Euro geringer, als das Kaufangebot des anderen Interessenten. Aber der Regierende Bürgermeister erklärte, dass bei Würdigung aller Faktoren, zu denen auch Arbeitsplatzgarantien und die Versorgungssicherheit der Bevölkerung gehörten, PBI der beste Partner für Berlin sei. Eine Entscheidung, die von der Opposition scharf kritisiert wurde. Allerdings hatte sie sich noch nicht von dem Skandal um Felix Bonhoff erholt, und ihre Kritik an der Privatisierung blieb weitgehend ungehört.

PublikBestInvest zahlte kurz darauf 10 Millionen Euro für Beratungsleistungen an eine Schweizer Briefkastenfirma.

2

Die E-Mail erreichte das International Operation Centre von GermanNet um 03.18 Uhr. Der große Ansturm der Surfer auf das Netz war vorüber, gegen zwei Uhr war Ruhe im Operation Centre eingekehrt. Die Leute hatten sich nach und nach aus dem Internet ausgeloggt und nachdem vor wenigen Stunden noch fast 300.000 Menschen gleichzeitig GermanNet genutzt hatten, war die Zahl jetzt auf unter 10.000 gesunken. Die meisten Surfer waren ins Bett und die Mitarbeiter des Operation Centre in den Pausenraum gegangen. Nur ein einziger Mitarbeiter saß noch an den Kontrollschirmen, als die E-Mail eintraf.
Mail to: OC@GermanNet.de

Betreff: Hackerangriff auf unser Unternehmen
Text: Von Ihrem Netz wurde unter der IP Nummer 123.742.496.780 versucht, in unser System einzudringen und sicherheitsrelevante Daten von nationalem Interesse zu stehlen. Bitte übermitteln Sie uns den Username.
Freundliche Grüße
Michael Kunze
System Administrator
Telefon: ++49-30-542 876 0-92
X-SECURE

Im Operation Centre liefen alle Meldungen über Probleme im Netzwerk von GermanNet zusammen, es war die Aufgabe der Mitarbeiter des OC, rund um die Uhr für einen reibungslosen Netzbetrieb zu sorgen. Im Normalfall kein kompliziertes Verfahren. Die gemeldeten Fehler wurden in ein so genanntes Ticketsystem eingegeben. Nachdem die Art des Problems beschrieben war, wurden automatisch Hilfestellungen angeboten, wie das Problem zu beheben war.

Die E-Mail, die gerade eingetroffen war, unterschied sich allerdings deutlich von sonstigen Routinemeldungen und der einzige verbliebene Mitarbeiter war erst seit kurzem im OC. Er gab in das Ticketsystem ein, ›Problem: Angriff auf anderes Netz‹, und machte dann bei ›Bewertung der Tragweite des Problems‹ den entscheidenden Fehler. Unerfahren wie er war, wählte er als Auswirkung ›Unternehmensgefährdend‹, in das Feld ›Fehlerbeschreibung‹ kopierte er den Text der E-Mail. Sobald er die Eingabe bestätigt hatte, wurde entsprechend der Angabe ›Unternehmensgefährdend‹ ein Eskalationsprozess der höchsten Prioritätsstufe in Gang gesetzt und automatisch eine E-Mail mit größter Dringlichkeitsstufe an den Eskalationsverteiler gesandt, die Bestätigung erschien auf dem Bildschirm:

»Das Ticket 0012. AX.234.jhg 089 wurde mit höchster Dringlichkeitsstufe an die Geschäftsführung eskaliert.«

Um 3 Uhr 24 wurde die automatische E-Mail unter anderem auch an den Chief Executive Officer von

GermanNet, Ferry Ranco, gesandt und per automatischer SMS wurde gleichzeitig Winfried Bohl, Leiter des OC, informiert. Winfried Bohl saß zu diesem Zeitpunkt mit seinen Kollegen im Pausenraum des OC, er goss sich beim Lesen der SMS vor Schreck den Kaffee über die Hose und sprang gleichzeitig aus seinem Stuhl auf. Mit einem Schmerzensschrei stürzte er ins OC.

»Bist du wahnsinnig? Die Stufe ›Unternehmensgefährdend‹ bedeutet, dass uns der Backbone oder sämtliche Transatlantikleitungen abgeraucht sind oder das OC in Flammen steht. Verflucht, warum holst du mich nicht aus dem Pausenraum, bevor du solch eine Mail raussendest?«

»Tut mir leid«, stammelte der erschreckte und eingeschüchterte Mitarbeiter. »Können wir die Einstufung korrigieren und die E-Mails zurückholen?«

»Keine Chance.«

Winfried schickte eine E-Mail an den gleichen Verteiler und entschuldigte sich für den Irrtum. »Hast du vorher schon mal eine Mail an Ferry gesandt?«, fragte ein ebenfalls aus dem Pausenraum herbeigeeilter Kollege.

»Nein, noch nie, obwohl jeder seine Mailadresse kennt, ist es ein ungeschriebenes Gesetz, dass man keine Mails direkt an Ferry sendet.«

»Ich hab' gehört, dass er ganz o.k. sein soll.«

»Ja, und ca. 200 Millionen besitzt, Manager des Jahres war und noch vieles anderes«, und dabei mit einunddreißig Jahren noch ein Jahr jünger ist als ich, dachte Winfried.

»Wir werden sehen, wie o.k. er ist und ob er uns

den Kopf abreißt, wegen der höchsten Eskalationsstufe.«

In diesem Moment wurde ihr Gespräch unterbrochen, weil fast alle Telefone gleichzeitig anfingen zu klingeln und jede Menge neuer Mails eingingen. Der Eskalationsverteiler hatte gute Arbeit geleistet und halb GermanNet aus dem Bett geholt.

Ferry Ranco hörte die Mail erst am nächsten Morgen auf der Fahrt ins Büro. Im Auto las ihm der Computer die Betreffs der neuesten Mails vor, während er sich auf den Verkehr konzentrierte.

»Sie haben eine E-Mail der höchsten Eskalationsstufe vom Operation Centre erhalten.« Ferry hatte eine Frauenstimme für das Voiceprogramm ausgewählt.

»Vorlesen.«

Es hatte eine Weile gedauert, bis der Computer sich an seine Aussprache gewöhnt hatte, aber jetzt verstand er zumindest einfache Kommandos ganz gut.

»Von OC: Störfall Unternehmensgefährdend, Art des Störfalles: Hacker-Angriff auf ein anderes Netz.«

Er konnte sich nur an eine einzige Eskalation dieser Prioritätsstufe erinnern. Vor zwei Jahren hatte ein Seebeben im Atlantik auf einen Schlag sämtliche Transatlantikleitungen zerstört. Es hatte zwei Stunden gedauert, bis sie den Verkehr auf andere Leitung umrouten konnten. Solange war der gesamte Datenverkehr eben andersherum gegangen, also von den USA durch den Pazifik, über Japan und Südostasien nach Europa. Die Transpazifikleitungen hatten die enorme Datenmenge nicht verkraftet und weitere Störungen waren die Folge gewesen. Das ganze Netzwerk und hunderttausende Online-Kunden waren betroffen. Wenn gestern Nacht etwas Ähnliches geschehen war, hätte er eigentlich aus dem Bett geholt werden müssen.

»Telefon.«

»Bitte sagen Sie die Telefonnummer oder den Teilnehmer.«

»Manfred Nord.«

»Sie werden verbunden mit dem Technischen Direktor von GermanNet.«

Manfred war sofort am Telefon. »Hey, Ferry, du rufst wegen der Mail gestern Abend an, vermute ich, lies' einfach die folgenden Nachrichten. War nur ein Fehler eines neuen Mitarbeiters im OC. Ich habe heute Nacht schon alles kontrolliert, im Netz ist alles im grünen Bereich, nur blinder Alarm.«

»Was steckt genau hinter der Mail?«

»Wohl ein Hacker-Angriff auf irgendein Firmennetzwerk. Die möchten jetzt, dass wir eine IP-Nummer zurückverfolgen, was wir natürlich so einfach nicht dürfen. Wir werden auf die Mail erst mal nicht reagieren. Sollen die die Staatsanwaltschaft einschalten.«

»Wir haben morgen Aktionärsversammlung, hast du schon mit Rolf darüber gesprochen? Ich will da keine Überraschungen erleben.«

»Nein, ich habe mich erst mal nur um das Netz gekümmert, da ist alles o.k. und die Aktionärsversammlung ist nicht meine Baustelle.«

Gleich nachdem er das Gespräch mit Manfred beendet hatte, ließ Ferry den Computer die Nummer von

Rolf Keller anwählen. Rolf war Chief Finance Officer und als solcher für die Finanzen von GermanNet verantwortlich. Bei der momentanen Hysterie an der Börse konnte, einen Tag vor der Aktionärsversammlung, jede noch so unbedeutende Mitteilung negative Auswirkungen auf den Börsenkurs und damit auf die Finanzsituation von GermanNet haben.

»Sie werden verbunden mit dem CFO von GermanNet«

Auch hier wurde der Hörer fast sofort abgenommen.

»Hallo Ferry, hier ist Diana. Rolf ist noch nicht im Büro und wie ich an deiner Nummer sehe, rufst du aus dem Auto an. Was gibt es so Dringendes?«

Wie bei jedem Anruf stellte Ferry zuerst fest, dass sie eine fantastische Stimme hatte. Und wie immer wurde er daran erinnert, dass sie im letzten Jahr eine Affäre miteinander hatten. Eine Affäre, die nach nur vier Wochen beendet war. Alle seine Versuche, in den letzten Jahren eine Beziehung aufzubauen, waren bereits nach kurzer Zeit gescheitert. Es sollte einfach nicht sein. Nach Diana hatte er sich geschworen, nie wieder etwas mit jemandem aus dem eigenen Unternehmen anzufangen.

»Hallo Diana, weißt du was über den Störfall der letzten Nacht?«

»Du bist heute Morgen schon der Dritte, der deswegen anruft. Der Chef vom OC hat gestern Nacht gleich noch eine E-Mail hinterher gesandt. War wohl nur ein Versehen eines neuen und noch unerfahrenen Mitarbeiters. Bist du in Berlin?«

»Ja, ich werde in zehn Minuten im Büro sein.«

»Hast du immer noch dieses komische Programm, das dir deine E-Mails im Auto vorliest?«

Das bisschen Vertrautheit, das immer noch zwischen ihnen war, war ihm unangenehm. Er hatte mehrfach versucht, etwas mehr Reserviertheit in ihren Umgangston zu bringen. Aber Diana ließ sich von seinen Versuchen nicht beeindrucken. Schließlich hatte er es aufgegeben, und irgendwie mochte er es auch.

»Sagst du Rolf, dass ich ihn später gern sprechen möchte?«

»Klar, er ruft dich an, sobald er da ist. Hab' einen schönen Tag.«

»Ja, du auch.«

»Das Gespräch wurde beendet, der Teilnehmer hat aufgelegt.«

»Scheiß Computerstimme.«

»Ihre Eingabe ist nicht auswertbar, bitte wiederholen Sie sie.«

»Geh zum Teufel.«

»Sie werden verbunden mit Susanne Schneufel.«

»Nein.«

»Ihre Eingabe ist nicht auswertbar.«

»Ende.«

»Das Programm wurde von ihnen beendet.«

Ferry stellte fest, dass sich Dianas Stimme besser anhörte, als die des Computers.

Als Diana 16 Jahre alt war, hatte sie sich von einer Freundin überreden lassen, an einen Schönheitswettbewerb teilzunehmen. Zu ihrer eigenen Überraschung hatte sie den Titel der Miss Berlin gewonnen. Obwohl man ihr sagte, dass sie gute Chancen gehabt hätte, auch den Titel der Miss Germany zu holen, weigerte sie sich an weiteren Schönheitswettbewerben teilzunehmen.

Die nächsten Jahre verbrachte sie damit, gegen das ›Blonde Dummerchen-Image‹ anzukämpfen. Nach einem kurzen und höchst erfolgreichen Studium hatte sie es mit 26 Jahren bereits bis zur Chefcontrollerin bei GermanNet geschafft, als ihre kurze Affäre mit Ferry begann. Sie fand Ferry immer schon attraktiv und interessant, mehr aber auch nicht. Bei seinem Aussehen hatte sich eindeutig sein italienischer Vater gegen seine deutsche Mutter durchgesetzt. Sie war vor allem von seinen großen dunklen Augen fasziniert. Obwohl Ferry mittlerweile zu den reichsten Männern Deutschlands gehörte und er die Entwicklung des Internets in Deutschland und in Europa entscheidend mitgeprägt hatte, war er in seiner Art immer noch der Student geblieben, der gerade ein Garagenunternehmen gegründet hatte.

Eigentlich gehörte es zu Dianas festen Vorsätzen, nie etwas mit Kollegen anzufangen und erst recht nichts mit ihrem Chef. Sie wollte um alles in der Welt vermeiden, dass man ihr nachsagen konnte, sie hätte sich nach oben geschlafen. Doch eines Abends traf sie Ferry durch Zufall bei ihrem Lieblingsitaliener und er hatte gefragt, ob sie sich zu ihm setzen wolle. Zu ihrer Überraschung wurde es ein lustiger und unterhaltsamer Abend. Ferry kaufte sogar einem vorbeikommenden Blumenverkäufer sämtliche Rosen ab, allerdings nicht, um sie anzumachen, sondern weil ihm der Blumenverkäufer leid tat. Der

Blumenverkäufer, ein alter Mann, der kaum deutsch konnte, hatte Tränen in den Augen, als Ferry ihm einen Hundert-Euro-Schein gab. Als Diana sah, wie gerührt Ferry von der Freude des alten Mannes war, beschloss sie, mit ihm ins Bett zu gehen. Am nächsten Morgen waren dann beide überrascht, dass sie eine Affäre angefangen hatten, obwohl sie wussten, dass es nicht gut war. So hatten sie das Ganze nach einigen Wochen beendet, ohne groß darüber zu reden. Diana dachte trotzdem immer noch gerne an die Zeit zurück, es waren schöne Wochen gewesen. Ferry war lustig, der Sex war super gewesen und sie mochte seine menschliche, angenehme Art. Aber leider war er nun mal auch ihr Boss.

Um acht Uhr kam ein Techniker von X-SECURE ins Bundeskanzleramt, um Wartungsarbeiten durchzuführen. Ein Wachschutzmann führte ihn durch das Gebäude und zu den durch Handscanner gesicherten Türen.

»Ihr habt die Dinger doch gerade erst eingebaut, warum müssen die dann schon wieder repariert werden? Bis jetzt sind hier alle sehr zufrieden und ich habe nichts von Problemen gehört. Erleichtern uns etwas die Arbeit, eure Dinger.«

»Ich mache hier keine Reparatur, es sind nur routinemäßig Wartungsarbeiten.«

»Ihr wollt noch ein bisschen was abrechnen, hä?«

»Nein, alles im Preis des Wartungsvertrages inbegriffen.«

Keine sechs Stunden nach dem Hackerangriff waren die Zugangscodes verändert und die von X-SECURE geklauten Daten damit wertlos.

Rolf war fast gleichzeitig mit Ferry im Büro eingetroffen, Diana hatte dafür gesorgt, dass Rolfs erster Gang ins Büro von Ferry führte.

Ferry kam ohne Umschweife zum Thema. »Kann der Hackerangriff von unserem Netz aus irgendwelchen Einfluss auf die Aktionärsversammlung haben?«

Rolf war anzumerken, dass er genervt war. Ungeduldig erwiderte er: »Soviel ich weiß, war es nur ein übereifriger und unerfahrener Techniker im OC, der die E-Mail irgendeines Spinners falsch interpretiert hat. Was soll das für eine Auswirkung auf unsere Aktionärsversammlung haben?«

»Du hast natürlich Recht, aber ich möchte trotzdem wissen, was dahinter steckt. Haben wir die IP-Nummer überprüft? Was, wenn das Ganze an die Presse geht? Das hätte dann bestimmt Auswirkungen auf die morgige Konferenz.«

»Du weißt, dass wir ohne eine Anordnung der Staatsanwaltschaft keine personenbezogenen Daten nach draußen geben dürfen. Ich sehe auch keinen Grund, hier überhaupt tätig zu werden. Vielmehr sehe ich die Gefahr, dass wir durch unsere Aktionen erst ein Problem schaffen.«

»Unabhängig von allem anderem möchte ich einfach wissen, was da vorgeht.«

»Ich glaube nicht, dass das Ganze jetzt wirklich wichtig ist, lass es doch einfach auf sich beruhen und uns abwarten, ob wir eine Anfrage der Staatsanwaltschaft bekommen. Dann können wir immer noch anfangen, uns den Kopf zu zerbrechen. Wir haben Wichtigeres zu tun, es sind verschiedene Gerüchte über unsere Zahlungsfähigkeit im Umlauf, unser Börsenkurs ist unter Druck und du kümmerst dich um irgend so eine Spinner-Mail.«

»Schon gut, lassen wir es auf sich beruhen und bereiten wir uns auf die Konferenz vor.«

»Also sehen wir uns um vierzehn Uhr beim Meeting?«

»Ja klar, bis dann.«

Ferry tat so, als ob er sich für den Stapel Akten, der vor ihm auf dem Schreibtisch lag, interessierte, und Rolf verließ nach kurzem Zögern den Raum und murmelte dabei etwas Unverständliches vor sich hin.

Rolfs Verhalten und seine Art gingen Ferry an manchen Tagen mächtig gegen den Strich. Er hatte Rolf vor drei Jahren an Bord geholt, weil er selbst sich zu wenig mit Finanzen auskannte. Rolf hatte damals kaum Berufserfahrung gehabt und in den ersten Jahren hatte er die Buchführung und das Rechnungswesen betreut. Er war mit GermanNet gewachsen, war jetzt CFO und die Nummer Zwei bei GermanNet. Sie beide hatte nie eine wirkliche Freundschaft verbunden. Rolf nahm ihm einfach lästige Pflichten ab. Sie hatten sich aneinander gewöhnt.

Sobald Rolf weg war, trat Ferry an sein Bürofenster. Er hatte diese Büroräume selbst ausgesucht. Das Hochhaus stand am Kürfürstendamm, und er konnte aus dem 18. Stock nicht nur über die Dächer der

Stadt sehen, sondern auch hinüber zum Zoologischen Garten – einer der Gründe, warum er sich für das Gebäude entschieden hatte.

Gleich nach dem Einzug hatte er sich ein Fernrohr gekauft, das jetzt immer noch vor seinem Fenster stand, um damit die Tiere im Zoo zu beobachten. Am liebsten mochte er die Nashörner. Er hatte schon mindestens ein Jahr nicht mehr durch das Fernrohr gesehen, es war einfach nur zu einem weiteren Einrichtungsgegenstand des Zimmers geworden. Heute sah er zum ersten Mal wieder durch das Fernglas. Er war etwas aus der Übung und brauchte ein wenig, bis er das Bild scharf gestellt hatte. Er stellte es auf zwei Affen ein, die sich gegenseitig lausten.

Seit Wochen fragte er sich immer wieder, welchen Sinn seine Tätigkeit hier hatte. Ihn ödete das Tagesgeschäft an, langweilige Meetings, uninteressante Gespräche mit Analysten und Fondsmanagern. Er wünschte sich, er hätte noch sein privates, kleines Netzwerk, das ein paar Computer in den Wohnungen von Freunden und Nachbarn vernetzte. Mit dem Fernrohr schwenkte er rüber zu den Nashörnern und streifte dabei eine junge Frau, die vor dem Nilpferdgehege stand. Automatisch stellte er das Bild auf ihre Beine ein. Und stellte fast gleichzeitig fest, dass es schlimm um ihn stand, wenn er bereits anfing, mit dem Fernglas Frauen anzustarren. Was ihn aber nicht davon abhielt, weiter die Beine der Unbekannten anzuvisieren. In diesem Moment trat Diana in den Raum.

»Hi, Rolf bat mich, dir diese Unterlagen für das Meeting nachher zu bringen.«

Ferry schreckte am Fernrohr zusammen und fühlte sich sofort ertappt.

»Entschuldigung, ich wollte dich nicht erschrecken. Rolf meinte, es wäre wichtig, dass du die Akten bekommst, bevor ihr ins Meeting geht. Ich habe dich schon lange nicht mehr am Fernrohr gesehen. Ich fand es immer eine süße Eigenschaft von dir, in den freien Minuten den Tieren im Zoo beim Essen zuzusehen.«

»Bin tatsächlich ein bisschen aus der Übung, muss erst mal wieder sehen, wie sich das Ding scharf stellen lässt.«

»Darf ich auch mal?«

»Lieber nicht!« Aber Diana war schon neben ihn getreten und sah durch das Fernroh.

»Ferry! Von wegen Tiere.«

Er merkte, wie er sofort rot wurde, und wusste nicht, was er zu seiner Verteidigung vorbringen sollte.

»So, so aus der Übung..., nun, dann will ich dich mal allein lassen. Hab' noch einen schönen Tag.«

Diana verließ lachend den Raum. Und obwohl er sich gerade schrecklich schämte, hätte er gern mit dem Fernglas hinter Diana her gesehen, wie sie sein Büro verließ und den Gang langging. Ihre Beine konnten mit denen von der Frau am Nilpferdgehege ohne Probleme mithalten.

Er drehte sich wieder zum Fenster um und versuchte, das Dach des alten Mietshauses zu finden, in dem er, damals noch Student, zum ersten Mal Computer vernetzt und Menschen ins Internet gebracht hatte. Ihm ging der Gedanke durch den Kopf, dass das vor unendlichen Zeiten und in einem anderen Leben gewesen sein musste.

Jetzt war er 31 Jahre alt und benahm sich wie ein widerlicher alter Mann, der sabbernd hinter dem Fernrohr hockte, um jungen Frauen auf die Beine zu starren. Er kam zu dem Schluss, dass er dringend aus dem Alltagstrott raus musste. Was ihm fehlte, war eine richtige Aufgabe.

Im Foyer des Bürogebäudes fand zur selben Zeit die mehrmals wöchentlich laufende Besichtungs- und Vortragstour bei GermanNet statt. In der Vergangenheit war die Besichtigungstour immer schon Monate im Voraus ausgebucht gewesen. Seit der Krise der New Economy war das Interesse zwar etwas abgeflaut, aber die Touren waren immer noch gut besucht. Vor allem Studenten und Internetbegeisterte wollten die Legende GemanNet hautnah erleben.

Die Tour war ein wichtiges Instrument im Marketing-Mix geworden, am Anfang stand ein Vortrag über GermanNet, den die Referentin für Öffentlichkeitsarbeit, Angela Müller, hielt.

»Meine Damen und Herren, ich freue mich, Sie bei GermanNet, der Nummer Eins im Internet in Deutschland und Europa, begrüßen zu können. Hinter mir an der Wand sehen Sie eine Projektion unseres Usergraphen. Die Kurve zeigt an, wie viele Nutzer oder User gleichzeitig auf unserem Netz sind. Wie Sie sehen können, sind es zurzeit fast 225.000 Menschen, die gleichzeitig unser Netz benutzen. In den

Stoßzeiten in den Abendstunden erreichen wir einen Peak von bis zu 600.000 simultanen Usern.

Unseren bisherigen Rekord erreichten wir an den Weihnachtsfeiertagen dieses Jahres, als über eine Million Menschen gleichzeitig GermanNet genutzt haben. Die Infrastruktur, die benötigt wird, um diese enormen Datenmengen bewegen und unseren Service in ganz Europa anbieten zu können, wurde von uns in einem beispiellosen Programm in nur wenigen Jahren aufgebaut.

GermanNet wurde Mitte der neunziger Jahre von Ferry Ranco gegründet. Wir sind ein typisches Garagen-Unternehmen. Am Anfang wollte Herr Ranco für sich und ein paar Freunde lediglich einen Zugang zum Internet schaffen. Vor zehn Jahren war es in Deutschland nur für Universitäten oder Forschungseinrichtungen üblich, einen Anschluss zum Internet zu haben.

Unsere Erfolgsstory begann in einem alten Mietshaus, das keine fünf Minuten von hier entfernt ist. Ferry Ranco mietete eine Telefon-Standleitung und verlegte Kabel zwischen den einzelnen Wohnungen des Miethauses, in dem fast nur Studenten wohnten. Er vernetzte die Computer und richtete schließlich eine Verbindung zum Internet ein. Die Kosten wurden dann einfach auf alle Nutzer umgelegt. Sein erstes ›Netzwerk‹ sprach sich schnell herum, und immer mehr Bekannte wollten mit angeschlossen werden. Da die Mitglieder seines Netzwerkes bald nicht nur im selben Haus wohnten, war es nicht mehr möglich, die Computer direkt miteinander zu vernetzen. Ferry Ranco musste sein erstes Einwahlnetz aufbauen.

Über eine Einwahlnummer konnte man sich nun per Telefon und Modem bei ihm einwählen.

Das Netz wurde ständig größer und Ferry war gezwungen, eine richtige Firma anzumelden. Aus dem Nachtbarschaftsnetz war ein Internet Service Provider Namens ›BerlinNetz‹ geworden. BerlinNetz schaltete erste Anzeigen in Studenten- und Stadtteilzeitungen. Das Internet zog immer neue Kunden an und man ging daran, ein deutschlandweites Einwahlnetz aufzubauen. Damit begann der raketenartige Aufstieg von BerlinNetz, das bald in GermanNet umbenannt wurde. Die Liberalisierung des Telefonmarktes in Deutschland gab schließlich den entscheidenden Push.

Ein wichtiger Meilenstein war die Fertigstellung des ›Deutschen-Rings‹, also eines eigenen Glasfasernetzes, des so genannten Backbone, das als Ring quer durch Deutschland gelegt wurde. Das Leitungsnetz in Deutschland wurde ständig ausgebaut und am Ende der neunziger Jahre besaßen wir das leistungsfähigste Leitungsnetz neben der Deutschen Telekom. Über Tochtergesellschaften in Frankreich, England, Belgien, Italien und Spanien hatten wir begonnen, die dortige Infrastruktur aufzubauen, und GermanNet etablierte sich als europäischer Service Provider. Gibt es bis hierher Fragen?«

Oft gab es bei den Touren keinerlei Fragen und Angela wollte schon fortfahren, als sich ein junger Mann aus der letzten Reihe meldete.

»Ja, bitte?«

»Was hat das ganze Netz gekostet?«

»Vielen Dank für diese Frage. Natürlich waren der Aufbau des Netzes und der Bau der Infrastruktur nicht billig. Aber im Gegensatz zu vielen unserer Wettbewerber ist GermanNet trotzdem kein hochverschuldetes Unternehmen.

Unser Börsengang hatte fast 2,5 Milliarden Euro in das Unternehmen gebracht, diese wurden fast vollständig in den Aufbau der Infrastruktur gesteckt. Und, lassen Sie mich das wiederholen, wir kommen bisher fast ohne Bankkredite aus, und sind nicht nur die Nummer Eins in Europa, sondern auch das am solidesten finanzierte Unternehmen der Branche. Wenn Sie sich den Usergraphen hinter mir ansehen, wir sind inzwischen bei einem Peak von 250.000 simultanen Usern angekommen, das bedeutet, seit wir uns hier unterhalten, haben sich weitere 25.000 Menschen in unser Netz eingewählt.

Gibt es noch weitere Fragen?

Gut, dann folgen Sie mir bitte, wir wollen als nächstes unser Operation Centre im Untergeschoss besichtigen.«

Während sich die Besichtungsgruppe auf den Weg ins Untergeschoss machte, stand Ferry zwanzig Stockwerke höher immer noch am Fenster. Die letzten fünf Jahre waren so schnell vergangen, dass er seinen Aufstieg von der Verkabelung eines Mietshauses bis zur Verkabelung halb Europas kaum wirklich bewusst wahrgenommen hatte.

Heute hatte sein Unternehmen fast 800 Mitarbeiter, einen Umsatz von zwei Milliarden Euro, und sein eigener Aktenanteil am Unternehmen betrug etwa

200 Millionen Euro. Rein theoretische Zahlen, Ferry konnte sich nicht vorstellen, was 200 Millionen wert waren, und vor allem, wie er sie je ausgeben sollte. Im Gegensatz zu seinen beruflichen Erfolgen waren die letzten fünf Jahre privat ein Desaster gewesen. Es gab drei Freundinnen in dieser Zeit. Doch alle Beziehungen blieben oberflächlich und nach kurzer Zeit waren sie langweilig und unbequem geworden. Diana war sein letzter erfolgloser Versuch gewesen.

Die Besichtungsgruppe war mit dem Fahrstuhl in das dritte Untergeschoss gefahren. Wenn man dort angekommen war, traf man direkt hinter der Fahrstuhltür auf eine bombensichere Stahltür. Vor dieser versammelte sich die Gruppe.

»Hinter dieser bombensicheren Tür befindet sich das Gehirn von GermanNet, unser Operation Centre, kurz OC genannt. Früher war hier eine Tiefgarage, bis wir alle drei Kellerstockwerke übernommen und umgebaut haben. Dieses Untergeschoss ist besonders gesichert. Wie Sie beim Herunterfahren gesehen haben, lässt sich der Fahrstuhl überhaupt nur dann dazu bewegen, im dritten Untergeschoss zu halten, wenn ein autorisierter Mitarbeiter seine Hand gegen den im Fahrstuhl angebrachten Scanner hält. Das von uns verwendete Sicherheitssystem stammt von der Firma X-SECURE, das Beste, was zurzeit auf dem Markt ist. Mit dem gleichen System ist übrigens auch das Bundeskanzleramt ausgestattet. Die Tür vor uns ist durch einen weiteren Handscanner gesichert.«

Angela hielt ihre Hand gegen den Scanner, der die Tür freigab, und die Gruppe konnte ins OC eintreten. Das OC war ein großer Raum mit im Halbkreis angeordneten Schreibtischen. An der Stirnseite waren riesige Flachbildschirme angebracht, die die verschiedenen Netz- und Leitungsdaten anzeigten. Mehrere Mitarbeiter saßen an den Schreibtischen vor Bildschirmen.

»Auf den Bildschirmen sehen Sie die Netzwerke in den verschiedenen europäischen Ländern, dort drüben sehen Sie eine Darstellung unseres globalen Netzes. Auch wenn wir unseren Einwahlservice nur in Europa anbieten, können Sie als Kunde von GermanNet natürlich weltweit auf Daten zugreifen. Dazu betreiben wir ein eigenes, globales Glasfasernetz.«

Angela drehte sich zu Winfried um, der der Gruppe entgegen kam.

»Meine Damen und Herren, darf ich Ihnen Winfried Bohl vorstellen, er ist der Chef unseres Operation Centre. Winfried, gibt es zurzeit irgendwelche Probleme?«

»Alles im grünen Bereich«, erklärte Winfried, »bis auf einen Ausfall unserer STM-16-Leitung zwischen Hamburg und Frankfurt, das sehen Sie dort auf dem hinteren Bildschirm, die rot eingezeichnete Linie. Wir haben den Verkehr aber umgeroutet. Der Datenverkehr geht jetzt von Hamburg erst nach Berlin und dann nach Frankfurt. Unsere Kunden haben nichts davon gemerkt und können ohne jedes Problem surfen.«

»Danke, Winfried. Meine Damen und Herren, bitte folgen Sie mir zurück zum Fahrstuhl, wir fahren in unser Internetcafé im 21. Stock. GermanNet möchte Sie zu einem Getränk einladen. Im Café können Sie kostenlos das Internet benutzen und sich persönlich einen

Eindruck von der Qualität unseres Netzes machen. Dort können wir dann auch Ihre Fragen klären, wir wollen die Leute hier unten in Ruhe arbeiten lassen.«

Angela leitete die Gruppe zurück zu den Fahrstühlen. Im Internetcafé angekommen, beantwortete sie die Fragen der Besucher nach Arbeitsklima und Jobmöglichkeiten. »Wenn Sie meinen, etwas zu unserem Unternehmenserfolg beitragen zu können, bewerben Sie sich einfach. Im Internet finden Sie weitere Informationen und ich stehe Ihnen für Ihre persönlichen Fragen im Anschluss auch gerne zur Verfügung.

Wir haben hier ein sehr kollegiales und freundschaftliches Arbeitsklima. Jeder hilft jedem und man hat in jeder Position große Verantwortung und die zugehörige Kompetenz. Und das wichtigste, jeder Mitarbeiter wird nach seinen Fähigkeiten gefördert. Es macht einfach Spaß, hier zu arbeiten, auch wenn's abends mal später wird. Vielleicht haben Sie auch von unserem besonderen sozialen Engagement gehört, bei dem die Mitarbeiter Vorschläge machen können, welche sozialen oder humanitären Projekte finanziell unterstützt werden sollen. Jedes Jahr stehen dazu fünf Prozent unseres Gewinns nach Steuern zur Verfügung. Unsere eigens dafür gegründete Stiftung entscheidet über die Verwendung der Gelder. Es werden jedes Jahr mehr Vorschläge eingereicht, letztes Jahr waren es 321.«

Es folgten noch eine Reihe weiterer Fragen, die Angela alle geduldig beantwortete.

Keine zehn Minuten, nachdem die Besichtungstour das OC verlassen hatte, fuhr Ferry mit dem Fahrstuhl in den Keller zum OC. Er überlegte, wann er das letzte Mal hier war. Es musste über ein Jahr her sein, als er Geschäftspartner aus Singapur durchs Haus führte. Er hatte vor, der E-Mail auf den Grund zu gehen. Sein Gefühl sagte ihm, dass mehr dahinter steckte. Er hielt seine Hand gegen den Scanner und stand Sekunden später im Raum. Winfried, der mit einem Kaffee in der Hand aus der Küche kam, kreuzte Ferrys Weg und schnauzte ihn ohne aufzusehen an.

»Was wollen Sie hier, wer hat Sie überhaupt reingelassen? Sind Sie von der Tour übrig geblieben?«

»Meine Hand hat mich reingelassen. Ich glaube, wir sind uns noch nicht begegnet, mein Name ist Ferry Ranco und ich bin CEO dieses Unternehmens. Du kennst vielleicht meinen Namen von der Unterschrift unter deinem Arbeitsvertrag. Freut mich, dass wir uns mal persönlich begegnen.« Ferry streckte Winfried die Hand zur Begrüßung hin und lächelte ihn dabei freundlich an.

Zum zweiten Mal innerhalb von wenigen Stunden schüttete sich Winfried seinen Kaffee über die Hose. Die alten Flecken waren gerade getrocknet. Er hätte eigentlich zum Schichtwechsel um 8.00 Uhr gehen können, aber er wollte noch ein paar Dinge erledigen und auch noch da sein, wenn es Nachfragen wegen der Mail von gestern Abend gab. Jetzt stand Ferry, der CEO von GermanNet, vor ihm. Bisher hatte er ihn nur auf Videokonferenzen gesehen, und in natura sah er doch etwas anders aus.

»Oh, Entschuldigung, Herr Ranco, ich habe Sie nicht gleich erkannt. Mein Name ist Winfried Bohl. Ich bin der Leiter vom OC.«

Ferry musste lachen, als ihm der verstörte Winfried die Hand gab.

»Lass uns mal beim Du bleiben. Ich heiße Ferry.«

Alle im Raum hatten aufgehört zu arbeiten und starrten in ihre Richtung.

»Hallo Kollegen, war schon lange nicht mehr bei euch hier unten.« Er ging durch den Raum und gab jedem Mitarbeiter die Hand.

»Winfried, ich möchte mit dir gern über die E-Mail von gestern Nacht reden.«

»Die Aufregung, die es gegeben hat, tut mir wirklich leid, ein neuer Kollege hatte sie falsch in das Ticketsystem eingegeben.«

»Schon o.k., können wir uns irgendwo unterhalten?«

»Natürlich, in meinem Raum dort drüben.«

Der Raum des OC-Chefs wurde von einem zweimal drei Meter großen Flachbildschirm, der eine Gebirgslandschaft zeigte, dominiert. Der Schirm musste ein Vermögen gekostet haben, nur um die Illusion eines Panoramablicks zu vermitteln. Winfried bemerkte Ferrys Blick und beeilte sich zu erklären.

»Der Schirm gehört natürlich ins OC, er war gerade bei der Wartung und hängt nur kurzfristig hier.« Winfried merkte, dass das eine Erklärung war, die alles nur noch schlimmer machte, und verfluchte sich sofort dafür, nicht einfach den Mund gehalten zu haben.

»Eine schöne Idee, etwas Flair hier unten hereinzubringen. Lass' uns zur E-Mail kommen, ich bin etwas in Eile. Habt ihr bisher etwas unternommen?«

»Nein, wir haben einen definierten Prozess zur Ermittlung der Identität. Das geht dann immer über die Rechtsabteilung, aber nur wenn die Staatsanwaltschaft oder die Polizei uns nach einer IP-Adresse fragen. Einem Privatmann dürfen wir natürlich keine Auskunft geben.«

»Mich interessiert diese Geschichte, kannst du ermitteln, wem die IP-Adresse in der fraglichen Zeit zugeteilt worden war?«

»Sicherlich, ist eine ganz einfache Datenbankabfrage.« Winfried ging an seinen Schreibtisch und gab die Abfrage in den Computer ein.

Die Ergebnisse der Datenbankabfrage erschienen auf dem Bildschirm. Winfrieds Stirn legte sich in Falten. »Da stimmt etwas nicht.« Im selben Moment stellte sich Ferry neben ihn, um auch auf den Bildschirm sehen zu können.

Ferry und Winfried saßen mittlerweile seit mehreren Stunden zusammen vor dem Computer und wurden erst von Ferrys klingelndem Mobiltelefon zurück in die Gegenwart geholt.

»Ferry, wo bist du? Wir suchen dich«, fragte Diana am Handy. »In zehn Minuten beginnt das Meeting.«

»Ich bin im OC und komme gleich nach oben.« Ferry beendete das Telefonat.

»Winfried, ich muss los, ein Meeting wegen unserer Aktionärskonferenz morgen. Du legst dich bitte erst mal ins Bett, du hast schon die ganze Nacht durchgemacht. Kannst du vorher noch deine besten Leute aus dem OC an das Thema ransetzen? Versucht herauszubekommen, was hier los ist. Wir brauchen noch vor der Aktionärskonferenz morgen Klarheit. Ich habe heute den ganzen Tag noch Termine. Könntest du mit deinem Team heute Abend so gegen 21.00 Uhr in mein Büro kommen? Dann besprechen wir die Ergebnisse und wie wir weiter vorgehen.«

»Ich werde da sein.«

Ferry machte sich auf dem Weg nach oben.

Winfried rieb sich müde die Augen. In den letzten Stunden hatten sie intensiv die Datenbanken durchgeforscht und versucht herauszubekommen, was los war, dabei hatte er glatt vergessen, wer neben ihm saß. Eigentlich war Ferry wirklich ein dufter Kumpel, dachte Winfried.

Als er aus seinem Raum in das OC trat, sahen ihn alle erwartungsvoll an.

»Was glotzt ihr so?«

»Du warst gerade ziemlich lange mit unserem CEO in deinem Kabuff, also erzähl schon.«

»Wir haben die E-Mail von gestern bearbeitet und ein paar merkwürdige Dinge festgestellt. Ihr wisst ja, wie schnell die Zeit bei so etwas vergeht.«

»Ich habe zum ersten Mal jemandem die Hand gegeben, der 200 Millionen besitzt«, stellte ein OC-Mitarbeiter fest.

Winfried versammelte seine besten Leute im Besprechungsraum und unterrichtete sie über die neue Aufgabe. Dann folgte er Ferrys Rat und ging erst mal nach Hause ins Bett.

In einem abhörsicheren Besprechungsraum in der Unternehmenszentrale der BahnBau AG in Frankfurt wurde eine Sitzung des Konsortiums abgehalten. Auf Bitten der BahnBau AG fand das Treffen im kleins-

ten Kreise statt. Nur die beiden Verantwortlichen Direktoren waren anwesend, Udo von Bosewitz für die BahnBau AG und Klaus Hamann als Vertreter der Schienenfahrzeuge AG. Die beiden Firmen hatten sich als Konsortium zusammengefunden, um bei der internationalen Ausschreibung für den Bahnbau in Malaysia gemeinsam ein Angebot abzugeben. Es ging um einen Milliardenauftrag und die Angebotsfrist endete in 36 Stunden. Der größte Konkurrent des Konsortiums war die TrainInternational, ein Zusammenschluss von spanischen und französischen Unternehmen.

»Guten Morgen, Herr Hamann, schön Sie zu sehen«, begann von Bosewitz das Gespräch, »Sie sehen etwas abgekämpft aus.«

»Um ehrlich zu sein, Herr von Bosewitz, ich war etwas verwundert über Ihren Wunsch bezüglich dieses Treffens«, antwortete Klaus Hamann gereizt, »so kurz vor der Angebotsabgabe stecke ich natürlich genau so tief in der Arbeit wie Sie, und ich habe weiß Gott Wichtigeres zu tun, als am Morgen nach Frankfurt zu fliegen, um mit Ihnen Smalltalk zu machen. Was gibt es also so Wichtiges?«

»Das hier hat mich bewogen Sie so kurzfristig um einen Termin zu bitten«, bemerkte von Bosewitz und legte eine CD auf den Tisch zwischen Ihnen.

»Und, was ist das?«

»Das Angebot, das TrainInternational übermorgen abgeben wird, mit allen Anlagen und der Preiskalkulation.«

»Sind Sie verrückt, Udo, wie kommen Sie zu diesen Unterlagen?«

»Ich würde die Frage nach dem Woher gerne unbeantwortet lassen. Klaus, wir haben nicht mehr viel Zeit, ich benötige Ihre besten und vertrauensvollsten Mitarbeiter, um diese Unterlagen auszuwerten und unser eigenes Angebot entsprechend anzupassen.«

»Was Sie vorschlagen, ist Industriespionage. Wenn das herauskommt, werden wir vom Angebotsprozess ausgeschlossen. Ganz abgesehen von allen anderen Problemen, die wir bekommen werden.«

»Klaus, wir haben die letzten drei Ausschreibungen an TrainInternational verloren. Das Angebot für die Schnellbahnstrecke in Indien, das Angebot in Argentinien und schließlich auch die Ausschreibung in Tschechien. Immer waren wir die Zweiten. Wenn wir dieses Mal wieder nicht zum Zug kommen, sind wir endgültig aus dem Rennen.«

»Und wenn das herauskommt, was Sie da planen, sind wir definitiv aus dem Rennen.«

»Oder wir haben die Chance, den Auftrag in Malaysia zu gewinnen. Machen wir uns nichts vor, Klaus, wenn wir diesmal wieder unterliegen, war es das für uns. TrainInternational hat inzwischen so viele Aufträge gewonnen, dass sie uns weit überlegen sind. Und mit jedem weiteren Auftrag wird ihre Kostenstruktur besser als unsere. Ihre Forschungs- und Entwicklungskosten können Sie über immer mehr Aufträge verteilen, die berühmten ›Economies of Scale‹. Wenn wir in Malaysia wieder unterliegen, sind wir am Ende. Aber das wissen Sie selbst.«

»Gut, reden wir Klartext. Was Sie vorschlagen, ist kriminell und kann uns beide persönlich Kopf und Kragen kosten.«

»Ich für meinen Teil werde, wenn wir diesen Wettbewerb wieder verlieren, meinen Hut nehmen müssen, und wie man so hört, gilt das Gleiche für Sie, Klaus.«

Damit hatte er Recht. Wenn dieser Auftrag nicht gewonnen wurde, würde Schienenbau die Produktion deutlich zurückfahren müssen. Einige Werke müssten geschlossen und Leute entlassen werden. Man hatte ihm klar signalisiert, dass Malaysia auch für ihn die letzte Chance war.

»Udo, was Sie da vorhaben, ist Wahnsinn.«

»Überlegen Sie, bei jedem Angebot wurden wir knapp unterboten, ich gehe jede Wette ein, dass wir eine undichte Stelle in unserer Organisation haben. TrainInternational muss Informationen über uns haben. Wir schlagen nur mit den gleichen Mitteln zurück. Und dieses Mal werden wir die Sieger sein.«

»Und wenn das rauskommt, sind wir beide unsere Jobs los und unsere Unternehmen werden in Malaysia in den nächsten Jahren keine Angebote mehr abgeben dürfen.«

»Das haben wir schon diskutiert, wir drehen uns im Kreis. Wenn wir den Wettbewerb in Malaysia verlieren, sind wir beide unsere Jobs los und unsere Unternehmen sind endgültig aus dem Geschäft. Wo also ist der Unterschied? Die Informationen auf der CD sind unsere einzige Möglichkeit, dieses Mal zu gewinnen.«

Klaus Hamann überlegte lange, die Argumente waren nicht von der Hand zu weisen. Es war Wahnsinn, aber es war eine Chance. Klaus nahm die CD in die Hand.

»O.k., Udo, ich bin dabei, aber sagen Sie mir, wo-

her Sie diese Informationen haben und was wir dafür tun müssen.«

»Bitte begnügen Sie sich mit der Antwort, dass die CD von einer zuverlässigen Organisation stammt, die darauf spezialisiert ist, Informationen zu beschaffen. Wenn wir den Zuschlag in Malaysia erhalten, wird es eine 50 Million Euro Position für Beratungsleistungen in unserem Projektbudget geben. Bei einem voraussichtlichen Budget von zwei Milliarden Euro fällt das nicht weiter auf.«

»Ich halte hier also 50 Million in der Hand«, fragte Klaus Hamann und sah dabei die CD an. »Sie halten ein Auftragsvolumen von zwei Milliarden und unser berufliches Schicksal in der Hand«, antworte Udo von Bosewitz, »lassen Sie uns an die Arbeit gehen, wir haben nur noch 36 Stunden.«

Ein Stab aus absolut vertrauenswürdigen Mitarbeitern der beiden Unternehmen verbrachte die nächsten 30 Stunden in Hektik und Abgeschiedenheit. Fünf Stunden vor Ende der Angebotsfrist traf eine weitere CD mit den letzten Modifikationen des Angebots von TrainInternational ein und zehn Minuten vor Ende der Angebotsfrist wurde schließlich in Malaysia vom Konsortium aus BahnBau AG und Schienfahrzeug AG ein Angebot abgegeben. Das Angebot lag nur geringfügig unter der Angebotssumme von TrainInternational. Das Konsortium erhielt den Zuschlag für den zwei Milliarden Euro Auftrag.

Während des Meetings waren die Gedanken von Ferry immer noch bei den im OC festgestellten Merkwürdigkeiten. Die IP-Nummer, die X-SECURE ihnen mitgeteilt hatte, ließ sich für gestern Nacht nicht richtig zuordnen.

Das Eigenartige war, dass die IP-Adresse des Hackers zu einem Teilnehmer gehörte, der einen internen Zugangscode besaß. Interne Zugangscodes waren Codes, die nur an GermanNet-Mitarbeiter vergeben wurden, die diese Accounts dann ausschließlich zu Prüf- und Wartungszwecken benutzten. Interne Zugangscodes wurden nicht gebillt, es wurde also keine Rechnung erstellt. Die internen Zugangcodes wurden streng kontrolliert. Immerhin konnte man sich mit diesen freien Zugang zum Netz verschaffen. Das Eigenartige war, dass der gestern verwendete Zugangscode nirgendwo registriert oder bekannt war. Wer immer sich gestern eingewählt hatte, hatte einen Zugangscode, den er nicht haben durfte. Der oder die Hacker waren nicht nur bei X-SECURE eingedrungen, sie waren auch erfolgreich bei GermanNet eingedrungen und es war noch völlig unklar, wie lange das schon so ging und was sie bisher alles angerichtet hatten. Ferry hoffte, dass Winfried und sein Team bis heute Abend etwas mehr herausbekommen konnten.

Pünktlich um 21.00 Uhr warteten Winfried und zwei seiner Mitarbeiter in Ferrys privatem Besprechungsraum hinter seinem Büro. Alle waren etwas verlegen. Winfried stellt Ferry zuerst Doris Jensen und Heiko Föhr vor.

»Danke, dass ihr so spät noch gekommen seid«, begrüßte Ferry die drei. »Ich habe uns eine Kleinigkeit zu essen besorgt, bitte bedient euch erst einmal, bevor wir anfangen.«

Ferry wartete, bis alle mit ihren Tellern einen Platz am Konferenztisch gefunden hatten.

»Also dann, kommen wir zum Geschäftlichen. Konntet ihr etwas herausbekommen?«, fragte Ferry in die Runde.

»Wir haben zuerst einmal weiter in der Datenbank gestöbert und festgestellt, dass der bewusste Zugangscode in den letzten Wochen über 100-mal benutzt worden ist. Normalerweise wird ja bei jeder Einwahl in unser Netz die Telefonnummer miterfasst. Aber in unserer Datenbank sind alle Telefonnummern für diesen Zugangscode gelöscht worden«, begann Heike Föhr den Bericht.

»Das heißt, sie sind weiter in unser System vorgedrungen, als wir gedacht haben«, stellte Ferry fest.

»Genau«, fuhr Heiko fort, »sie kommen von irgendwo und gehen dann durch unser Netz, ohne registriert zu werden. Wer immer hier am Werk war, er hat eine Möglichkeit gefunden, sich unkontrolliert in das Netz von GermanNet einzuwählen, ohne dass wir feststellen konnten oder können, wer er ist.«

»Wir sollten den Zugangscode sofort sperren«, sagte Ferry.

»Das war auch unser erster Gedanke, aber dann hatten wir eine bessere Idee«, warf Doris Jensen ein und lief gleich darauf rot an. Sie zweifelte plötzlich daran, dass das der richtige Ton war, mit dem CEO zu sprechen. Aber Ferry lachte sie nur freundlich an.

»Gute Ideen sind immer willkommen, Doris. Was habt ihr also gemacht?«

»Wir haben versucht, einen Call mit dem Zugangcode live zu erwischen, um zu beobachten, was sie eigentlich machen.«

»Super Idee, hat es geklappt?«

»Ja, wir konnten tatsächlich beobachten, wie sich jemand mit der unbekannten Kennung einwählte und es gelang uns zu verfolgen, was der Eindringling tat. Zu unserer Überraschung ist er nicht in das Internet gegangen, sondern hat sich über unser Netz in das Firmennetz von TrainInternational eingeloggt.«

»Scheiße«, rief Ferry, »wenn er sogar in Firmennetzwerke vordringen kann, haben wir ein wirkliches Problem.«

GermanNet betrieb ein so genanntes öffentliches Einwahlnetz, wie der Name schon sagt, ein Netz in das sich jeder – vorausgesetzt er hat einen Vertrag mit GermanNet – per Telefon und Modem einwählen konnte, um E-Mails zu versenden oder ins Internet zu gehen. Daneben bot GermanNet aber auch Unternehmen Datenleitungen an. So hatte zum Beispiel TrainInternational Leitungen gemietet, die die Zentrale in Paris mit den einzelnen Standorten verband. Diese Unternehmensnetze waren vom öffentlichen Einwahlnetz getrennt. Das Einwahlnetz war einfach nicht zu sichern, in Spitzenzeiten waren hunderttausende von Nutzern gleichzeitig im Netz. Das ließ sich nicht kontrollieren. Im Gegenteil, das Internet zeichnet sich gerade dadurch aus, dass es eben ein öffentliches Netz ist.

Die öffentlichen und privaten Leitungsnetze waren daher streng voneinander getrennt und durch Firewalls geschützt. Der Fremde hatte aber offensichtlich einen Weg gefunden, sich von einem Telefon, irgendwo auf der Welt, in das öffentlich zugängliche Netz einzuwählen und dann alle Kontrollen und Sperren zu durchbrechen und Zugang zu den streng abgeschirmten Firmennetzwerken, denen GermanNet die Leitungen zur Verfügung stellte, zu erlangen. Das war bisher als absolut unmöglich angesehen worden.

Ferry hatte keine Ahnung, wie das funktionierte und warum alle Sicherheitsmaßnahmen versagten.

»Ihr habt in der kurzen Zeit hervorragende Arbeit geleistet. Das Problem hat jetzt eine ganz andere Dimension bekommen. Nehmt euch bitte noch was zu essen. Ich werde in der Zwischenzeit nachsehen gehen, ob Rolf Keller noch im Büro ist. Ich denke, wir sollten das Ganze gemeinsam besprechen.«

Ferry traf Rolf, der gerade gehen wollte, am Fahrstuhl und bat ihn, zum Meeting dazuzukommen. Rolf kam widerwillig in den Besprechungsraum.

»Ich denke, ihr kennt alle Rolf«, stellte Ferry ihn vor, »er ist für unsere Finanzen zuständig und alles, was unseren Aktienkurs beeinflussen könnte, geht ihn ebenfalls an. Doris, könntest du Rolf eine kurze Zusammenfassung von dem geben, was du uns gerade berichtet hast?«

»Ferry, ich weiß immer noch nicht, was die ganze Aufregung um diesen Hackerscheiß mit unserem Börsenkurs und der morgigen Aktionärsversammlung zu tun hat. Wir sollten unsere Zeit und Energie jetzt auf andere, wichtigere Dinge konzentrieren«, Rolf war Ferry ins Wort gefallen. Er genoss die peinliche Atmosphäre, die sofort im Raum entstanden war, und vor allem genoss er es, Ferry vor den Mitarbeitern so abzukanzeln. Doris, die gerade ansetzen wollte zu berichten, war sprachlos. So sympathisch und angenehm Ferry war, so unangenehm und unsympathisch war ihr Rolf.

»Rolf, hör' dir bitte erst einmal an, was Doris herausbekommen hat. Doris würdest du bitte anfangen?«

Doris berichtete noch einmal, was sie bereits den anderen erzählt hatte.

»Was denkst du, Rolf, was passiert, wenn das bekannt werden würde?«, fragte Ferry anschließend. Rolf räusperte sich: »Wenn das bekannt wird, kann das in der Tat zu einem enormen und vielleicht nicht mehr zu reparierenden Imageschaden führen. Wir könnten einen Teil unserer Firmenkunden verlieren und je nachdem, was die Hacker angestellt haben, ist es auch denkbar, dass Schadensersatzforderungen in Millionenhöhe auf GermanNet zukommen.«

»So sehe ich das auch«, bestätigte Ferry und ergänzte, »die Firmennetze bringen zurzeit das Geld. Wie alle Service Provider verdienen wir mit den privaten Internetkunden kaum noch etwas, hier decken wir gerade mal unsere Kosten. Das Geld verdienen wir im kommerziellen Sektor und genau den könnten wir verlieren, wenn das bekannt wird, was wir gerade gehört haben.«

Nach einer Pause, in der niemand ein Wort sagte, fuhr Ferry fort: »O.k., es ist schon spät, Leute. Ich denke, wir alle müssen erst mal verdauen, was wir gehört haben. Lasst uns nach Hause gehen und das Ganze überschlafen.«

Rolf blieb noch, bis die anderen gegangen waren und er mit Ferry allein war.

»Ich habe das Problem wohl wirklich nicht richtig eingeschätzt«, gab Rolf zu.

»Kein Problem, mach' dir keine Gedanken. Komm gut nach Hause«, Ferry war froh, Rolf für heute los zu werden.

Rolf verließ Ferry mit einer riesigen Wut im Bauch. Er hasste ihn dafür, dass er immer Recht behielt. Und heute hatte Ferry ihn vor den Mitarbeitern wieder mal bloßgestellt.

Nachdem Ferry allein war, dachte er weiter nach. Es stand fest, dass der Fremde sich nicht nur in das Firmennetz von X-SECURE gehackt hatte, er war auch in das interne Netz von GermanNet eingedrungen. Und man war auf dieses Eindringen nur durch Zufall aufmerksam geworden. Der erste Hinweis war die Mail von gestern Abend. Sie war der Ausgangspunkt gewesen, und es erschien Ferry nur folgerichtig, die Spur hier weiter zu verfolgen. Ferry holte sich die Mail von gestern Nacht auf den Bildschirm und rief die angegebene Nummer an.

Obwohl es schon nach 22.00 Uhr war, war der Administrator von X-SECURE sofort am Telefon.

»Guten Abend. Mein Name ist Ferry Ranco, ich bin der Geschäftsführer von GermanNet. Du hast gestern Abend eine Mail an unser OC geschickt. Wir haben den Vorgang inzwischen etwas näher untersucht. Ich würde mich gerne mit dir darüber unterhalten.«

Michael Kunze war im ersten Moment mehr als verwundert, dass er vom CEO von GermanNet direkt angerufen wurde. Natürlich hatte er von Ferry Ranco gehört. Trotzdem war es höchst ungewöhnlich, dass sich der CEO eines Milliardenkonzerns persönlich um eine E-Mail kümmerte.

Ferry war wieder ganz in seinem Element. Das Thema lag ihm mehr als die ständigen Aufsichtsratssitzungen und die Diskussionen über Liquidität und Quartalsberichte.

Für ihn war ein Gespräch zwischen zwei Netzwerkspezialisten das Normalste auf der Welt, während Michael noch Schwierigkeiten hatte, sich auf das Duzen einzustellen. Aber es war wohl so in der ›New Economy‹, dass sich die angelsächsische Eigenart durchgesetzt hatte, alles und jeden gleich mit dem Vornamen anzusprechen. Von Ferry Ranco geduzt zu werden, war zwar etwas komisch, aber es schaffte auch Vertrauen und Verbundenheit. Nachdem Michael den ersten Schock überwunden hatte, berichtete er Ferry von den Geschehnissen der letzten Nacht.

»Der Hacker ist einfach durch alle unsere Sicherheitssysteme gekommen. Er hatte offensichtlich einen Usernamen und ein Passwort. Beides wird aber nur von mir vergeben und verwaltet, und ich habe diesen User nie eingerichtet. Meiner Meinung nach sind hier Profis am Werk. Keine Ahnung, wie sie das anstellen.«

»Was hat er bei euch gewollt?«

»Er hat begonnen, für uns sehr wichtige Dateien herunterzuladen. Wir haben ihn dabei erwischt und konnten das Schlimmste verhindern. Ich habe den Stecker rausgezogen. Das war der einzige Weg, um ihn aufzuhalten.«

»Was hat er bei euch runtergeladen?«

»Das darf ich dir nicht sagen. Aber du weißt ja, was wir herstellen: Sicherheitstürsysteme und man könnte – rein theoretisch gesprochen natürlich – bei uns nach Möglichkeiten suchen, diese Systeme zu umgehen. Was wisst ihr noch über den Unbekannten?«

»Das darf ich auch nicht sagen. Aber rein theoretisch war es bei uns ähnlich. Er hat hier alle Sicherheitsbarrieren durchbrochen, und um ehrlich zu sein, wir wissen auch noch nicht, wie er das macht. Auch bei uns verfügt er über gültige Zugangsnamen und Passwörter, die es eigentlich gar nicht geben dürfte und die ihm niemand eingerichtet hat. Aber wir sind in einer weit schwierigeren Situation als ihr, wir können nicht einfach den Stecker von GermanNet rausziehen. Daher bin ich für jeden Hinweis dankbar, der uns helfen kann, dem Hacker das Handwerk zu legen. Kannst du mir genau beschreiben, wie es bei euch abgelaufen ist?«

»Er kam über den Internetserver. Aber dieser ist absolut getrennt von unserem anderen Rechner. Wir wissen nicht, wie er es geschafft hat, durch die Firewall zu kommen und auf unsere anderen Systeme zuzugreifen. Offensichtlich konnte er unsere Firewall umgehen. Wir haben auch keinen Hackerangriff registriert. Er hat die Sicherheitssysteme nicht nur umgangen, sondern ist an ihnen vorbei, ohne dass er bemerkt wurde. Es ist unheimlich. Ich habe eine Datei, die den Verlauf des Zugriffs des Fremden auf unser Netzwerk dokumentiert. Ich müsste einige unternehmenssensible Daten rauslöschen, aber wenn wir uns darauf einigen, dass das Ganze unter uns bleibt, könnte ich dir die Datei mailen.«

»Mach dir keine Gedanken, natürlich bleibt das Ganze unter uns, wir sind beide in derselben Situation. Wenn es bekannt wird, dass irgendjemand hier in unser Netzwerk eindringen kann, wann immer er will, und dann auch machen kann, was er will, während wir keine Möglichkeit haben, das zu verhindern, dann ist das auch für uns mehr als nur eine Blamage. Wir sitzen im selben Boot und haben den gleichen Gegner. Lass uns zusammenarbeiten.«

»Ja, lass uns zusammenarbeiten. Die Datei ist schon unterwegs, wie ist deine Mailadresse?«

Ferry gab seine Mailadresse durch und versprach, sich sofort zu melden, sobald er etwas Neues herausbekommen hatte.

Ferry hatte, nach dem Gespräch mit X-SECURE, bei den an den Wänden seines Arbeitszimmers montierten großen, beschreibbaren und magnetischen Tafeln eine Ecke frei gewischt und schrieb jetzt Stichworte an die Wand: ›*umgehen von Sicherheitssystemen*‹, ›*außer Kraft setzen von Sicherheitssystemen*‹, ›*Beschaffen von Zugangsdaten für Türschließsysteme*‹, ›*keine Spuren hinterlassen*‹, ›*verwendete Technik: unbekannt*‹. Er setzte sich ein bisschen zurück und dachte über diese Liste nach. Der Gegner war ein Spezialist in der Überwindung von Sicherheitssystemen. Nicht auf die brutale Art, er knackte sie nicht – er ließ sie für sich arbeiten. Er ging einfach durch sie durch, ohne

Alarm auszulösen, ohne Spuren zu hinterlassen. Und offensichtlich wollte er das nicht nur in der virtuellen Welt. Er wollte sich Daten beschaffen, mit denen er das Gleiche auch in der realen Welt tun konnte, deshalb der Angriff bei X-SECURE. Der Fremde wollte nicht nur durch Firewalls gehen, sondern auch durch echte Türen.

Und er benutzte GermanNet für seine Zwecke. Es wurmte Ferry, dass ihm jemand technisch überlegen war, denn er bildete sich ein, dass er viel von Netzwerken verstand. Schließlich war er als Student selbst mal Hacker gewesen, allerdings ohne je einen persönlichen Vorteil davon zu haben. Aber dieser Unbekannte verstand offensichtlich mehr davon als er. Und er konnte sein Unternehmen gefährden. Im Internetgeschäft waren es manchmal Kleinigkeiten, die über Leben und Sterben einer Firma entschieden. Hier war etwas geschehen, das GermanNet ernstlich gefährden konnte. Er musste herausfinden, wie der Fremde vorging und vor allem musste er schnell einen Weg finden, um den Gegner zu stoppen.

Ferry war zu lange aus dem Thema draußen, er war nicht auf dem Laufenden, was sich in der Hackerszene so tat und welche Techniken zurzeit angesagt waren. Er brauchte Unterstützung. Der Beste, der ihm hierfür einfiel, war sein Freund aus Studententagen, Leo Baldure. Ihre Wege hatten sich nach der Uni getrennt. Während Ferry begann, sein Unternehmen aufzubauen, blieb Leo der Universität treu, er hatte inzwischen eine Professur an der Cambridge Virtuell University angenommen und er war genau der Spezialist, den

Ferry jetzt brauchte. Obwohl es mitten in der Nacht war, rief er ihn an. Ferry wusste, dass Leo spät aufstand und lange wach blieb. In ihren Studententagen war das der Auslöser für das Gerücht gewesen, dass Leo von Vampiren abstamme und deshalb das Tageslicht scheue. Das Telefon hatte dann auch noch keine zweimal geklingelt, als Leo abhob.

»Hi Leo, ich bin es, Ferry.«

»Mensch, lange nichts gehört, muss ein Jahr her sein.«

»Ja, wie geht es dir?«

»Komm, ich kenne dich zu lange und weiß, dass du so damit beschäftigt bist, Geld zu verdienen, dass du mich nicht anrufen würdest, wenn es keinen Grund gäbe. Also spar dir die Höflichkeitsfloskeln und rücke mit der Sprache raus. Was willst du? Interessiert mich wirklich brennend, was es gibt.«

Ferry erzählte ihm die Geschichte, nicht in allen Einzelheiten, aber genug, damit Leo sich ein Bild machen konnte.

»Wow, klingt wirklich interessant. Ich habe zurzeit eine Mitarbeiterin, die Publizistik und Netzwerktechnik studiert hat, die ist seit einiger Zeit an dem Thema IP-Sicherheit und Hacker dran. Sie schreibt ihre Doktorarbeit zu diesem Thema und wird uns helfen können, einen Ansatzpunkt zu finden.«

»Eine Journalistin ist eigentlich das Letzte, was ich jetzt brauchen kann.«

»Sei nicht blöd, Ferry, das klingt nach einer großen und interessanten Sache. Wir sollten das im ersten Schritt nicht von der technischen Seite angehen. Wer immer das ist, es klingt so, als ob er uns voraus ist. Judith hat sich in den letzten Monaten einen Überblick darüber verschafft, wer zurzeit in der Hackerszene aktiv ist. Ich glaube nicht, dass hier der große Unbekannte am Werk ist. Irgendjemand kennt ihn oder sie oder kann uns sagen, wer ihn vielleicht kennt, oder zumindest, wie er oder sie es macht. Wenn du schnell eine Lösung willst, dann komm her und setze dich mit Judith zusammen. Und natürlich kannst du unsere Technik hier benutzen.«

Ferry wusste, dass das Labor von Leo nicht nur das Neueste an Computertechnik aufwies, sondern auch Prototypen, die nie in die Produktion gegangen waren, sowie ein Sammelsurium an neuester Software, eben alles, was er benötigte, um weiterzukommen.

»Mir brennt die Sache unter den Nägeln. Ich komme morgen Abend nach der Aktionärsversammlung nach Cambridge.«

»Ich muss leider zu einer Tagung nach Seattle, aber Judith kann sich um dich kümmern. Bringe etwas Zeit mit und bleibe das Wochenende hier bei uns. Das Labor steht dir offen, du brauchst ja keinen Schlüssel. Wie du weißt, haben wir Handscanner an den Türen und dein Profil ist seit dem letzten Besuch eingespeichert.«

»Sensoren von X-SECURE?«

»Ja, wieso?«

»Eine lange Geschichte, erzähle ich dir, wenn wir beide mehr Zeit haben, und vor allem nicht am Telefon.«

»So schlimm? Wie auch immer, ich sage Judith Bescheid, dass sie dich vom Flughafen abholen soll und sich ein bisschen Zeit für dich nimmt. Ich bin gespannt, was dabei herauskommt.«

»Tausend Dank.«

»Nicht so schnell, ich gebe dir meine beste Doktorandin für das Wochenende und überlasse dir mein Institut, das kostet eine Kleinigkeit.«

Ferry musste lachen. Das war Leo, wie er ihn kannte.

»Wie viel?«

»Wir brauchen neues Equipment und der Etat für dieses Jahr ist schon ziemlich am Ende.«

»Also gut, wenn ich die Aktionärversammlung morgen überlebe, spendiere ich dir 100.000 Euro an Forschungsgeldern.«

»Ist mir eine Ehre, dich als Gast zu begrüßen und du kannst dann auch gerne noch ein paar Tage länger bleiben.«

»Ich denke, das Wochenende wird reichen. Viel Spaß in Seattle.«

3

Michael Kunze verließ um 00.30 Uhr die Gebäude von X-SECURE. Nach dem Gespräch mit Ferry Ranco war er erleichtert. Er hatte den besten Verbündeten gefunden, den er sich vorstellen konnte. Er freute sich darauf, seiner Geschäftsführung morgen früh berichten zu können, dass er mit Ferry Ranco gesprochen hatte. Wenn man bei X-SECURE das Vertrauen in ihn verloren haben sollte, könnte er morgen bestimmt etwas davon zurückholen.

Er war zwar auch etwas verunsichert, ob er die Datei, die den Hackerangriff in allen Einzelheiten dokumentierte, so einfach an Ferry hätte mailen dürfen. Vielleicht war er etwas voreilig gewesen, aber das brauchte er morgen ja erst mal nicht zu erzählen. Er hatte alle wichtigen Dokumente und Dateien auf den Laptop geladen, den er unter dem Arm trug. Damit wollte er sich zu Hause bei einem Glas Wein und etwas Musik hinsetzen, sich das Ganze in Ruhe durch den Kopf gehen lassen und dann entscheiden, was weiter zu tun war.

Michael war in seine Gedanken versunken, als er auf die Fahrbahn trat, um zu dem auf der anderen Straßenseite gelegenen Parkplatz zu gelangen. Er sah das herannahende Auto erst, als der Motor aufheulte. Sekundenbruchteile später wurde er schon von ihm erfasst und flog durch die Luft. Das Auto drehte um, fuhr zurück und hielt neben dem leblosen Körper von Michael an. Ein Mann beugte sich aus dem Auto, nahm die Laptoptasche an sich, die Michael gerade noch in der Hand gehalten hatte, und fuhr dann sofort weiter.

X-SECURE lag in einem Industriegebiet. Der Vorfall war von niemandem beobachtet worden. Erst etwa zehn Minuten später fand ein vorbeifahrender Autofahrer Michal Kunze. Der bald darauf eintreffende Notarzt konnte nur noch den Tod feststellen.

Bevor Ferry sich weiter mit dem Hackerproblem beschäftigen konnte, musste er die Aktionärsversammlung überstehen. Langsam begann auch für GermanNet die Glückssträhne in geschäftlichen Dingen zu Ende zu gehen. Zur Millenniumswende hatte ein Boom die Internetbranche erfasst, aber kaum ein Jahr später war die Euphorie ins Gegenteil umgeschlagen. Die gesamte Branche war zusammengebrochen, wie eine Seifenblase geplatzt.

Im Gegensatz zu anderen Netzbetreibern stand GermanNet allerdings immer noch gut da. In den letzten vierundzwanzig Monaten waren eine ganze Reihe von neuen Netzbetreibern entstanden und wieder verschwunden. Die Newcomer hatten sich ebenfalls kurzfristig Gelder an den Börsen verschafft, hatten dann in atemberaubender Geschwindigkeit Leitungen verbuddelt und die notwendige Netzinfrastruktur aufgebaut. Milliarden waren so verbaut worden, der größte Teil davon auf Pump. Dann kam die Flaute auf dem Internetmarkt, die Umsätze blieben weit hinter den Erwartungen zurück, die Preise waren im Keller und viele der neuen Unternehmen waren nicht mal mehr in der Lage, die Zinsen zu bezahlen. Eine Pleite war der anderen gefolgt.

GermanNet hingegen war mit seinen fünf Jahren am Markt schon der Oldtimer der Netzbetreiber. Der Großteil des Netzes war während der letzten Jahre kontinuierlich aufgebaut worden und GermanNet war bei weitem nicht so verschuldet wie viele der Newcomer. Sie hatten die solide Basis genutzt, um in den zusammenbrechenden Märkten auf Einkaufstour zu gehen und billig Leitungen aus der Konkursmasse der Konkurrenten aufzukaufen. So hatte GermanNet in letzter Zeit eine ganze Reihe neuer, hochmoderner Leitungsstränge in Europa, sowie zwei Transatlantikleitungen erworben, alles zu Preisen, die weit unter dem lagen, was man hätte ausgeben müssen, um diese selbst zu bauen.

Aber trotz aller Erfolge und umsichtiger Unternehmensführung, war die Branche kaputt, und die Nerven an den Börsen lagen blank. Morgen würde GermanNet seine Quartalszahlen vorlegen. Das Unternehmen war solide finanziert, machte Umsatz, hatte einen realistischen Businessplan, soweit die guten Nachrichten. Aber auch GermanNet konnte sich nicht vom Trend der Branche abkoppeln, der Gewinn des letzten Quartals war hinter den Erwartungen zurückgeblieben und für die Zukunft mussten die Gewinnerwartungen ebenfalls nach unten korrigiert werden.

Ferry und Rolf hatten am Freitagmorgen zusammen mit dem Aufsichtsrat von GermanNet die Quartalergebnisse auf der Aktionärsversammlung vorgestellt. Im Anschluss an ihre Vorträge hatten sie den Aktionären Rede und Antwort gestanden und anschließend mussten sie eine Menge Interviews geben. Wichtig waren vor allem die Gespräche mit Analysten und den Vertretern der verschiedenen Fond- und Venture-Capital-Gesellschaften, die den Großteil der Aktien von GermanNet hielten. Das mäßige Quartalsergebnis und die heruntergeschraubte Gewinnerwartung für das nächste Quartal hatten dazu geführt, dass gleich nach Bekanntgabe der Zahlen am Morgen die Aktien von GermanNet fast zehn Prozent an Wert verloren. Damit war man bei dem momentanen hysterischen Börsengeschehen noch gut weggekommen. Zum Ende des Tages hatte sich der Aktienkurs wieder stabilisiert, die meisten Analysten hatten sich positiv zur Zukunft von GermanNet geäußert und einige Handelshäuser sahen GermanNet als deutlich unterbewertet an und hatten mit ›strong buy‹ sogar Kaufempfehlungen abgegeben.

Ferrys Aktienpaket hatte im Laufe des Tages zwanzig Millionen Euro an Wert verloren und war ›nur noch‹ 180 Millionen Euro wert, aber das ganze Geld hatte für Ferry sowieso nur eine abstrakte Bedeutung. Er war einfach froh, dass der Freitag vorbei war. Sie hatten überlebt, die Aktionäre waren einigermaßen zufrieden gestellt, der Rest war Aufgabe von Rolf. Endlich konnte er sich wieder seinen eigenen Gedanken zuwenden. Nach der Aktionärskonferenz erschien ihm das Problem des Hackerangriffs fast als eine erfreuliche Freizeitbeschäftigung. Zumindest war er hier in seinem Metier.

Rolf sägte seit einiger Zeit an Ferrys Stuhl. Dabei ging er langsam und vorsichtig vor, denn er wusste, er brauchte Geduld, wenn er Erfolg haben wollte. Die Abwesenheit von Ferry nach der Aktionärskonferenz war eine willkommene Gelegenheit. Am Rande ergab sich die eine oder andere Möglichkeit mit den Vertretern der Venture-Capital- und Fond-Gesellschaften ein persönliches Wort zu wechseln. Rolf ließ anklingen, dass der Erfolg von GermanNet weniger der Verdienst von Ferry, sondern vielmehr sein eigener war. Man war freundlich zu ihm, es konnte sich einmal nützlich erweisen, einen wie ihn im Unternehmen zu haben. Auch wenn man Rolf und seine Illoyalität verachtete: Vielleicht konnte man ihn künftig noch brauchen.

Ferry traf am späten Freitagabend in London-Stansted ein. Er hatte mit der Assistentin seines Freundes Leo E-Mails ausgetauscht und verabredet, dass sie ihn am Ausgang zur Ankunftshalle abholte. Er hatte ein Erkennungszeichen vereinbaren wollen, aber Judith Knowles erklärte ihm, dass sie wisse, wie der CEO von GermanNet aussehe. Als er jetzt in die Ankunftshalle des Flughafens trat, suchte sein Blick nach einer wartenden Frau. Er hatte sich bisher nicht überlegt, wie Judith aussehen könnte.

Als Erstes fiel ihm eine Frau in einem gestreiften Kostüm, kurzem Rock, blonden Haaren und unheimlich langen Beinen auf. Er wurde daran erinnert, wie er von Diana mit dem Fernrohr erwischt worden war. Gleichzeitig stellte er nüchtern fest, dass das wohl kaum Judith sein konnte, leider. Auf ihn wartete wahrscheinlich eine kleine, pummlige, übereifrige Doktorandin mit einer hässlichen Brille, die ein Genie am Computer war und sich für nichts sonst interessierte. Sein Blick kreuzte den Blick der blonden Frau in der Wartehalle, die seine Aufmerksamkeit bemerkte und mit einem genervten Gesichtsausdruck demonstrativ in die andere Richtung sah. Er nahm einen tiefen Atemzug und seufzte leise, ohne den Blick von dem Traum mit den langen Beinen zu nehmen.

»Auch wenn Ihnen die Dame gefällt, sollten Sie sie nicht gleich mit Blicken auffressen. Ihr Seufzen gilt wohl dem Wissen, dass Sie sie nicht haben können?«

Er drehte sich erschreckt um, vor ihm stand eine rothaarige junge Frau in Jeans und kurzem T-Shirt, das den Bauchnabel freigab.

»Hey, Herr Ranco, ich bin Judith Knowles.«

Es dauerte eine Weile, bis Ferry ihr die Hand reichen und auf Englisch erwidern konnte: »Hallo, nett Sie kennen zu lernen.«

Wieder einmal erwischt, dachte er, das wurde langsam zur Gewohnheit, und er merkte, wie ihm die Röte ins Gesicht stieg.

»Ich hatte einige Bedenken, den 200 Millionen-Mann hier abzuholen, den Herrn über eines der größten privaten Netzwerke der Welt, aber das hat sich gelegt.«

»Ach?«

»Weil Sie auch nur ein Mann sind, der Frauen anstarrt, so wie alle anderen.«

Er sah sie an und stellte dankbar fest, dass sie immer noch lächelte, sie war offensichtlich nicht böse, sondern eher belustigt. Und er bemerkte auch, dass sein Gegenüber wirklich attraktiv war. Rote, schulterlange Haare, grüne Augen. Ihr Busen zeichnete sich derart deutlich unter dem T-Shirt ab, dass er nicht verhindern konnte, dass sein Blick einige Sekunden daran hängen blieb und dann herunterwanderte bis zu den hochgekrempelten Hosenbeinen und den Füßen, die in einfachen Sandalen steckten.

»Wenn Sie mich genug gemustert haben, können wir dann los?«

Wenn er sich bisher schon unwohl gefühlt hatte, war es jetzt endgültig aus. Ihr Blick wirkte dabei immer noch belustigt. Offensichtlich war sie es gewöhnt, von Männern angestarrt zu werden. Leo hätte ihn vorwarnen müssen und genau das hatte er mit Absicht unterlassen. Ferry nahm sich fest vor, ihm das heimzuzahlen. Aber wirklich böse konnte er ihm deswegen auch nicht sein.

»Es sind seit heute Morgen nur noch 180.«

»Bitte?«

»Das heute bekannt gegebene Quartalsergebnis hat mich zwanzig Millionen Euro gekostet.«

»Nur noch 180 Millionen? Tja, so hat jeder seine Probleme.«

Er verfluchte bereits seine letzte Bemerkung. Damit stand er jetzt nicht nur wie ein Trottel da, sondern auch noch wie ein geldgieriger Idiot. Seine Augen klebten an ihren. Er zwang sich, nicht noch einmal an ihr herunterzusehen.

»Mein Auto steht da hinten. Immer mir nach.«

Und damit war sie schon auf dem Weg zum Ausgang. Ferry lief hinter ihr her und kam sich immer noch wie ein Trottel vor, aber das war ihm irgendwie egal. Wenigstens konnte er nun in Ruhe ihre Figur bewundern, ohne wieder erwischt und angeschnauzt zu werden.

Beim Hinausgehen kamen sie an der Blonden im Nadelstreifenkostüm vorbei, allerdings hatte Ferry jetzt keinen Blick mehr für sie. Inzwischen war auch der Mann eingetroffen, auf den sie wohl gewartet hatte, und sie lagen sich zur Begrüßung in den Armen. Als er an den Beiden vorbeikam, bemerkte Ferry, dass der Mann Judith hinterher sah. Auch die Blonde in Nadelstreifen hatte das mitbekommen und Ferry konnte sehen, wie sich ihr Blick verfinsterte. Wundervoll, dachte er und verließ den Flughafen gut gelaunt im Schlepptau von Judith. Immer noch als Trottel, aber dennoch mit dem Gefühl, eine Schlacht gewonnen zu haben.

Ferry und Judith fuhren zuerst schweigend nach Cambridge. Ferry wusste nicht, wie er ein Gespräch beginnen sollte, und vor allem hatte er Angst, wieder etwas Dummes zu sagen. Judith brach schließlich das Eis.

»Leo hat mir gegenüber nur angedeutet, um was es geht. Sie haben es mit einem Hackerangriff zu tun?«

Das war ein Gesprächsthema, bei dem Ferry sich sicher fühlte, und er berichtete Judith kurz die Geschehnisse der letzten zwei Tage. Judith hörte aufmerksam und ohne zu unterbrechen zu.

»Ja, aber Leo meinte, dass wir das Problem nicht gleich von der technischen Seite angehen können, sondern erst mal versuchen sollten, herauszubekommen, wer dahinter stecken könnte. Darum hat er mich wohl auch gebeten, Sie zu unterstützen.«

Wenn sie Leos Namen aussprach, klang Vertrautheit mit und Ferry fragte sich, ob Leo und sie wohl etwas miteinander hatten.

»Wollen wir uns nicht beim Vornamen nennen? Ich heiße Ferry.«

»Gerne, ich bin Judith.

Ich weiß nicht, was dir Leo über mich erzählt hat. Ich habe Publizistik und Netzwerktechnik studiert, zurzeit schreibe ich meine Doktorarbeit über die Szene der Computerhacker, deren Motivation, Kommunikationsstrukturen und die Entwicklungen der letzten Jahre. Die Hacker-Szene ist eine ziemlich überschaubare Gruppe, obwohl sie nur locker organisiert ist. Die meisten, die sich auf diesem Gebiet tummeln, sind in die Technik verliebt. Sie hacken einfach, weil es sie reizt, die Technik zu überlisten, die andere entwickelt haben. Sozusagen ein Kräftemessen, Spiele von kleinen Jungs. Kein Wunder also, dass fast alle Hacker Männer sind.«

Dabei sah sie ihn belustigt an und ihm fiel wieder die peinliche Situation am Flughafen ein, die er am liebsten vergessen hätte.

»Und natürlich will man dann irgendwann auch mal bekannt geben, dass man jemanden überlistet hat. Ein Triumph schmeckt nicht so richtig, wenn man ihn alleine genießen muss. Daher ist im Großen und Ganzen kein Geheimnis, was sich so bei den Hackern tut. Wenn man die Usergroups, Foren und die einschlägigen Publikationen verfolgt, erhält man schnell einen Überblick darüber, wer was macht. Dazu muss man natürlich in die Szene integriert sein. Oft werden Gesetze übertreten oder Unternehmen geschadet, das teilt man einem Außenstehenden nicht so ohne weiteres mit.«

»Und du bist gut in die Szene integriert?«

»Am Anfang ist es mir nicht gegluckt. Bis ich gelernt habe, dass es sehr ungeschickt war, mit einem Frauennamen Kontakt aufzunehmen. Als Frau wurde ich entweder nicht ernst genommen oder bekam Mails mit eindeutigem Inhalt, pornographischen Bildern und so'n Zeug. Eben kleine, pubertäre Jungs. Schließlich habe ich mir eine zweite Identität zugelegt. Eine männliche, und damit klappt es hervorragend.«

»GermanNet ist natürlich öfters mit Hackern konfrontiert. Es gibt Tage, da registrieren wir mehr als 1.000 unberechtigte Versuche, in unser Netz einzudringen, aber bisher blieben diese Versuche immer erfolglos und wir hatten die Oberhand. Solange die Versuche scheiterten, haben wir uns damit abgefunden. Als einer der größten Netzbetreiber ist man eben auch eine der beliebtesten Zielscheiben.«

»Tja, so ist es, wenn man den Größten hat«, kommentierte Judith.

Ferry begriff, dass es ein schweres Wochenende werden würde, aber er mochte Judith und fühlte sich neben ihr im Auto sauwohl. Sollte sie ihn also ruhig ein wenig auf die Schippe nehmen.

»Aber die Hackerversuche der letzten Tage waren anders, als alles, was wir bisher erlebt haben. Ich habe schlicht und einfach keine Ahnung, wie er oder sie das überhaupt anstellt, und wir wissen auch nicht, wie wir uns davor schützen können. Darum bin ich hergekommen.«

»Aus dem, was du mir erzählt hast, ergeben sich durchaus einige Anhaltspunkte. Wir sind gleich im Institut, da habe ich meine Unterlagen.«

Das Institut lag im alten Stadtkern von Cambridge, in einem ehrwürdigen Gebäude mit Blick auf die Cam. Gleich bei seinem ersten Besuch hatte Ferry Leo um das Büro in diesem Gebäude beneidet. Cambridge war einer der besten Plätze um an einer Uni zu arbeiten. Wenn man den Altstadtkern von Cambridge betrat, sah und fühlte man sofort die lange Tradition der Universitätsstadt. Und mittendrin lag Leos Institut. Das Herzstück des alten Gebäudes war die Bibliothek mit mehreren tausend Büchern aller möglichen Fachrichtungen. Während in den anderen Räumen modernste Rechnertechnik herumstand, fand sich in der Bibliothek kein Hinweis auf die Funktion des Gebäudes.

Sie hatten sich in die Bibliothek zurückgezogen. Draußen war es bereits dunkel, und es hatte begonnen zu regnen. Ferry stand gedankenverloren am Fenster, als Judith mit einem Aktenordner und ihrem Notebook bepackt in die Bibliothek kam. Sie sah wundervoll aus und Ferry beneidete Leo jetzt nicht nur um seinen Arbeitsplatz in diesem wundervollen Gebäude. Vielleicht hatte Leo die bessere Entscheidung getroffen, dachte Ferry. Heute Abend hätte er gerne mit ihm getauscht. »Als du den Verlauf des Hackerangriffs beschrieben hast, ist mir sofort ein Beitrag eingefallen, den ein gewisser Frank Ossowski vor etwa einem halben Jahr in einem Forum vorgestellt hat. Er meinte festgestellt zu haben, dass es eine Hintertür zum Betriebssystem von RouterSystem gibt.«

RouterSystem stellt vor allem Router her. Router sind die Vermittlungsstellen des Internets. Wenn ein Surfer im Internet eine Seite aufruft, dann muss seine Anfrage den Weg zu dieser Seite finden. Sobald die Seite gefunden ist, muss der Inhalt der Seite den Weg zurück zu dem finden, der die Seite angefordert hat. Diese Arbeit erledigen die Router, es gab davon Zehntausende im Internet. Jeder Router steht mit mehreren anderen Routern in Kontakt. Wenn also eine Seite angefordert wird, geht diese Anfrage einfach von Router zu Router, bis schließlich die richtige Adresse gefunden ist.

Auf diese Weise funktioniert das Internet weltweit. Den größten Anteil der Router liefert ein einziges Unternehmen: RouterSystem. Und für seine Router hatte RouterSystem ein eigenes Betriebssystem entwickelt.

»Nicht schlecht, wenn es die gibt, dann gibt es eine Hintertür zum gesamten Internet. Wie glaubt er die Lücke im System ausgemacht zu haben?«, fragte Ferry.

»Das ist das Merkwürdige, er glaubt nicht, dass er eine Lücke entdeckt hat, sondern er war der Meinung, dass diese Hintertür absichtlich hereinprogrammiert worden ist.«

»Er war der Meinung?«, meinte Ferry verwundert.

»Was hat ihn dazu gebracht, seine Meinung zu ändern?«

»Gute Frage, aber ich berichte am besten der Reihe nach. Frank hatte einen Hackerangriff protokolliert und nach dem, was er beschrieben hat, verlief der fast genauso, wie der, den du erlebt hast. Als ich damals den Hinweis las, fand ich ihn auch sehr unglaubwürdig und habe ihn eigentlich nur der Vollständigkeit halber für meine Doktorarbeit weiter verfolgt. Ich habe Frank eine Mail geschickt und er hatte mir versprochen, mir weitere Informationen zu senden. Aber ich habe nichts mehr von ihm gehört. Als ich dann zwei Wochen später nachgefragt habe, hat er bestritten, je eine Mail an mich gesandt zu haben, und auch von dem Beitrag wollte er plötzlich nichts mehr wissen. Tatsächlich war auch sein Beitrag im Forum gelöscht worden. Ich habe dann noch ein paar Mal versucht, ihn per Mail zu erreichen. Aber er hat weiterhin alles bestritten und mich ziemlich kalt abgewürgt. Ich habe schließlich das Ganze unter Blödsinn abgehakt. Bis heute.«

»Eine Hintertür zum Betriebssystem von Router-System? Das könnte es vielleicht erklären. Weiß Leo davon?«

»Ja, wir haben damals darüber gesprochen. Wahrscheinlich hat er sich ebenfalls daran erinnert, als du ihm von deinem Hackerangriff berichtet hast. Deshalb hat er uns wohl auch zusammengebracht. Eine Hintertür ist nicht völlig unwahrscheinlich. Oft programmieren die Softwareentwickler eine solche ein. Einfach nur, um das Gefühl zu haben, Kontrolle über das Programm zu behalten. Nicht um dann wirklich Schaden anzurichten.«

»Und wenn jemand eine Hintertür in das Betriebssystem von RouterSystem programmiert hat, dann hat er den Generalschlüssel zum Internet in der Hand.«

»Oder der, der das herausgefunden hat, hat den Schlüssel.«

Unvorstellbar, dachte Ferry, wenn dies tatsächlich jemandem gelungen war. Das würde allerdings erklären, was GermanNet und X-SECURE in den letzten Tagen erleben mussten. Denn RouterSystem lieferte nicht nur weltweit die Komponenten für das Internet, sondern auch für firmeninterne Netzwerke. Wenn es diesen Schlüssel gab, dann passte er auch überall ins Schloss.

»Gibt es noch andere Hinweise?«

»Nein, das war der Einzige. Deshalb habe ich ihn bisher auch nicht besonders ernst genommen.«

»Wie können wir diesen Frank Ossowski erreichen?«

»Er arbeitet bei einer Entwicklungsfirma in Boston. Aber wie schon gesagt, man bekommt nichts aus ihm raus.«

»Dann sollten wir einen Weg finden, ihn zu überzeugen uns zu helfen, oder wir stellen fest, dass er ein Spinner ist.«

»Lass uns das morgen besprechen. Es ist schon sehr spät und ich bin müde. Wenn du möchtest, kann ich dich auf meinem Nachhauseweg an deinem Hotel absetzen.«

Ferry hatte ein Zimmer im White Eagle gebucht. Ein Pub, der nicht weit vom Institut entfernt lag und im Obergeschoss ein paar Zimmer vermietete. Ferry mochte diesen alten Gasthof. Es war eine einfache Unterkunft, die sich von den Hotels unterschied, in denen er sonst wohnte und die überall auf der Welt gleich aussahen, gleich rochen und gleich gemanagt wurden. Obwohl er nach diesem Tag, der mit der Aktionärsversammlung in Berlin begonnen hatte und in Cambridge zu Ende ging, ziemlich müde war, setzte er sich noch in den White Eagle, um etwas zu essen.

Während der Fahrt vom Institut zu seinem Hotel hatte er überlegt, ob er Judith noch zum Abendessen einladen sollte. Aber er hatte sich schließlich dagegen entschieden, um sich nicht noch eine Abfuhr zu holen. Von peinlichen Momenten hatte er erst mal genug.

Also saß er allein bei seinem zweiten Bier, als er von einem Mann angesprochen wurde.

»Herr Ferry Ranco?«

Leider passierte das hin und wieder. Sein Bild war regelmäßig im Wirtschaftsteil der Zeitungen und manchmal wurde er tatsächlich erkannt und angesprochen. Ferry hatte keine Lust, jetzt noch über die wirtschaftliche Situation von GermanNet zu diskutieren. Aber wie die Leute vom Marketing immer sagten, jeder Aktionär und Kunde war wichtig, also riss er sich zusammen und fügte sich in das Unvermeidliche.

»Kennen wir uns?«

»Nein, aber ich würde mich gerne kurz mit Ihnen unterhalten. Sie erlauben, dass ich mich zu Ihnen setze.«

Der Fremde wartete keine Antwort ab, sondern setzte sich ihm gegenüber hin.

»Ich will gleich zur Sache kommen, es gibt wohl einige Irritationen mit einem Zugriff auf ihr Netz. Die Mitarbeiter von X-SECURE haben da leider etwas missverstanden. Es ist besser, Sie vergessen das Ganze.«

Ferry war hellwach. Das war kein Aktionär, der sein Bild in der Zeitung gesehen hatte.

»Was wissen Sie darüber, und wer sind Sie?«

»Das kann ich ihnen nicht sagen. Gehen Sie davon aus, dass ich einflussreiche Leute vertrete.«

»Was wird das? Eine Imitation des Paten? Wollen Sie mir drohen?«

»Ich bin nicht hier, um Witze zu machen. Halten Sie sich raus. Ihr Business ist es, ein Netzwerk zu betreiben, belassen Sie es dabei. Es besteht keine Gefahr für Ihr Netz, und Sie werden in Zukunft keine unberechtigten Zugriffe mehr registrieren. Aber um es klar zu machen, Sie bringen sich unnötig in Gefahr, wenn Sie sich weiterhin um Angelegenheiten kümmern, die Sie nichts angehen.«

»Sagen Sie mir, wer Sie sind, oder verschwinden Sie und lassen Sie mich in Ruhe.«

»Warum rufen Sie nicht einfach Michael Kunze an und besprechen das Ganze mit ihm? Herr Kunze kann Ihnen bestätigen, dass wir nicht scherzen.«

Der Fremde stand auf und war draußen, bevor Ferry etwas erwidern konnte. Ferry ging kurz darauf ebenfalls an die frische Luft, um einen kühlen Kopf zu bekommen und um zu überlegen, was eben vorgefallen war. Obwohl es schon spät war, entschied er sich, Michael Kunze von X-SECURE anzurufen und herauszubekommen, was das alles sollte. Sie hatten mit ihren E-Mails auch die Handynummern ausgetauscht und genau diese wählte Ferry jetzt. Nachdem das Handy mehrmals geklingelt hatte und Ferry schon auflegen wollte, meldete sich eine leise, kaum verständliche Frauenstimme.

»Hier ist Ferry Ranco, entschuldigen Sie die späte Störung, aber könnte ich Herrn Kunze sprechen? Es ist dringend!«

Nach einer langen Pause antwortete die Frauenstimme: »Mein Mann hatte gestern Nacht einen Unfall.«

»Das tut mir schrecklich leid, wie geht es ihm?«

»Er ist tot!«

Das Gespräch wurde unterbrochen und Ferry stand noch eine ganze Zeit fassungslos auf der Straße und starrte das Handy an.

4

Judith wurde von Ferrys Anruf aus dem Schlaf gerissen. Sie überlegte einen Moment, ob sie einfach auflegen sollte, aber Ferrys Stimme ließ keinen Zweifel daran, dass etwas Ernstes passiert sein musste. Judith war noch zu verschlafen und Ferry zu aufgeregt, um eine sinnvolle Unterhaltung zu führen. Schließlich einigten sich beide darauf, sich später im Institut zu treffen und alles in Ruhe zu besprechen. Sie bot ihm an, ihn vom Hotel abzuholen, aber er wollte zu Fuß hinlaufen. Er brauchte frische Luft und Zeit zum Nachdenken.

Ferry brauchte fast eine Stunde, bevor er nach vielen Umwegen im Institut eintraf. Judith hatte bereits einen Kaffee aufgesetzt und ließ ihm jetzt die Zeit, sich zu beruhigen und in Ruhe den Kaffee zu trinken. Ferry fühlte sich wohl in ihrer Nähe, er war dankbar für die Ruhe und die Zuversicht, die sie ausstrahlte. Schließlich berichtete er ihr in allen Einzelheiten, was in den letzten Stunden geschehen war.

»Bist du sicher, dass der Unfall etwas mit der Hacker-Geschichte zu tun hat?«

»Der Mann im White Eagle hat mir gesagt, ich soll Michael Kunze anrufen, um zu erfahren, wie ernst sie es meinen«, erwiderte Ferry.

»Und wenn das Ganze ein schlechter Witz ist?«

»Ein Witz mit einem Toten?«

»Hast du noch einmal angerufen?«

»Natürlich, ich habe es zumindest versucht, aber es hat niemand mehr abgenommen.«

»Also gut, lass uns der Reihe nach vorgehen«, schlug Judith vor. »Zuerst brauchen wir eine Bestätigung dafür, dass der Administrator von X-SECURE wirklich überfahren wurde.«

»Ein tödlicher Autounfall sollte sich in irgendeiner Zeitung oder in den Meldungen einer Nachrichtenagentur wieder finden, und wenn auch nur als eine Drei-Zeilen-Meldung«, dachte Ferry laut nach.

Sie hatten sich in Judiths Büro im ersten Stock des Institutes gesetzt. Das Zimmer war voller Aktenordner, Bücher, Zeitungen und Papierstapel.

»Gut, suchen wir nach einer Bestätigung im Internet«, sagte Judith und fuhr dabei ihren Rechner hoch.

»Als Institut für Netzwerktechnik arbeitet ihr immer noch mit soviel Papier?«, fragte Ferry.

»Ich kann mich am Bildschirm nicht lange konzentrieren, ich muss die Dinge einfach schwarz auf weiß sehen. In dieser Beziehung bin ich altmodisch.«

»Die Verbindung zum Internet steht, also versuchen wir unser Glück. Wie heißt der Mann genau?«, wollte Judith wissen.

»Michael Kunze, lass uns nach allen Einträgen suchen, die *Michael Kunze* und *X-SECURE* enthalten«, schlug Ferry vor.

Judith gab die Abfrage in die Suchmaschine von Yahoo ein. Die Suchmaschine fand drei Einträge. Michael hatte vor zwei Jahren an einer Tagung über

Netzwerksicherheit in München teilgenommen. Zwei der gefundenen Einträge bezogen sich auf das Teilnehmerverzeichnis dieser Veranstaltung, der dritte Eintrag verwies auf seine private Homepage.

»Geh mal auf die Homepage«, bat Ferry.

Kurz darauf waren sie auf der Homepage von Michael Kunze. Es war ein Foto zu sehen, auf dem ein Mann mit einer Frau und zwei kleinen Kindern abgebildet war. Ferry sah zum ersten Mal ein Bild von Michael Kunze und seiner Familie.

»Ich wusste nicht, dass er Kinder hat«, sagte Ferry leise zu sich selbst.

Beide sahen für einige Sekunden schweigend auf den Bildschirm.

Ferry fand als Erster die Sprache wieder »in der Zeitung wird der Name eines Unfallopfers normalerweise nicht vollständig abgedruckt, versuchen wir es mit einer Abfrage nach *M. Kunze* und *Autounfall*«, schlug er vor.

Die Suchmaschine fand jetzt 1.345 Einträge.

»Kunze ist ein häufiger Name in Deutschland«, erklärte Ferry, »lass uns die Abfrage weiter einschränken, durchsuchen wir die gefundenen Dokumente zusätzlich nach dem Begriff *X-SECURE*.«

Die Suchmaschine fand nur noch einen einzigen Eintrag. Eine Nachrichtenagentur hatte die Meldung unter der Rubrik *Aktuelles aus dem Berliner Polizeibericht* eingefügt. Judith klickte auf den Link und die Nachricht erschien auf dem Bildschirm.

BNA: Tödlicher Autounfall mit Fahrerflucht

Gestern kam es zu einem tödlichen Autounfall mit

Fahrerflucht. In der Industriestraße in Berlin-Reinickendorf wurde gegen 0:30 Uhr ein 36 Jahre alter Angestellter der Firma X-SECURE vor dem Gebäude seines Arbeitgebers von einem Auto überfahren.

M. Kunze verstarb noch am Unfallort. Der Fahrer des Unfallwagens beging Fahrerflucht, ein später vorbeikommender Autofahrer verständigte die Polizei und den Rettungsdienst, der aber nur noch den Tod des Unfallopfers feststellen konnte. Die Polizei teilt mit, dass es bisher keine Zeugen zum Umfallgeschehen gibt, und bittet alle, die den Vorfall beobachtet haben, sich unverzüglich an die nächste Polizeidienststelle zu wenden.

Judith und Ferry schwiegen sich eine Zeit lang an. Irgendwie hatten beide immer noch gehofft, dass das alles ein schlechter Scherz war. Ferry fand als Erster die Sprache wieder und bat Judith darum ihren Rechner benutzen zu dürfen.

»Ich würde gern meine Mails abrufen. Vielleicht hat er mir noch etwas mitgeteilt, bevor es passiert ist.«

Ferry griff über das Internet auf das Intranet von GermanNet zu, um an seine Mails zu gelangen. Kurz nachdem er seinen User Namen und sein Passwort eingegeben hatte, erschien ein neues Fenster auf dem Bildschirm, und der Rechner gab ein lautes Sirenengeheul von sich.

»Was habe ich falsch gemacht?«

»Du hast gar nichts falsch gemacht«, erwiderte Judith und schob ihn gleichzeitig vom Rechner weg.

»Unser automatisches Sicherheitssystem hat angeschlagen. Jemand hat unsere IP-Nummer abgefangen, diese zu uns zurückverfolgt und jetzt versucht dieser jemand in unser System einzudringen.« Judith öffnete eine Reihe von Programmen und verfolgte das Geschehen auf dem Netzwerk des Institutes.

»Mal eine gute Nachricht, er kommt nicht rein«, stellte Judith erleichtert fest.

»Nicht schlecht, du bist die Erste, die ihn aufhalten konnte«, staunte Ferry.

»Nicht ich habe ihn aufgehalten, unsere Firewall ist es gewesen.«

»Wo immer ihr die herhabt, sie ist ihr Geld wert.«

»Fast alles, was wir hier im Einsatz haben, sind Eigenentwicklungen, unsere eigene Firewall, selbstgebaute Router und vor allem alles auf der Basis von Linux. Da kommt er offensichtlich nicht durch.«

»Das spricht für deine Theorie der eingebauten Hintertür in die Standardsysteme. Ich wollte schon seit Langem bei GermanNet auch auf Linux umstellen, habe es aber immer rausgeschoben, offensichtlich war das ein Fehler. Aber zurück zum Thema. Kannst du herausbekommen, wer es ist?«

»Kann ich, die Antwort wird dir aber nicht gefallen. Soweit ich es sehen kann, hat er eine IP-Netzwerkadresse aus dem GermanNet-Pool. Wenn ich die Routerprotokolle richtig interpretiere, sitzt er in Belgien.«

»Möglich wäre es. Wir haben ein eigenes Einwahlnetz in Belgien.«

»Er hat mit seinen Versuchen, bei uns einzudringen, aufgehört. Ich schalte vorsichtshalber trotzdem die Internetverbindung zu unserem Institut ab.«

»Halt! Einen Moment noch. Lass mich kurz eine Mail an mein Operation Centre in Berlin senden. Die anderen wissen sowieso, dass ich hier bin – sollen sie die Mail ruhig mitlesen. Ich werde das OC bitten, die IP-Adresse zu verfolgen und festzustellen, wer sich heute damit eingewählt hat. Ich glaube zwar nicht, dass wir damit Erfolg haben werden, aber das OC weiß dann wenigstens, dass ich an der Sache dran bin. So, jetzt kannst du die Internetverbindung trennen«, sagte Ferry, nachdem er die Mail an das OC versandt hatte.

»Wer immer das war, er hat auf dich gewartet«, stellte Judith fest. »Sobald du dich im Netz identifiziert hast, hat er die Verbindung zu uns zurückverfolgt. Ferry, das ist kein einzelner Hacker, da steckt mehr dahinter.«

»Genau«, stimmte Ferry zu, »Computer-Hacker bringen normalerweise keine Menschen um.«

»Nein, das tun sie nicht und sie sind auch nicht gleichzeitig in Belgien am Rechner, überfahren Menschen in Berlin und bedrohen andere in Cambridge. Was ist hier los, Ferry?«

»Verflucht, ich weiß es doch auch nicht. Aber eins ist sicher, wenn sie meine Spuren im Internet bis hierher verfolgen konnten, dann wissen sie auch, wo ich zurzeit bin, und vor allem auch mit wem.«

»Das wussten sie auch schon vorher, Ferry. Denke doch an den Mann von gestern Abend.«

»Gut, dass du das erwähnst. Woher wussten die überhaupt, wo ich gestern Abend war?«, fragte Ferry.

»Ich denke, das ist keine große Sache, wenn die

vom Internet aus überall zugreifen können. Wie hast du dein Hotel gebucht und bezahlt?«

»Per Telefon gebucht und gleich per Kreditkarte bezahlt, ganz normal«, stellte Ferry fest.

»Kannst du dein Kreditkartenkonto online lesen?«

»Klar.«

»Dann lass uns doch mal nachsehen.«

Judith stellte die Verbindung zwischen dem Institutsnetzwerk und dem Internet wieder her und Ferry griff auf die Webpage seines Kreditkartenunternehmens zu und gab für die Onlineabfrage seine persönlichen Daten und sein Passwort ein. Sofort ging der Alarm wieder los.

»Sie haben dich wieder. Aber das war ja zu erwarten«, meinte Judith resigniert. Die Seite mit den letzten Zahlungsdaten von Ferrys Kreditkarte erschien auf dem Bildschirm. Der letzte Eintrag bezog sich auf die Abbuchung der Übernachtung durch den White Eagle. Neben dem Betrag standen der Name des Hotels, der Ort und die Daten der gebuchten Übernachtungen.

»Da haben wir es. Es war wirklich keine große Sache, dich zu finden«, stellte Judith fest, »und du wirst noch weitere Spuren hinterlassen haben. Im Buchungssystem der Fluggesellschaft wird man ohne Probleme deinen Flug nach London finden können. Als du dein Handy hier zum ersten Mal eingeschaltet hast, war dokumentiert, dass du in England bist, und es gibt bestimmt noch eine Menge anderer Spuren und Hinweise, die du in allen möglichen Datenbanken hinterlassen hast. Wenn man da dran kommt, und es spricht ja vieles dafür, dass die Unbekannten das können, ist es ein Leichtes, dich zu finden. Eigentlich hätte es mich gewundert, wenn sie nicht gewusst hätten, dass du hier bist!«

»Und jetzt wissen sie, dass ich hier im Institut neben dir sitze?«

»Richtig. Wir sollten genau überlegen, was wir als Nächstes tun.«

»Nicht wir, ich. Ich möchte dich da auf keinen Fall mit reinziehen, Judith.«

»Spar dir deinen Beschützerinstinkt. Es interessiert mich, was hier passiert. Und außerdem wissen sie sowieso schon von mir. Sie werden die Mails gelesen haben, die wir uns geschrieben haben, und sie wussten bestimmt auch, wann und wo wir uns am Flughafen treffen wollten. Vielleicht sind sie uns auch schon vom Flughafen aus gefolgt.«

Ferry stand auf, ging ans Fenster und dachte über das nach, was Judith erzählt hatte. Er war ratlos. Am Anfang war es einfach nur ein Hacker-Angriff gewesen. Jetzt war ein Mensch tot, er wurde verfolgt und bedroht. Judith riss ihn aus seinen Gedanken.

»Wir sollten weiter machen, Ferry. Wir müssen herausbekommen, was hier vor sich geht. In dieser Beziehung hat sich seit gestern Abend nichts geändert. Wir sollten der einzigen Spur folgen, die wir haben. Lass uns nach Boston zu Frank Ossowski fliegen. Vielleicht finden wir da die Antwort, womit wir es hier zu tun haben.«

»Wahrscheinlich hast du Recht. Vor allem sollten

wir beide hier raus, und zwar ohne den anderen einen Anhaltspunkt zu geben, wohin wir gehen. Ich bin ruhiger, wenn sie nicht mehr wissen, wo wir sind«, antwortete Ferry.

»Es wird nicht so einfach werden, ihnen zu entkommen«, meinte Judith. »Vor allem müssen wir aufhören, Spuren zu hinterlassen, und das bedeutet keine Kreditkarten, keine Mails, kein Handy, und so weiter.«

»Keinerlei Spuren hinterlassen. Klingt leichter gesagt als getan. Wie sollen wir das bewerkstelligen?«

»Lass uns in Ruhe einen Schlachtplan entwerfen«, schlug Judith vor.

Judith und Ferry diskutierten, wie sie, von ihrem Gegner unbemerkt, nach Boston gelangen konnten. Zuallererst benötigten sie Bargeld. Ferry hatte mehrere Kreditkarten dabei. Judith hatte eine Kreditkarte, die sich aber am Limit befand und nicht mehr viel hergab. Nach einer längeren Diskussion war Judith bereit, die Finanzierung der Reise Ferry zu überlassen. Immerhin war es eine Dienstreise im Auftrag von GermanNet, ein Argument, das sie schließlich überzeugte.

Sie beschlossen, mit Ferrys Kreditkarten an einem Geldautomaten soviel Bargeld wie möglich abzuholen. Diese Geldabbuchung ließ sich bestimmt leicht verfolgen, aber das wäre dann die letzte Spur, die sie hinterließen. Danach würden sie alles nur noch in bar bezahlen.

»Selbst wenn wir die Flugtickets bar bezahlen, die Tickets für den Flug nach Boston müssen wir unter unserem richtigen Namen buchen, da vor dem Einstieg ins Flugzeug eine Passkontrolle stattfindet. Oder sollen wir uns falsche Ausweise besorgen?«

»Ich habe keine Ahnung, wo man falsche Ausweise herbekommt. Und vor allem habe ich keine Lust, mit gefälschten Pässen in die USA einzureisen«, stellte Judith entschieden fest.

»Aber was dann?«

»Wir müssen einfachere Lösungen finden. Den Flug über den Atlantik müssen wir unter unseren richtigen Namen buchen, aber bei inneramerikanischen Flügen gibt es keine Passkontrolle.«

»Du hast Recht«, führte Ferry Judiths Gedankengänge weiter. »Wir fliegen unter unseren richtigen Namen irgendwo in die Staaten und von dort dann unter falschen Namen weiter nach Boston.«

»So machen wir es. Ich kenne ein Reisebüro für Studenten, da können wir preiswert Tickets für denselben Tag kaufen«, schlug Judith vor. »Je später wir in einem Buchungs- oder Computersystem auftauchen, desto schwieriger machen wir es den anderen, uns zu folgen.«

»Hast Du das gehört?«, fragte Judith plötzlich und sah dabei erschreckt zur Tür. »Da unten ist jemand.«

»Es wird langsam Morgen, wahrscheinlich die Reinigungskräfte«, erwiderte Ferry beruhigend.

»Stell mich nicht als blöd hin, Ferry! Es ist nicht das erste Mal, dass ich bis zum Morgengrauen hier im Institut arbeite. Um diese Zeit hat hier kein Mensch etwas zu suchen. Auch keine Reinigungsfrauen!« Judith zischte ihn ärgerlich an.

Jetzt konnte auch Ferry Schritte und Gesprächsfetzen von unten hören. Den Stimmen nach mussten es mehrere Männer sein. Jemand rüttelte an den verschlossenen Türen der Büroräume im unteren Stockwerk.

Ferry wollte etwas sagen, aber Judith bedeutete ihm still zu sein und flüsterte: »Hilf mir, das Licht auszumachen und die Tür abzuschließen.« Nachdem Judith die Tür von innen verschlossen hatte, kam sie wieder zu ihm herüber. Er wunderte sich, wie sie es fertig brachte, in dem nun stockdunklen Raum den Weg zu ihm zurückzufinden, ohne dabei etwas umzustoßen. Sie war jetzt ganz dicht neben ihm und er flüsterte ihr ins Ohr. »Warum haben wir das Licht ausgemacht?«

»Weil es das ist, was sie in Filmen immer als Erstes machen, wenn die Bösen im Haus sind. Und ich weiß auch nichts Besseres. Ich werde ja vielleicht paranoid, aber es kann ja nichts schaden, wenn wir hier ein wenig im Dunkeln sitzen, bis wir wissen, was da unten los ist.«

Judith war ganz dicht neben ihm, er konnte deutlich ihren Atem auf seiner Haut spüren und ihren Geruch wahrnehmen. Sie roch verdammt gut.

Die Schritte waren jetzt deutlich zu hören, sie mussten bereits im oberen Stockwerk sein. Jemand rüttelte nacheinander an den Türen des Stockwerks, aber alle waren verschlossen.

»Herr Ranco«, rief jemand plötzlich von unten. »Wir wissen, dass Sie hier sind. Kommen Sie raus, wir müssen miteinander reden.«

Ferry, eben noch ziemlich müde, war jetzt hellwach. Instinktiv griff er nach Judiths Hand und hielt sie fest.

»Die Stimme erkenne ich. Das ist der Mann, der mich gestern Abend im White Eagle angesprochen hat!«

»Sie müssen hier irgendwo sein. Sucht sie«, sagte der Mann aus dem White Eagle.

»Die meisten Türen zu den Büros sind verschlossen«, antwortete ihm jemand.

»O.k., fangen wir hier unten an und dann gehen wir systematisch alle Räume durch.« Kurz danach hörten sie, wie eine Tür eingeschlagen wurde.

»Hier sind sie jedenfalls nicht drin.«

»Das ist Schwachsinn, was wir hier machen. Wir können nicht jede einzelne der beschissenen Türen einschlagen.«

»Hören Sie, Herr Ranco. Wir haben Ihre Mail an das Operation Centre abgefangen. Sie hätten unsere Warnung ernst nehmen sollen. Wir wissen, dass Sie nicht allein sind. Wenn Sie wollen, dass der Frau, die Sie bei sich haben, nichts passiert, dann kommen Sie jetzt raus. Wir sind keine kleinen Kinder mehr, die miteinander Fangen spielen. Lassen Sie uns wie vernünftige Menschen miteinander reden.«

Sie hörten, wie eine weitere Tür eingetreten wurde.

»Über kurz oder lang finden wir Sie sowieso. Nur meine Gorillas hier werden langsam sauer. Und das kann ziemlich ungemütlich werden. Wenn Sie wollen, dass Ihnen und Ihrer Freundin nichts passiert, dann sollten Sie jetzt rauskommen.

Im unteren Stockwerk wurden weitere Türen aufgebrochen.

Die Stimme aus dem White Eagle war jetzt wesentlich näher, der Mann musste nach oben gekommen sein.

»Wenn Sie mich dazu zwingen, dieses Spiel weiter zu spielen, schmeiße ich Ihre Freundin meinen Jungs hier als Nachtisch vor. Haben Sie mich verstanden, Herr Ranco?«

Der Anführer musste jetzt genau vor ihrer Tür stehen.

Unten wurden weitere Türen eingetreten.

»Das sind hier noch mindestens 10 weitere Büroräume, die wir aufbrechen müssen. Und dann sind da noch die oberen Stockwerke«, rief eine Stimme von unten.

»Du hast Recht. Das dauert alles zu lange. Wir brauchen eine effektivere Variante. Geht das Benzin holen«, antwortete die Stimme vor ihrer Tür.

»Zum letzten Mal, Herr Ranco. Geben Sie auf! Sie kommen hier sowieso nicht raus. Ich habe Leute an der Vorder- und an der Hintertür. Die Fenster im ersten und zweiten Stock sind vergittert.«

»Hier ist das Benzin.«

»Wie Sie wollen, Herr Ranco. Eigentlich ist es mir so auch lieber. Ich kann Sie sowieso nicht leiden. Verrecken Sie in dem Loch, in das Sie sich verkrochen haben. Los Jungs, fackelt das Teil hier ab!«

Sie konnten hören, wie das Benzin vergossen wurde.

»Die bluffen doch! Die wollen doch hier nicht wirklich ein Feuer legen, oder?«, Judith bekam es mit der Angst zu tun.

»Alle raus hier und bewacht die Ausgänge. Ich will nicht, dass die Beiden noch entkommen.«

»Na dann, Herr Ranco. Ich habe mir sagen lassen, dass Verbrennen ein besonders schmerzhafter Tod ist!«

»Wir müssen hier weg«, rief Judith. »Es gibt auf diesem Stockwerk einen Notausgang, der nicht richtig markiert wurde. Wir müssen zum anderen Ende des Ganges.«

Ferry hatte sich inzwischen an die Dunkelheit gewöhnt. Es kam schon etwas Licht durch die Fenster und er konnte Judith ohne Problem folgen.

Sie konnten das Feuer hören und riechen. Nachdem sie die Tür geöffnet hatten, sahen sie, dass das Treppenhaus schon mit Rauch gefüllt war. Sie bekamen kaum noch Luft.

Ferry folgte Judith den Gang herunter bis zum Notausgang.

»Sieht so aus, als ob sie diese Tür hier übersehen haben. Sie ist zwar verschlossen, aber es gibt einen Schlüssel. Da oben in dem Glaskasten. Wir müssen die Scheibe von dem Kasten einschlagen, um da ranzukommen«, Judith hustete. Sie schlugen die Scheibe ein, nahmen den Schlüssel heraus und öffneten die Tür.

Das Institut für Netzwerktechnik grenzte an das Institut für Literaturwissenschaften. Für das obere Stockwerk hatte die Feuerwehr auf einen weiteren Fluchtweg bestanden. Die Mauer zwischen den beiden Gebäuden war daraufhin durchbrochen und dann mit einer Fluchttür verschlossen worden. Durch diese

Tür gelangten Judith und Ferry jetzt in das angrenzende Gebäude und dann in einen Innenhof. Von dort ging es weiter in ein anderes Gebäude und schließlich standen sie irgendwann auf der Straße.

Sie lehnten sich an eine Häuserwand und mussten erst mal frische Luft schnappen und verschnaufen. Am Ende der Straße konnten sie deutlich die Flammen aus dem Institut schlagen sehen. Mehrere Feuerwehrfahrzeuge rasten mit Blaulicht an ihnen vorüber. Auf der Straße hatten sich Anwohner in Morgenmänteln versammelt. Gemeinsam mit diesen sahen sie herüber zum brennenden Institut. Das Gebäude stand jetzt vollständig in Flammen. Die Feuerwehr unternahm erst gar nicht den Versuch es zu retten, es war sowieso verloren. Man versuchte stattdessen, mit allen verfügbaren Kräften das Übergreifen auf die angrenzenden Gebäude zu verhindern. Besonders gefährdet war das benachbarte Institut für Literaturwissenschaften, in dem einige zehntausend Bücher gelagert waren.

»Wer macht so was, Ferry? Wer brennt einfach ein ganzes Gebäude nieder, um uns umzubringen? Um was geht es hier? Was sind das für Leute?«

»Ich habe keine Ahnung.«

»Wir sollten von hier verschwinden«, sagte Judith schließlich und wandte sich zum Gehen um.

»Moment noch«, Ferry hielt sie am Arm fest. »Siehst du den Mann da drüben, neben dem Feuerwehrfahrzeug? Der, der sich gerade mit dem Polizisten unterhält?«

»Ja, was ist mit dem?«

»DAS ist der Mann aus dem White Eagle!«

»Der Brandstifter unterhält sich mit der Polizei, während wir uns hier verstecken? Was ist das für ein Alptraum?«

»Ich wollte dir eigentlich gerade vorschlagen, dass wir zur Polizei gehen. Aber ich denke inzwischen, dass das vielleicht doch keine so gute Idee ist.«

»Mir wächst das Ganze über den Kopf. Lass uns verschwinden.«

Irgendwoher trieb Judith ein Taxi auf, das sie bis zum Bahnhof von Cambridge brachte. Von dort fuhren sie mit der Bahn nach London. Ferry nutzte die eine Stunde, die der Zug nach London brauchte, um den fehlenden Schlaf der letzten Nacht nachzuholen.

Judith sah die ganze Fahrt über aus dem Fenster und versuchte, Ordnung in ihre Gedanken zu bringen. Sie hatte gestern Abend einen wildfremden Mann vom Flughafen abgeholt, jetzt war sie mitten in einem Krimi, mit brennenden Instituten und Männern, die sie umbringen wollten. Judith war sich nicht mehr sicher, ob es richtig gewesen war, sich darauf einzulassen. Sie sah öfter zu Ferry herüber. Sie wusste nicht, was sie von ihm halten sollte. Sie entschloss sich, ihm erst mal zu vertrauen. Schließlich war er der beste Freund von Leo.

Judith musste Ferry aufwecken als sie in London ankamen, er hätte sonst wahrscheinlich noch stundenlang weitergeschlafen. Sie schleifte ihn zum Frühstücken in ein Café im Bahnhof.

»Ich habe beschlossen, dass wir so weitermachen,

wie wir es besprochen hatten. Wir fliegen in die USA und versuchen dort herauszubekommen, mit wem und was wir es zu tun haben.«

»Ich bin der Meinung, dass wir in jedem Fall zur Polizei gehen sollten. Seit heute Nacht wissen wir beide, wie gefährlich diese Leute sind.«

»Eben, und so lange ich nicht weiß, was hier gespielt wird, gehe ich nicht zur Polizei. Ich bin mir nicht sicher, dass die Polizei uns schützen kann oder will. Gestern Nacht stand die Polizei jedenfalls mit den falschen Leuten zusammen. Oder hast du das vergessen?«

»Wo du Recht hast, hast du Recht. Also, auf nach Boston«, stimmte Ferry resigniert zu. »Ich weiß, dass es profan klingt, aber irgendwie holt mich die Realität ein. Im Film ist das immer so einfach, wenn zwei untertauchen. Aber in der Wirklichkeit habe ich noch nicht einmal eine Zahnbürste dabei und ich habe seit gestern früh die gleichen Sachen an.«

»In der realen Welt lassen sich solche Probleme aber schnell lösen. Darum werden sie in Büchern und Filmen auch immer einfach weggelassen. Ich habe eine Freundin in London, bei der wir nachher duschen können. Vorher kaufen wir uns etwas zum Anziehen, besorgen uns Bargeld und die Tickets. Alles ganz einfach!«

»So, wie du es sagst, Judith, klingt es zumindest so. Also gut, fangen wir mit dem Geld-holen an.«

Sie gingen direkt vom Café zu dem gegenüberliegenden Geldautomaten. Die beiden Kreditkarten warfen jeweils 3.000 Euro ab, mehr gab es am Automaten nicht. Glücklicherweise hatte American Express ein Büro im Bahnhof, hier gelang es Ferry mit seiner Amex Platin Karte weitere 5.000 Euro Bargeld zu bekommen.

Während Ferry bei American Express beschäftigt war, rief Judith ihre Freundin Isabel Hamel an und bereitete sie darauf vor, dass sie nachher mit Ferry vorbeikommen würde. Es fiel Judith ziemlich schwer, in wenigen Worten zu erklären, was los war. Isabel dachte schließlich, sie würde mit einem verheirateten Mann durchbrennen, was sie offensichtlich nicht weiter verwunderlich fand. Judith musste sich deshalb ausführlich über Ferry ausfragen lassen. Das Gespräch war etwas mühsam, Judith wollte nicht verraten, wer Ferry war und außerdem wusste sie sowieso nicht viel über ihn.

Nachdem das Telefonat mit Isabel überstanden war, war das Kaufen der Tickets ein Kinderspiel. Sie bekamen zwei preiswerte Last-Minute-Tickets nach Chicago, gebucht auf ihre richtigen Namen. Sie hatten dort nur 2 Stunden Aufenthalt und würden dann nach Boston weiterfliegen. Die Tickets von Chicago nach Boston waren auf zwei Fantasienamen ausgestellt. Da das Gespräch mit Isabel schon all ihre Fantasie aufgebraucht hatte, buchte Judith das Ticket für Ferry kurzerhand auf den Namen ihres ersten Freundes und ihr eigenes auf den Namen ihrer größten Feindin aus der Grundschule.

»Und nun zum amüsanten Teil der Reisevorbereitungen«, meinte Judith, nachdem sie das Reisebüro verlassen hatten.

»Bitte?«

»Wir brauchen beide neue Klamotten, Kosmetiksachen und Reisetaschen. Ich liebe das Shoppen in London, vor allem wenn es auf Kosten von GermanNet geht.«

Judith führte Ferry in ihren Lieblings-Klamottenlanden. XXL war ein riesiges Geschäft in einer alten Fabrikhalle, wo die Kunden ständig mit lauter, schriller Musik beschallt wurden. Ferry stellte fest, dass es mindestens zehn Jahre her sein musste, seit er in solch einem Laden war, wenn überhaupt jemals zuvor.

»Wollen wir uns trennen? Jeder sucht in seiner Abteilung, und wir treffen uns dann bei den Umkleidekabinen?«, schrie Judith gegen die Musik an. Aber Ferrys überforderter Blick ersetzte eine Antwort.

»O.K., uns fehlt etwas die Zeit. Ich werde die Führung übernehmen«, schlug Judith vor. »Bleib einfach dicht hinter mir.«

In atemberaubender Geschwindigkeit sammelte Judith beim Gang durch die Männerabteilung Sweatshirts, Jeans, T-Shirts, und zu Ferrys Entsetzen sogar Unterwäsche für ihn ein. Ferry hatte schließlich einen großen Haufen Kleidungsstücke auf dem Arm. Ihm war nicht ganz klar, wie sie das machte, bisher hatte sie ihn nicht mal nach seiner Größe gefragt.

Als er Judith in die Damenabteilung folgte, wiederholte sich das Ganze. Judith sammelte die Kleidungsstücke ein und legte sie auf den Haufen in Ferrys Arm. Judiths Gang durch die Kleiderständer und Regale wurde hier etwas langsamer, sie sammelte Jacken, Kleider, T-Shirts, Hosen und auch hier wieder Unterwäsche ein. Ferry war etwas verwundert, dass Judith in aller Ruhe BHs und Slips aussuchte, während er direkt hinter ihr stand. Wahrscheinlich war sie sich seiner Anwesenheit gar nicht mehr bewusst.

Schließlich gingen sie voll bepackt zu den Umkleidekabinen. Judith fand zwei nebeneinander liegende Kabinen und teilte den Haufen auf die beiden Kabinen auf.

Sie probierten die Sachen der Reihe nach an, und trafen sich dann jeweils am Spiegel zwischen den Kabinen, um die Kleidungsstücke gegenseitig zu begutachten. Ferry bewunderte, wie gut Judith in allem, was sie anzog, aussah.

Wie auch immer sie es angestellt hatte. Die meisten Sachen passten ihm tatsächlich. Ferry war, im Gegensatz zu Judith, ziemlich bald mit seinem Haufen durch. Er setzte sich auf einen Stuhl in der Ecke und freute sich, Judith dabei zu beobachten, wie sie ständig mit neuen Sachen aus der Kabine kam.

»Männer mögen Klamotten-kaufen meist nicht besonders. Langweilst du dich?«, fragte Judith ihn zwischen zwei Anproben, ohne eine Antwort abzuwarten.

Wenn es nach ihm gegangen wäre, hätte es noch stundenlang so weitergehen können, er auf seinem Stuhl und Judith ständig in neuem Outfit. Schließlich blieb die junge Frau in ihrer Kabine. Er konnte ihre Füße sehen und erkennen, dass sie jetzt die Unterwäsche anprobierte. Ferry drehte sich von der Kabine weg und sah in den Verkaufsraum. Eine Mutter mit zwei kleinen Kindern lief an den Umkleidekabinen vorbei. Ferry musste beim Anblick der Kinder plötzlich an Michael Kunze denken. Zwei kleine Kinder hatten nun keinen Vater mehr.

Judith war dabei, sich wieder anzuziehen, als sie Ferry mit dem Handy telefonieren hörte. Ferry rief Diana an. Da es Sonntag war, erreichte er in der Firma nur ihre Voicebox. Er bat sie, die Frau von Michael Kunze, Systemadministrator von X-SECURE, ausfindig zu machen und in Ferrys Namen ein Kondolenzschreiben aufzusetzen. Kurz erklärte er, dass Michael Kunze bei einem Autounfall ums Leben gekommen war. Er bat Diana darum, 50.000 Euro an seine Witwe zu überweisen und sich irgendeinen Grund dafür einfallen zu lassen. Zum Beispiel als Honorar für ein gemeinsames Buchprojekt oder etwas Ähnliches, dabei verließ er sich auf das Gespür von Diana. Außerdem sollte sie Frau Kunze mitteilen, dass sie Ferry jederzeit anrufen könnte, wenn sie etwas brauchte. Zum Schluss fügte er noch hinzu, dass er persönliche Dinge erledigen müsse und in der nächsten Woche wahrscheinlich nicht ins Büro kommen und auch per Mail nicht erreichbar sein werde. Alle dringenden und nicht aufschiebbaren Entscheidungen solle Rolf in seiner Abwesenheit treffen.

Als Judith aus der Kabine kam, war er gerade fertig.

»Ich denke, das Telefonieren hat nicht geschadet. Sie wissen sowieso, dass wir in London sind«, sagte Ferry zur Entschuldigung.

Sie nahmen auf dem Weg zur Kasse noch zwei Reisetaschen mit und Ferry stellte fest, dass sie zusammen weniger bezahlten, als ein einziger seiner Anzüge gekostet hatte.

Mit Taschen und Tüten bepackt gingen beide noch in einen nahe gelegenen Drugstore und fuhren dann mit der U-Bahn zu Judiths Freundin Isabel. Isabel wohnte in einer von Studenten bevorzugten Gegend von London. In einem kleinen Wohnhaus, direkt unter dem Dach.

Isabel öffnete die Tür, und sie und Judith fielen sich zur Begrüßung lachend in die Arme. Die Wohnung hatte zwei kleine Zimmer, eines war Isabels Schafzimmer, das andere war voll gestopft mit Büchern. Dort saßen sie jetzt zu dritt auf Kissen auf dem Boden. Ferry hatte etwas verlegen neben Judith auf dem Boden Platz genommen. Ihre Tüten und Taschen hatten sie im Flur abgestellt und Ferry war dankbar, dass er endlich sitzen konnte.

»Ihr wollt heute noch über den großen Teich?«, fragte Isabel und sah dabei Ferry interessiert an.

»Ja, wir mussten heute früh überstürzt aus Cambridge weg und wir wären dir dankbar, wenn wir bei dir duschen und uns umziehen könnten«, antwortete Judith.

»Aber klar, wollt Ihr beide gleich ins Bad gehen? Ich mache uns dann in der Zwischenzeit einen Tee«, schlug Isabel vor ohne dabei die Augen von dem attraktiven Mann zu nehmen.

Du gerissenes Miststück, dachte Judith, und beantwortete die Frage für Ferry. »Wir gehen NACHEINANDER ins Bad, Isabel. Wie ich dir schon am Telefon sagte, sind Ferry und ich sozusagen Kollegen.

Ferry, willst du zuerst gehen? Ich muss mit Isabel noch einiges klären.«

Ferry hatte sich einige Anzieh- und Kosmetiksachen im Flur zusammengesucht und war im Bad verschwunden. Isabel rief ihm noch hinterher, dass er die Toilette bitte im Sitzen benutzen solle.

Die beiden Frauen bereiteten in der Küche Tee vor. »Nun erzähl schon! Dein Ferry ist ein wirklich attraktiver Mann. Wo kommt er her, sein deutscher Akzent ist ja nicht zu überhören, aber der Name klingt eher italienisch«, bestürmte Isabel Judith.

»Das waren mehrere Fragen auf einmal. Also, wir sind kein Liebespaar. Ich weiß nicht, woher sein Name kommt, aber Deutschland ist richtig. Ferry ist CEO von GermanNet und wir wollen zusammen ein Problem mit Hackern lösen«, klärte Judith die verdutzte Isabel auf.

»Shit, natürlich, der Name kam mir gleich so bekannt vor. Ferry Ranco, der CEO von GermanNet?« Isabel schlug sich mit der Hand auf die Stirn. »GermanNet ist gerade dabei, in England zu expandieren, und zurzeit einer unserer wichtigsten Kunden. Wie konntest du mir das antun, Judith? Was meinst du, wie mein Boss es finden wird, wenn er erfährt, dass ich Ferry Ranco gerade gebeten habe, sich beim Pinkeln hinzusetzen?«

Judith musste lachen. Sie konnte sich nicht daran erinnern, Isabel vorher schon einmal sprachlos gesehen zu haben.

»Ich fasse es einfach nicht, Judith. Du bringst einen unserer wichtigsten Kunden, einen jungen, gutaussehenden und netten Multimillionär in meine Wohnung zum Duschen, ohne mir vorher ein Wort zu sagen?«, fragte Isabel, die sich bereits wieder gefasst hatte. »Also, wenn Ihr kein Liebespaar seid, kann ich ihn haben? Ich gehe einfach zu ihm ins Bad, und leiste ihm unter der Dusche Gesellschaft. Bei solch einer Gelegenheit muss man zugreifen, Schätzchen«, mit diesen Worten machte sich Isabel auf den Weg ins Bad. Judith hielt sie am Arm fest und zog sie lachend zurück in die Küche. Sie wusste nicht, ob Isabel nur Spaß machte oder ob sie es ernst meinte. Zuzutrauen war ihr alles.

»Du bist verrückt, Isabel. Ich kenne ihn doch erst zwei Tage, und überhaupt ist es nur geschäftlich. Ich kenne ihn über Professor Baldure. Ich soll Ferry einfach nur bei einem Hacker-Problem helfen.«

»Bei dir ist immer alles geschäftlich. Zeig deiner Freundin mal die Sachen, die Ihr gekauft habt.« Bevor Judith antworten konnte, hatte Isabel schon begonnen, die Tüten auszupacken.

»Wow, nicht schlecht. Was haben wir denn da, Ihr habt dir Unterwäsche gekauft? Rein geschäftlich, ja?«

Isabel war unschlagbar und Judith gab es endgültig auf. In diesem Moment kam Ferry aus dem Badezimmer, er fand Judith und Isabel in der Küche. Isabel hielt einen BH am Träger hoch, und beide brachen in Gelächter aus, als er in die Küche kam.

Ferry trug jetzt ein einfaches Sweatshirt und Jeans. Judith fand, dass er viel jünger aussah, als im Anzug, und sie stellte fest, dass Isabel Recht hatte, er war wirklich ein gutaussehender Mann. Judith konnte Isabel sehen, die jetzt hinter Ferry stand und die beiden oberen Blusenknöpfe öffnete, damit man den Ansatz ihres Busens sehen konnte.

»Geh ins Bad, Judith, ich kümmere mich in der Zwischenzeit um Ferry.« Und während sie das sagte, hatte sie Ferry auch schon untergehakt und zog ihn mit sich aus der Küche. Beim Rausgehen konnte Judith noch hören, wie sie ihn aufforderte: »Und nun erzähl mir mal, woher du meine beste Freundin kennst.«

Unter der Dusche dachte Judith noch über das Gespräch mit Isabel nach. Bisher war ihr der Gedanke, dass etwas zwischen ihnen passieren konnte, gar nicht in den Sinn gekommen. Sie hatten tatsächlich Unterwäsche für sie gekauft und im Nachhinein fand sie das sehr peinlich. Aber der Gedanke, mit Ferry für ein paar Tage in die USA zu fliegen, gefiel ihr immer besser.

Zu ihrer Überraschung fand Judith zwei bedrückte Gestalten vor, als sie aus dem Bad kam.

»Ferry hat mir die ganze Geschichte erzählt«, meinte Isabel gar nicht mehr fröhlich, »mir gefällt das nicht, was Ihr beide da vorhabt. Wollt Ihr nicht lieber zur Polizei gehen?«

»Das haben wir lang und breit diskutiert. Wir haben einfach zu wenig in der Hand. Vor allem wissen wir nicht, auf welcher Seite die Polizei überhaupt steht«, antwortete Judith. »Wir fliegen nach Boston, vielleicht finden wir da einige Antworten. Dann können wir das mit der Polizei immer noch andenken.«

Nachdem sie schweigend ihre Sachen zusammengepackt hatten, bestand Isabel darauf, sie zum Flughafen

Heathrow zu fahren. Isabel und Judith umarmten sich zum Abschied lange. Dann nahm Isabel Ferry ebenfalls in die Arme, zog ihn ein Stück von Judith weg und flüsterte ihm ins Ohr: »Hör zu Mister Multimillionär, Judith ist meine beste Freundin, bring sie heil zurück.«

»Mach dir keine Gedanken. Mir ist Judiths Sicherheit mindestens genauso wichtig wie dir.«

Isabel zögerte einen Moment, dann zog sie Ferry noch ein Stück weiter weg von Judith.

»Ferry, du scheinst ein netter Kerl zu sein. Ich kenne Judith seit Jahren und werde immer noch nicht richtig schlau aus ihr. Was Männer angeht, hat sie ein echtes Problem. Ich habe nie rausbekommen, was die Ursache dafür ist, aber irgendetwas Schreckliches muss ihr passiert sein. Obwohl wir uns schon so lange kennen, hat sie es nie geschafft, es mir zu erzählen. Was immer es ist, es ist ganz tief in ihr versteckt. Geh bitte vorsichtig mit ihr um.«

»Ich finde deine Freundin Isabel sehr nett«, bemerkte Ferry, als sie am Abfertigungsschalter anstanden.

»Das sagen alle Männer«, erwiderte Judith.

»Sie hat das Gleiche über dich gesagt.« Ferry sah, dass zur Abwechslung dieses Mal Judith rot wurde.

»Was hat sie noch alles so erzählt?«

»Dass ich auf dich aufpassen soll, und sie mich drankriegt, wenn dir etwas passiert.«

»Das war alles?«

»Ja, das war alles.«

Sie sahen sich auf dem Flughafen mehrfach genau um, konnten aber nichts feststellen, was darauf hindeutete, dass sie verfolgt wurden. In ihrem neuen Outfit sahen beide aus wie Studenten auf Urlaub und Ferry fing an, sich auch so zu fühlen. Er mochte das Gefühl.

Es war Ferienzeit, Judith und Ferry saßen mit vielen anderen jungen Leuten im hinteren Teil des Flugzeuges. Ferry flog zum ersten Mal seit langer Zeit wieder in der Touristenklasse. Kurz nach dem Start war er mit zwei Studentinnen aus Prag ins Gespräch gekommen, die schrecklich aufgeregt waren, und dann ganz hin und weg, als sie erfuhren, dass Ferry schon einmal in Chicago gewesen war. Den Großteil des Fluges unterhielten sie sich im Gang stehend über Amerika, und wechselten dabei ständig zwischen Englisch und Deutsch hin und her.

Judith war kurz nach dem Start eingeschlafen, und als sie aufwachte, hörte sie Ferry zum ersten Mal in seiner Muttersprache reden. Seitdem er seinen Anzug ausgezogen hatte, kam er ihr völlig verändert vor. Er lachte den Großteil der Zeit, sie verstand zwar nicht, was er erzählte, doch es war nicht zu übersehen, dass er den beiden Frauen gefiel. Schließlich kehrte er zu seinem Platz neben ihr zurück. Judith konnte sehen, dass die jungen Frauen aus Prag sie böse ansahen. Judith war noch ziemlich verschlafen und in eine Decke eingehüllt. Ferry konnte Judiths Haare riechen und dachte daran, was Isabel ihm zu Schluss erzählt hatte.

»Ich habe dein Telefonat heute Vormittag mit angehört. Es ist nett von dir, dass du die Frau von Michael Kunze unterstützen willst«, flüsterte Judith.

»Mein Vater ist gestorben, als ich klein war. Es wird für Frau Kunze nicht leicht werden, mit zwei kleinen

Kindern. Wir hatten auch nie Geld. Das Geld wird den Schmerz nicht lindern, aber den Alltag etwas erträglicher machen.«

»Ich habe in einem Artikel über GermanNet gelesen, dass ihr fünf Prozent des Gewinns für gemeinnützige Projekte spendet, stimmt das?«

»Ja, das haben wir von Anfang an so gemacht. Als wir anfingen, richtig Geld zu verdienen, war ich ziemlich ratlos. Klingt vielleicht komisch, aber ich weiß noch, wie ich bei meinem Steuerberater saß und der mir erzählte, was ich im letzten Jahr verdient hatte. Ich hatte immer das Gefühl, ich hätte diese Menge Geld nicht verdient. Einen Teil davon für einen guten Zweck wegzugeben, erschien mir einfach natürlich. Bei der Gründung von BerlinNetz und später bei GermanNet haben wir das dann beibehalten.«

»Wer entscheidet, was mit dem Geld passiert?«

»Wir haben eine Stiftung und einen Beirat dafür. Aber teilweise entscheide ich allein. In der letzten Zeit ist es sogar das gewesen, was mich noch am meisten motiviert hat, den Job weiterzumachen. Wir unterstützen viele soziale Projekte in Berlin, Betreuung für Obdachlose, Frauenhäuser, Projekte für ausländische Jugendliche. Manchmal werde ich von den Projekten eingeladen, und ab und zu gehe ich auch hin. Nicht, damit man sich bei mir bedankt, einfach um zu sehen, warum ich das alles mache. Mit dem ganzen Börsenquatsch hingegen kann ich nichts anfangen.«

»Klingt nicht so, als ob dir dein Job noch Spaß macht?«

»Ich weiß es nicht, ich habe es mir nie wirklich ausgesucht. Es ist einfach so gekommen, wie es heute ist.«

»Wir haben die Erfolgsgeschichte von GermanNet mal in der Vorlesung behandelt. Wenn ich mich richtig erinnere, gibt es eine Case Study der Harvard Business School, die zu dem Ergebnis kommt, dass das soziale Engagement die wichtigste Erfolgskomponente von GermanNet ist. Was denkst du darüber?«

»Seit wir eine Aktiengesellschaft geworden sind, gibt es eine Menge Widerstände gegen unser soziales Engagement. Ich kann nicht mehr allein bestimmen, was wir mit unseren Gewinnen machen. Ich muss für die fünf Prozent Argumente finden, die auch die Aktionäre überzeugen. Also habe ich eine Marktuntersuchung in Auftrag gegeben. Die Studie hat ein renommierter Professor gemacht, er hat eine Menge Geld dafür bekommen und es war klar, was rauskommen sollte. Es gibt einige gute Beispiele, wie Body Shop oder Hägen-Daaz, die belegen, dass soziales Engagement zum Unternehmenserfolg beitragen kann.

Aber, unter uns und nur wenn du es nicht weitersagst, bei GermanNet funktioniert das so nicht. Die Leute kommen zu uns, weil wir ein gutes und zuverlässiges Netz haben und weil wir preiswert sind. Wir sind lange auf dem Markt, unser Netz ist gut ausgelastet und daher können wir einen guten Preis anbieten. Das sind die Gründe für unseren Erfolg. Das soziale Engagement hat aber tatsächlich etwas mit unserem Erfolg zu tun. Die wichtigste Erfolgskomponente sind unsere Mitarbeiter. Es ist schwierig, gute Leute zu finden und vor allem, sie zu halten. Wir haben die besten Mitarbeiter der Branche. Viele sind bei uns, weil sie sich mit dem sozialen Engagement identifizieren. Das bedeutet ein gutes Netz und zufriedene Kunden. Eigentlich ganz einfach. Aber das lässt sich leider nicht beweisen. Früher gab es keine großen Probleme mit den Aktionären. Wir haben gutes Geld verdient, da hat keiner nach den fünf Prozent gefragt. In der letzten Zeit haben wir, wie alle in der Branche, Probleme, und jetzt wird der Druck größer, das soziale Engagement zurückzufahren.«

»Professor Baldure hat mir erzählt, dass ihr gute Freunde seid. Ich mag Leo sehr und habe mich immer gefragt, was euch beide verbindet. Langsam kann ich mir vorstellen, was es ist.«

Ferry wusste nicht, was er darauf antworten sollte, und Judith war kurz darauf auch wieder eingeschlafen.

Rolf Keller war von zwei Mitgliedern des Aufsichtrats von GermanNet angerufen worden. Die beiden vertraten Venture Capital Gesellschaften und kontrollierten in dieser Funktion einen großen Teil der Aktien vom GermanNet. Es war sehr ungewöhnlich, am Samstag privat vom Aufsichtsrat angerufen, und für denselben Abend um einem Termin gebeten zu werden. Und es war eigentlich auch mehr eine Forderung nach einem Termin, als eine Bitte gewesen.

Die Venture Capital Gesellschaften hielten zusammen fast 40% von GermanNet. Nachdem klar wurde, dass GermanNet schneller wachsen musste, und dafür viel Geld benötigte, war mit der Umwandlung von GermanNet in eine Aktiengesellschaft begonnen worden. Zusammen mit dem Börsengang hatten sich Venture Capital Gesellschaften am Unternehmen beteiligt. Sie brachten so genanntes Wagniskapital ein. Die Sache war einfach. Man suchte sich Unternehmen, die ein ungewöhnlich hohes Wachstum und hohe Gewinne versprachen. Diese stattete man mit dem notwendigen Kapital aus, und hoffte, dass sich das investierte Geld in kurzer Zeit vervielfachen würde. Es bestand zwar auch die Gefahr, das Geld zu verlieren, aber es gibt eben keine Chance ohne Risiko.

Venture Capital Gesellschaften sind darauf spezialisiert, Risiken einzugehen, aber eben auch darauf, ungewöhnliche Chancen zu erkennen. Man hatte GermanNet intensiv und in allen Einzelheiten unter die Lupe genommen und war dann zu der Entscheidung gekommen, dass hier die Chance bestand, das eingesetzte Kapital bei moderatem Risiko in kurzer Zeit zu vervielfachen. Venture Capital Gesellschaften hatten schließlich einen großen Teil der GermanNet Aktien erworben. Wer hinter diesen Venture Capital Gesellschaften stand, war im Fall GermanNet ziemlich undurchsichtig. Auf jeden Fall waren es Leute mit Geld, mit viel Geld. Leute, die bereit sind, hohe Risiken einzugehen. Leute, die Milliarden bewegen.

Rolf saß am Samstagabend in einer ruhigen Ecke eines Berliner Nobelrestaurants zwei Mitgliedern des Aufsichtrates und Vertretern von Venture Capital Gesellschaften gegenüber. »Herr Keller, wie Sie wissen, vertreten wir einen großen Teil der Aktionäre von GermanNet. Es wird aber interessant für Sie sein zu erfahren, dass wir heute Abend nicht nur unsere eigenen Anteile, sondern auch die Anteile weiterer Aktionäre vertreten, sodass wir 52% von GermanNet repräsentieren. Es muss Ihnen sehr ungewöhnlich erscheinen, dass wir Sie so kurzfristig zu einem Gespräch gebeten haben, aber es gibt eine dringende Angelegenheit, die wir besprechen müssen. Daher hat sich die Mehrheit der Aktionäre von GermanNet dazu entschieden, diesen ungewöhnlichen Weg zu gehen und Sie um ein Gespräch zu bitten.«

Rolf wusste nicht, was er darauf erwidern sollte, und er begann etwas verunsichert »wie ich Ihnen bereits am Telefon sagte, ist es mir leider bisher nicht gelungen, Ferry Ranco zu erreichen. Vielleicht sollten wir dieses Gespräch lieber verschieben, bis Herr Ranco daran teilnehmen kann?«

»Herr Keller, wir haben bewusst auf eine Teilnahme von Herrn Ranco verzichtet.«

Rolf wollte etwas entgegnen, aber sein Gegenüber bedeutete ihm, sich zurückzuhalten.

»Wir wissen Ihre Loyalität gegenüber Herrn Ranco zu schätzen, Herr Keller. Aber es gibt heute wichtigere Dinge. Die Entscheidungen von Herrn Ranco sind in der letzten Zeit nicht immer optimal gewesen. Wie Sie wissen, sind wir mit sehr schwierigen Marktbedingungen konfrontiert. Es findet gerade eine Konsolidierung statt, ein Teil der Internetunternehmen wird überleben, ein Teil nicht. So einfach ist das. Es geht heute darum, das Überleben von GermanNet zu sichern. Es gibt zurzeit keinen Raum für Fehler. Und Herr Ranco macht Fehler. Leider. Wir beobachten eine vergleichbare Situation bei anderen, jungen Start-

Up-Unternehmen. Die Männer und Frauen der ersten Stunde sind nicht unbedingt auch die Richtigen für die Aufgaben, die heute bewältigt werden müssen.«

Rolf wollte etwas sagen, kam aber wieder nicht zu Wort.

»Niemand will die Verdienste von Herrn Ranco beim Aufbau vom GermanNet bestreiten. Aber er ist nicht mehr der richtige Mann für die Aufgaben, die vor uns liegen. Wir alle haben eine Verantwortung für das Unternehmen, für die Aktionäre und die Mitarbeiter von GermanNet. Diese Verantwortung zwingt uns, tätig zu werden. Die Entscheidung ist bereits gefallen. Ferry Ranco wird nicht länger CEO von GermanNet sein. Wir könnten uns vorstellen dass Sie, mit unserer Unterstützung, diese Funktion in Zukunft übernehmen werden. Herr Keller, wir sind mir Ihrer Leistung sehr zufrieden und möchten Sie auch in Zukunft im Unternehmen sehen. Sie sollten Ihr Schicksal nicht mit dem von Herrn Ranco verbinden.«

Rolf war gleichzeitig erschrocken und freudig erregt. Er hatte in den letzten Jahren immer mehr unter Ferry gelitten, denn er wollte die Nummer eins sein. Und er hatte Ferry noch nie leiden können. Seine Devise war es, Berufliches und Privates zu trennen. Doch obwohl er Ferry nicht leiden konnte, hatte er bei GermanNet eine gute und aussichtsreiche Position gefunden. Dafür war er bereit gewesen, seine Gefühle Ferry gegenüber zu verbergen. Aber auf Dauer ging es ihm doch gegen den Strich, Ferry über sich zu haben. Er hatte schon vor längerer Zeit angefangen, Ferry zu ärgern. Nicht offen, sondern versteckt. Und gerade hatte man ihm die Möglichkeit angeboten, aufzusteigen, und gleichzeitig das ›Ferry Problem‹ zu lösen.

»Wir verstehen, dass Sie darüber nachdenken müssen, Herr Keller. Aber wir haben wenig Zeit, und, um es klar zu sagen, Sie werden sich heute Abend für uns und für GermanNet oder gegen uns entscheiden müssen.«

»Ferry und ich sind befreundet. Daher fällt es mir natürlich nicht leicht, auf Ihr Angebot einzugehen. Aber ich teile Ihre Einschätzung über ihn. Ich bin auf Ihrer Seite, meine Herren.«

Das Gespräch hatte keine Stunde gedauert. Rolf wusste nicht, wie ihm geschah. Plötzlich und unerwartet war er am Ziel seiner Träume. Zu seiner Enttäuschung war bisher alles so unspektakulär gewesen. Aber, er war sicher, wenn er Montag ins Büro gehen würde, dann würde das richtige Hochgefühl noch kommen.

5

Sie landeten pünktlich in Chicago. Die beiden Prager Studentinnen hatten Ferry zum Abschied ihre E-Mail Adressen gegeben und sich auch, etwas kühler allerdings, von Judith verabschiedet.

Gleich nachdem sie die Einreiseformalitäten hinter sich hatten, begaben sich Judith und Ferry zum Flugsteig des Fluges nach Boston. Keine zwei Stunden, nachdem sie in Chicago gelandet waren, waren sie unter falschen Namen bereits auf dem Weg dorthin.

Ferry hatte in Chicago noch Zeit gefunden, ein letztes Mal die Voicebox seines Handys abzuhören. Es bestand zwar die Gefahr, dass sich nun in den Datenbanken der Mobilfunkbetreiber lokalisieren ließ, wo sie sich befanden. Aber sie hatten sowieso genug Spuren hinterlassen, die man nach Chicago verfolgen konnte. In Chicago sollten die Spuren nun endgültig enden. Das bedeutete aber auch, dass Ferry sein Handy nicht mehr einschalten durfte, sobald sie Chicago verlassen hatten, und so nutzte er die letzte Chance, seine Voicebox abzuhören.

Er hatte zwei Nachrichten erhalten. Rolf hatte ihm am Samstagvormittag eine Nachricht hinterlassen, um ihm mitzuteilen, dass er sich am selben Abend mit zwei Mitgliedern des Aufsichtrates treffen musste.

Rolf vermutete, dass die Venture Capital Gesellschaft irgendetwas vorhatte und fragte Ferry, ob er bei dem Treffen dabei sein konnte. Rolf versprach, nach dem Gespräch auf jeden Fall anzurufen und Bericht zu erstatten.

Die zweite Nachricht war keine zwei Stunden alt und kam von einem Reporter von *Management in Internetworld*. Der Reporter wollte ihn unbedingt sprechen und bat um einen dringenden Rückruf. Ferry wunderte sich, woher der Mann seine Handynummer hatte.

Er war besorgt und neugierig, was die Venture Capital Gesellschaft wollte und versuchte Rolf anzurufen. Aber Rolf ging nicht ans Telefon, was ungewöhnlich war, denn er nahm sein Handy normalerweise sogar mit auf die Toilette. Ferry hinterließ ihm eine Nachricht, entschuldigte sich dafür, dass er die nächsten Tage nicht erreichbar sein werde, und versprach ihm, sobald wie möglich wieder anzurufen. Rolfs Verhalten verunsicherte Ferry etwas. Er würde die nächsten Tage nicht erreichbar sein, aber das musste GermanNet überleben. Ferry beruhigte sich selbst, indem er sich sagte, dass man sich selber immer zu wichtig nahm. Wenn er sich Ende der Woche bei GermanNet meldete, würde er wahrscheinlich feststellen, dass niemand seine Abwesenheit bemerkt hatte. Jedenfalls machte er sein Handy aus und verstaute es sehr tief in seiner Tasche.

Sie erreichten Boston kurz nach Mitternacht. Ferry spürte, dass es nun schon die zweite Nacht war, in der er wenig geschlafen hatte. Auch Judith war ziemlich am Ende. Sie hatte im Reisebüro in London einen Tipp für ein preiswertes Hotel in der Innenstadt bekommen. Müde und erschöpft ließen sie sich von einem Taxi dort hinfahren.

Tatsächlich bekamen sie zwei Zimmer. Der Nachtportier war etwas misstrauisch, weil sie keine Kreditkarten hatten, aber als sie sich bereit erklärten, für drei Übernachtungen im Voraus zu zahlen, bekamen sie die Zimmerschlüssel. Sie waren beide so müde, dass sie sofort in ihren Zimmern verschwanden, Ferry schlief fast sofort ein, nachdem er sich hingelegt hatte.

Am späten Vormittag trafen sich Ferry und Judith ausgeschlafen zum Frühstück in der Hotelhalle.

»Hast du gut geschlafen?«, fragte Judith

»Ja, und zum ersten Mal kann ich heute in Ruhe über alles nachdenken. Wir sind jetzt tatsächlich hier, es ging alles so schnell, und mir kommt alles erst langsam zu Bewusstsein. Was machen wir jetzt?«

»Ich habe von Frank Ossowski nur seine Büroadresse. Da heute Sonntag ist, erreichen wir ihn nicht vor morgen früh. Ich habe ein Bild von ihm auf der Webpage von Softgon Inc., dem Unternehmen, für das er arbeitet, gefunden. Ich schlage vor, wir stellen uns morgen vor die Eingangstür des Bürogebäudes, und warten, bis er kommt«, schlug Judith vor.

»Und was ist, wenn er Urlaub hat oder krank ist, oder wir ihn nicht erkennen?«

»Dann haben wir Pech. Hast du einen besseren Vorschlag? Am Telefon hat er sich geweigert, mit mir zu sprechen und mit dir wird er dann erst recht nicht reden wollen. Zum Telefonieren hätten wir auch nicht herkommen brauchen.«

»Gut, fangen wir ihn also morgen früh ab. Und wie wollen wir den heutigen Tag verbringen?

»Was schlägst du vor?«

»Warst du schon mal in Boston?«

»Nein, und du?«

»Ich habe hier ein halbes Jahr studiert. Nach den ersten zwei Jahren Studium in Berlin bekam ich ein Stipendium für ein halbes Jahr am MIT.«

»Super, also übernimmst du die Führung.«

Ferry zeigte Judith Boston und erzählte ihr vom MIT. Er führte aus, dass das Massachusetts Institute of Technology das Mekka für jeden Ingenieurstudenten ist. Das Internet war damals außerhalb der USA noch ziemlich unbekannt und Vernetzung noch ein Fremdwort, erläuterte er ihr. Als er und seine Mitbewohner begannen, die Bedienungen der Kaffeemaschine und der Toilettenspülung im Studentenwohnheim mit den Rechnern in ihrem Zimmer zu verbinden, konnte beides dann vom Zimmer aus bedient werden. Das Ganze brachte zwar keine echten Vorteile, aber sie waren fasziniert, dass es wirklich funktionierte.

Als er nach Berlin zurückkehrte, hatte er in seinem Gepäck einen ersten Router und hundert Ideen, was er machen wollte. Eine Idee war die Vernetzung mit seinen Freunden, die in demselben Haus wohnten, und genau das war dann das Erste, was er dann kurz nach seiner Rückkehr vom MIT auch tatsächlich umsetzte. Genau genommen hatte hier beim MIT in Boston alles seinen Anfang genommen.

Judith hörte interessiert zu. Ferry konnte zu vielen Dingen und Orten Geschichten erzählen. Er teilte seine Erinnerungen mit ihr, was er gemacht hatte, welche Ideen sich an einem bestimmten Ort geformt hatten und warum. Am Abend ging er mit ihr in die Pizzeria, in der er seine erste Verabredung auf amerikanischen Boden hatte, wie er es ausdrückte.

»Und, wie ist deine erste Verabredung ausgegangen?«, wollte Judith wissen.

»Sie hieß Kathy. Ich habe sie auf dem Sportplatz gesehen, als sie mit der Cheerleader Gruppe neue Formationen einstudierte. Ich habe Himmel und Hölle in Bewegung gesetzt, um ein Date mit ihr zu bekommen. Ich weiß, es klingt vielleicht platt, aber wir haben keine Cheerleader in Deutschland, und darum hatte das Date damals eine solche Bedeutung für mich.«

»Und dann?«

»Es wurde eine Katastrophe. Sie hielt mich für einen verschrobenen Europäer und ich sie für eine oberflächliche Amerikanerin aus dem mittleren Westen. Wir haben uns sozusagen gegenseitig unsere Vorurteile bestätigt.«

»Wenn du aus Deiner Studienzeit erzählst, klingst du fröhlich und ausgelassen. Was ist mit der Zeit danach, dem Aufbau von GermanNet?«

»Du hast Recht, meine Zeit an der Uni war die schönste meines Lebens. Die letzten Jahre? Da gibt es nicht viel zu erzählen. Keine Geschichten, nichts wirklich Wichtiges ist passiert. Ich habe nicht einmal die Zeit gehabt, etwas von dem Geld auszugeben, das ich verdient habe. Um es kurz zu machen, mein Leben macht mir eigentlich keinen Spaß mehr. Wie sieht es bei dir aus?«

»Ich bin ja noch an der Uni. Mein Vater hat eine Professur für Neuere Philosophie und wir beide verstehen uns nicht besonders. Er wollte immer, dass ich Geisteswissenschaften studiere und ich wollte das eigentlich auch. Aber ich musste erst mal eine andere Richtung einschlagen, einfach um ihn zu ärgern. Also habe ich mit Netzwerktechnik begonnen. Das hat mir dann, zu meiner eigenen Überraschung, richtig Spaß gemacht. Aber irgendwas hat mir doch gefehlt. Also habe ich im Nebenfach Publizistik dazugenommen.«

»Und deine erste Verabredung an der Uni?«

»Hat Isabel mir verschafft. Isabel und ich, wir haben uns bei der Einführungsveranstaltung kennengelernt und auf Anhieb gemocht. Sie war und ist meine erste, wirkliche Freundin. So eine hatte ich mir als Kind immer gewünscht aber nie gefunden. Meine erste Verabredung war auch eine Katastrophe. Er war ein Student aus einem höheren Semester. Isabel meinte, er würde gut aussehen und wir könnten ihn auch gleich noch für unsere Hausarbeiten einspannen, sozusagen zwei Fliegen mit einer Klappe. Es wurde dann einer der langweiligsten Abende meines Lebens. Er hat mir zum Abschied in den Po gekniffen, und ich habe ihm eine runtergehauen. Nach diesem Abend habe ich mir geschworen, nie wieder mit einem Ingenieur auszugehen, und Isabel und ich sind zu der Entscheidung gekommen, dass es das Einfachste ist, wenn wir die Hausarbeiten selbst schreiben.«

»Mit den Erfahrungen ist es so eine Sache, man sollte sie relativieren können. Ich habe später mal eine Cheerleaderin getroffen, die war ganz anders.«

»Geben Sie sich keine Mühe, Herr Diplom-Ingenieur Ferry. Mit dem Thema Ingenieur bin ich ein für alle Mal durch«, plötzlich klang Judith gar nicht mehr so freundlich.

Der Abend war ziemlich schnell zu Ende und sie gingen ins Hotel zurück. Ferry fragte sich, was er falsch gemacht hatte. Es war so ein netter Abend gewesen, aber Judith war plötzlich wie ausgewechselt, kalt und abweisend.

Celsia Air, kurz CAir, war nach nur drei Jahren im Geschäft bereits zur Nummer Zwei der europäischen Low-Cost-Airlines aufgestiegen. CAir hatte scheinbar unaufhaltsam den Markt aufgerollt. Heute würde diese Erfolgsstory wegen einer Computerpanne enden. Nachts um 1:20 Uhr wurden, verursacht durch einen Computerfehler, sämtliche Buchungsdaten im zentralen Buchungscomputer von CAir gelöscht.

Der Buchungscomputer stand im zentralen Verwaltungsgebäude von CAir, in einem Vorort von London. Um diese für das Unternehmen lebenswichtigen Daten zu schützen, war der Serverraum in das Innere des Gebäudes gelegt worden, ein Raum ohne Außenwände und mit mehrfach gesicherten Türen. Wegen der enormen Bedeutung der Daten gab es mehrere Back-Up Systeme. Die Daten wurden immer parallel auf zwei Speichersystemen gleichzeitig abgelegt. Die beiden Systeme standen in unterschiedlichen Stockwerken und in verschiedenen Brandschutzbereichen des Gebäudes. Bei einem Brand bestand somit eine gute Chance, dass zumindest eines der Systeme überleben würde. CAir hatte sich sogar für den äußerst unwahrscheinlichen Fall, dass das ganze Gebäude verloren gehen sollte, abgesichert.

Es gab es noch eine dritte Kopie der Daten. Alle 15 Minuten wurde der komplette Datensatz in einem weiteren Speichersystem gesichert, das sich in einem über 40 km entfernt gelegenen Rechenzentrum befand. Ein mehrfach redundantes und todsicheres System also. Heute Nacht erhielten jedoch alle drei Systeme zeitgleich den Befehl, sämtliche Daten zu löschen und zu überschreiben, damit gingen alle Buchungsdaten der CAir unwiederbringlich verloren.

CAir-Kunden bekamen keine Tickets. Sie erhielten bei der Buchung lediglich eine Nummer, die sie beim Einchecken nennen mussten, das war alles. Und heute Nacht waren alle Buchungsnummern gelöscht worden. Die Geschäftsführung und die leitenden Angestellten von CAir wurden um 3 Uhr früh zu einer Telefonkonferenz zusammengerufen. Man sah nur eine Möglichkeit, alle Kunden, die zum Gate kamen und eine Nummer nannten, würde man mitnehmen. CAir hatte jetzt zwar keine Möglichkeit mehr die Buchungsnummer zu überprüfen, aber normalerweise versuchte auch niemand, ohne gültige Buchung in ein Flugzeug zu gelangen. Irgendwie musste CAir die nächsten Stunden und

Tage überleben. Dann würde man weitersehen. Das Ganze musste nur streng geheim gehalten werden.

Am frühen Morgen tauchte eine Nachricht über den abgestürzten Buchungscomputer in einigen Usergroups im Internet auf. Der erste CAir-Flug an diesem Tag ging um 7:30 Uhr von Amsterdam nach London-Stansted. Es wurde einfach jeder ins Flugzeug gelassen, der behauptete eine Buchungsnummer zu haben. Der Flug konnte ohne Probleme durchgeführt werden und die Führungsmannschaft bei CAir schöpfte wieder Hoffnung. Der nächste Flug von Amsterdam ging um 11:00 Uhr. Dieses Mal waren fast 230 Leute anwesend und alle behaupteten, eine Buchung für diesen Flug zu haben. CAir ließ die maximal zulässige Anzahl von 186 Passagieren in die Boeing 737 und bot den restlichen Fluggästen jeweils einen Gutschein in Höhe von 400 Euro als Entschädigung an.

Später sollte sich herausstellen, dass etwa die Hälfte der Passagiere aus einem nahgelegenen Studentenwohnheim kam. Jemand hatte die Information über die Probleme bei CAir aus dem Internet ausgedruckt und mit der Überschrift ›Frühstücken in London‹ an das Schwarze Brett geheftet. Die meisten der versetzten Passagiere blieben bis zum nächsten Flugtermin um 14:30 Uhr am Flughafen und stellten sich dann erneut an der 400 Euro-Gutschein-Schlange an.

An fast allen anderen Flughäfen sah die Situation für CAir ähnlich aus. Auf dem Flughafen von Rom-Ciampino wollten mehr als 1.000 Passagiere nach London fliegen. Es kam zu Tumulten und schließlich musste die Polizei einschreiten. Am frühen Nachmittag gab sich CAir geschlagen und stellte seinen Flugbetrieb vorläufig ein. Mehrere tausend CAir-Fluggäste saßen damit an den Flughäfen fest. Das war die große Stunde für United European Airways.

United European Airways hatte in den letzten Jahren auf fast allen attraktiven, innereuropäischen Strecken große Marktanteile an CAir verloren. Durch viele glückliche Zufälle hatte United European Airways heute genügend Kapazität vorgehalten. An den wichtigsten Flughäfen konnte United European zusätzliche Flüge anbieten und die Slots von CAir übernehmen. Zu einem Sonderpreis von 29 Euro konnten CAir Fluggäste direkt am Gate auf United European umbuchen.

Am Abend trat ein sichtlich erfreuter Ken Shortys, CEO der United European Airways, vor die Kameras: »Dank einer enormen Kraftanstrengung aller unserer Mitarbeiter ist es uns heute gelungen, einen Großteil der CAir-Passagiere sicher ans Ziel zu bringen. Erlauben Sie mir hinzuzufügen: Was wir heute erlebt haben, zeigt einmal mehr, dass es für Billigflieger keine wirkliche Zukunft gibt! Auf Dauer setzt sich auch in der Luftfahrt nur Qualität durch und genau dafür steht United European Airways seit über 30 Jahren.«

Ein Dutzend Techniker saß zur selben Zeit im Rechnerraum von CAir. Sie verstanden nicht, wie es geschehen konnte, dass drei Speichersysteme, an drei unterschiedlichen Standorten auf einmal sämtliche Daten löschten.

Ein Phänomen, für das man nie eine Erklärung finden würde.

Am späten Abend gab Ken Shortys persönlich den Auftrag, 20 Millionen Euro an eine Beratungsfirma in Zypern zu zahlen.

6

Am Montagmorgen warteten sie ab 8.00 Uhr in der Eingangshalle des Bürogebäudes, in dem die Räume von Softgone Inc. lagen, und versuchten, Frank Ossowski abzupassen. Sie rechneten damit, dass Frank, wie bei Computerfreaks meist üblich, erst so gegen 11.00 oder 12.00 Uhr am Arbeitplatz erscheinen würde. Sie wollten aber kein Risiko eingehen und waren daher schon so früh auf der Lauer. In der Eingangshalle des Gebäudes gab es glücklicherweise ein Café. Von dort aus beobachteten sie alle Hereinkommenden und verglichen sie mit dem Bild von Frank Ossowski, das Judith aus dem Internet herunter geladen und ausgedruckt hatte.

Nach etwa einer Stunde hatten sie Glück. Es kam jemand herein, der wie Frank Ossowski aussah. Judith entdeckte ihn als Erste, sie stand sofort auf, und stellte sich ihm in den Weg.

»Guten Morgen, Frank.«

»Kennen wir uns?«

»Ich bin Judith Knowles, wir haben vor etwa sechs Monaten einige Mails zum Thema Hintertür bei RouterSystem ausgetauscht.«

»Ich habe da wohl ein paar dumme Fehler gemacht, solch eine Hintertür gibt es nicht, tut mir leid. Ich habe jetzt auch keine Zeit und vor allem interessiert mich das alles nicht mehr. Bitte lassen Sie mich in Ruhe!«

Frank versuchte, an Judith vorbei zu den Fahrstühlen zu gelangen, aber Ferry, der inzwischen hinzugekommen war, versperrte ihm den Weg.

»Hören Sie, Herr Ossowski, wir brauchen Ihre Hilfe.«

»Und wer sind Sie, der große Bruder?«

»Mein Name ist Ferry Ranco.«

»Ich kenne den Akzent. Sie kommen aus Deutschland?«

»Ja, ich komme aus Berlin.«

»Ich habe eine Zeitlang in Berlin studiert, war eine schöne Zeit.« Frank Ossowski zögerte noch, sagte dann aber, »um der guten Zeiten willen können wir uns unterhalten. Aber maximal fünf Minuten.«

Sie setzten sich zu dritt an den Tisch, von dem Judith und Ferry aufgesprungen waren.

»Also, was wollt ihr von mir?«

»Wir haben ein Problem mit Hackern und wir glauben, dass diese von dir festgestellte Hintertür die Erklärung sein könnte«, erklärte Judith.

»Ich weiß nicht, wer ihr seid und will es auch gar nicht wissen. Aber lasst euch gesagt sein, ihr habt ja keine Ahnung, mit wem ihr euch da anlegt. Ihr bringt euch und mich in ernste Gefahr. Vergesst das Ganze einfach.«

»Das kann ich nicht. Ich betreibe einen Carrier in Deutschland und die – wer immer sie sind – dringen in mein Netz ein. Ich muss und werde sie aufhalten.«

»Sie betreiben einen Carrier in Deutschland? Welchen?«

»Ich bin CEO von GermanNet.«

»Sie *waren* CEO von GermanNet.«

»Wie bitte?«

Frank Ossowski schlug die Zeitung auf, die er unter dem Arm trug, und legte sie vor Ferry auf den Tisch.

»Ihr Name kam mir gleich so bekannt vor. Aber lesen Sie selbst. Der CEO von GermanNet wurde gerade abgesetzt. Der Bericht zeigt sogar ein Bild von Ihnen. Wenigstens da kann ich jetzt sicher sein: Sie sind tatsächlich Ferry Ranco.«

Ferry starrte auf die Zeitung. Da war tatsächlich ein Artikel über GermanNet. In diesem hieß es, dass der Aufsichtsrat von GermanNet entschieden hatte, sich von Ferry Ranco als CEO zu trennen. Es war von einer Vielzahl von Fehlern die Rede, die Ferry gemacht haben sollte. Weiterhin wurde berichtet, dass Rolf Keller, der bisherige CFO von GermanNet, ab sofort die Position des CEO übernommen hatte.

Frank ließ ihn in Ruhe den Artikel überfliegen.

»Wie ich schon sagte, Ihr wisst ja gar nicht, mit wem Ihr euch da angelegt habt. Und das da«, er tippte auf den Artikel, »ist nur der Anfang. Man kann auch mehr verlieren, als nur seinen Job.«

»Das wissen wir. Es hat bereits einen Toten gegeben«, bemerkte Judith.

»Scheiße. Und warum musstet ihr damit ausgerechnet zu mir kommen?«

»Weil wir sonst keinen Ansatzpunkt haben.«

»Ich muss jetzt zu einem Meeting. Ich werde mir in Ruhe überlegen, ob ich mit euch beiden sprechen möchte. Euch zu helfen kann weit reichende Folgen für mich haben. Wenn ich mich entscheiden sollte, mit euch zu sprechen, werde ich gegen 13.00 Uhr in dem chinesischen Restaurant auf der gegenüberliegenden Straßenseite auf euch warten. Wenn ich heute Mittag nicht komme, habe ich mich entschieden, dass ich nichts mit euch zu tun haben will. Versucht dann nicht, mich zu erreichen oder mich umzustimmen. Habe ich mich klar ausgedrückt?«

»Vollkommen klar«, antwortete Judith.

Ferry las den Artikel zum dritten Mal und bekam nicht mal mit, dass Frank Ossowski aufgestanden und gegangen war.

Nachdem Ferry den ersten Schock überwunden hatte, begaben sie sich auf die Suche nach einem Zeitschriftenladen, der europäische Zeitungen führte. Anschließend ging es in einen Copyshop mit Internetanschluss, wo sie alle neuen Nachrichten über GermanNet ausdruckten.

Schließlich hatten sie sich noch Donuts und Kaffee besorgt und waren in Ferrys Hotelzimmer gegangen. Der beste Ort, der ihnen einfiel, um in Ruhe und ungestört miteinander reden und nachdenken zu können. Das Bett war das einzige Möbelstück im Hotelzimmer, und dort saßen sich Judith und Ferry jetzt gegenüber. Zwischen ihnen lagen Zeitungen, Ausdrucke aus dem Internet, eine Pappschachtel mit Donuts und zwei Kaffeebecher. Sie hatten die gesammelten Informationen durchgesehen, aber viel mehr als das Wenige, das sie schon wussten, hatten sie nicht erfahren.

Der Aufsichtsrat von GermanNet hatte beschlossen, den CEO und Gründer des Unternehmens, Ferry Ranco, auszuwechseln. Die Gründe für diesen Schritt wurden nur sehr vage angegeben, angeblich hatte Ferry eine Menge nicht näher bezeichneter Fehler gemacht und war deshalb durch den bisherigen CFO Rolf Keller ersetzt worden.

»Können die dich einfach so rausschmeißen?«, fragte Judith, während sie sich die Reste der Donut-Schokolade von den Fingern ableckte. Ferry musste lachen, allein dieser Augenblick mit Judith wäre es wert gewesen, sich rausschmeißen zu lassen. Er wunderte sich über sich selbst. Eigentlich machte es ihm nicht besonders viel aus, dass man ihm den Stuhl vor die Tür von GermanNet gesetzt hatte.

»Wenn die eine Mehrheit des Aufsichtsrats und der Aktionäre hinter sich haben, können sie es machen«, antwortete Ferry. »Allerdings ist es nicht einfach, diese Mehrheit zu bekommen. Wir reden hier davon, Einfluss über etwa 500 Millionen Euro zu erlangen.« Ferry deutete auf den Zeitungsstapel. »Aber es sieht so aus, als ob sie tatsächlich genug Einfluss besitzen, um mich auch aus meinem Unternehmen rauszuwerfen und mir auch noch Dreck hinterher zu schmeißen.«

»Ferry, wer sind *die*?«

»Ich weiß es auch nicht, aber je mehr wir über sie erfahren, desto unheimlicher werden sie mir.«

Judith aß ihren dritten Donut mit Schokoladenglasur. Die Schokolade hatte jetzt auch Spuren auf ihrem T-Shirt hinterlassen. Ferry amüsierte sich köstlich und beobachtete vor allem ein kleines Stückchen Schokolade auf Judiths Nasenspitze.

»Dafür, dass du gerade deinen Job und dein Unternehmen verloren hast, wirkst du ziemlich gefasst«, stellte Judith fest, während sie in das letzte Stück ihres Donuts biss.

»Als ich mich damals entschieden habe, aus GermanNet eine Aktiengesellschaft zu machen, habe ich damit auch die Möglichkeit geschaffen, dass man mir irgendwann den Einfluss über die Entwicklung des Unternehmens nimmt. Grundsätzlich ist dagegen auch nichts einzuwenden. Wenn es für GermanNet gut wäre, würde ich jederzeit auch freiwillig gehen. Aber es gibt keinen Grund, dass ich jetzt gehen soll.«

»Hat das alles wirklich etwas mit dem Hacker-Angriff zu tun? Vielleicht reden wir beide uns nur etwas ein und leiden langsam unter Verfolgungswahn?«

»Mir fällt keine andere Erklärung ein. Wir hatten am Freitag, also vor gerade mal drei Tagen, eine Aktionärsversammlung. Wenn es wirklich Vorbehalte gegen mich bei den Aktionären gegeben hätte, hätte die Bombe da platzen müssen. Es gab aber keine Anzeichen, noch nicht mal Andeutungen in diese Richtung. Ganz im Gegenteil. Angesichts dessen, was zurzeit in unserer Branche los ist, haben wir glänzende Zahlen vorgelegt. Und das Einzige, was sich seit Freitag verändert hat, ist, dass ich mich um diese Hacker-Sache kümmere.« Ferry zuckte resigniert mit den Schultern.

»Ich verstehe es immer noch nicht. Wer oder was ist hinter uns her? Wer sind diese Hacker und vor allem, was ist so wichtig, dass du dafür deinen Job und Michael Kunze sein Leben verlieren musste?«

»Ich stelle mir dieselben Fragen und weiß genauso wenig eine Antwort. Jemand betreibt hier einen ungeheuren Aufwand. Was haben wir entdeckt, das uns so gefährlich macht?«

»Wer ist eigentlich dieser Rolf Keller? Kannst du ihn nicht einfach anrufen und ihn fragen, was los war?«

»Rolf hat mir am Samstagvormittag auf die Voicebox meines Handys gesprochen, um mir mitzuteilen, dass er sich am Abend mit Mitgliedern unseres Aufsichtsrats treffen müsse. Er fand das zu diesem Zeitpunkt auch noch sehr ungewöhnlich, am Samstagvormittag angerufen und für den Abend einbestellt zu werden. Er wollte das noch mit mir besprechen, und bat mich zurückzurufen. Aber ich habe seinen Anruf erst auf dem Flughafen in Chicago abgehört. Als ich dann versucht habe, ihn zurückzurufen, war er nicht zu erreichen.

Das Eigenartige daran ist, dass Rolf sein Handy grundsätzlich immer dabei hat. Wir haben uns deswegen oft gestritten, weil bei den unpassendsten Gelegenheiten sein dämliches Handy klingelte. Rolf muss zu dem Zeitpunkt, als ich versuchte ihn zu erreichen, schon gewusst haben, was los ist. Erst hat er mich angerufen, weil er dachte, es gäbe Ärger, als dann aber klar war, dass es Ärger für mich gibt und nicht für ihn, sah er dazu wohl keine Veranlassung mehr. Er hat verdammt schnell die Seiten gewechselt.

Ich kann mir nicht vorstellen, dass das Ganze in so kurzer Zeit möglich gewesen wäre, wenn Rolf nicht bereitgestanden hätte, meine Position zu übernehmen. Abgesehen von allem anderen ist er auch die falsche Besetzung für den Job. Ich bin mit Sicherheit zu ersetzen, jeder ist ersetzbar. Aber es ist genau so sicher, dass Rolf mit der Position des CEO überfordert sein wird.«

»Das kling nicht sehr wohlwollend, was du über Rolf erzählst. Ist das verletzter Stolz?«

»Sagen wir Enttäuschung über seine fehlende Loyalität. Rolf und ich, wir konnten uns eigentlich nie so richtig leiden. Ich habe öfter daran gedacht, dass es besser wäre, wenn wir uns trennen und er das Unternehmen verlässt. Aber er hatte immer etwas gut bei mir, eben, weil ich ihn nicht leiden konnte. Ich finde es ungerecht und falsch, wenn man Leute danach beurteilt, ob man sie mag oder nicht. Ich hätte es mir nie verziehen, wenn ich jemanden nur aus persönlichen Gründen rausgeschmissen hätte. Wenn man Macht über Menschen hat, dann hat man auch Verantwortung.

Das war das Dilemma mit Rolf, es gab immer wieder Gründe, ihn rauszuschmeißen, aber ich war mir nie sicher, ob die Gründe von mir nur vorgeschoben waren und meine Animosität mich dazu brachte, ihn falsch zu beurteilen. Aber wie es im Leben eben manchmal so geht, hat er jetzt seine Chance wahrgenommen, mich los zu werden. Eigentlich wundert es mich nicht, dass er die erste Möglichkeit ergriffen hat, mich zu verarschen. Was mich maßlos ärgert, ist, dass Rolf überhaupt die Gelegenheit geboten bekam, mich aus dem Unternehmen zu drängen. Aber es hat auch was Gutes. Ich fühle mich in meiner Abneigung gegen ihn bestätigt. Jetzt kann ich ohne schlechtes Gewissen sagen: Rolf, du bist ein Arschloch.«

»Du bist gerade aus deinem Unternehmen geflogen und freust dich darüber, jemanden endlich ohne schlechtes Gewissen Arschloch nennen zu können?«

»Genau. Willst du nicht noch einen Donut?«

»Nein danke, ich hatte schon drei. Wenn wir beide mal etwas mehr Zeit haben, musst du mir bitte erklären, was daran so lustig ist, wenn ich einen Donut esse. Und bis dahin könnten wir vielleicht versuchen, einen Weg zu finden, wie du dein Unternehmen wiederbekommst?«

»Ich denke, es gibt da keinen Weg zurück. Die Pressemitteilungen sind raus, ich bin draußen und ziemlich bloßgestellt. Ganz egal, was passiert, das alles lässt sich nicht rückgängig machen. Es würde kein gutes Licht auf GermanNet werfen, wenn ich auf einmal wieder in Amt und Würden wäre. Wie sollte man das auch schlüssig begründen? Das Ganze würde nach einem Machtkampf im Unternehmen aussehen und das wäre, bei der montanen Marktsituation, das Letzte, was GermanNet brauchen könnte.

Ich werde GermanNet nicht riskieren, nur um meinem Ego zu schmeicheln. Mit Rolf, das ist ein anderes Thema. Dass er von seinem Verrat profitiert und CEO wird, das werde ich nicht hinnehmen.«

»Weißt du, mit wem aus dem Aufsichtsrat sich Rolf

getroffen hat? Vielleicht können wir so herausbekommen, wer hinter all dem steckt?«

»Rolf hat am Telefon gesagt, dass er sich mit zwei Vertretern von Venture Capital Gesellschaften treffen würde.«

»Und was sind das bitte für Gesellschaften und wer steckt dahinter?«, fragte Judith leicht genervt.

»Gute Frage. Weißt du, im Nachhinein ist es schon ein bisschen komisch gewesen. Wir hatten damals angefangen, darüber nachzudenken, wie man mehr Kapital ins Unternehmen bringen und ein schnelleres Wachstum finanzieren könnte. Und plötzlich kamen zwei Venture Capital Gesellschaften auf mich zu und boten uns Kapital an.«

»Komischer Zufall, oder? Sie kamen genau zum richtigen Zeitpunkt. Hat dich das nicht stutzig gemacht?«

»Und ob! Ich habe mich damals auch gefragt, wie sie das mit dem Timing gemacht haben. Es sah fast so aus, als ob sie Zugang zu internen Informationen von uns hatten. Sie haben uns genau das angeboten, was wir suchten – und zwar zu dem Zeitpunkt, als wir anfingen danach zu suchen. Heute sind die beiden Gesellschaften zusammen mit etwa 40% an GermanNet beteiligt. Ich habe nie wirklich herausbekommen, wer hinter diesen Gesellschaften steckt. Es müssen aber sehr risikofreudige und kapitalstarke Leute sein, verschachtelte Unternehmen und Aktiengesellschaften, die dann wieder irgendwelchen anderen Gesellschaften gehören, diese wiederum gehören noch anderen und immer so weiter. Ich habe den Versuch aufgegeben zu erfahren, wer letztendlich dahintersteckt.

Bis heute war ich auch der Meinung, dass die Gesellschaften nur an Geld und Rendite interessiert sind. Auf jeden Fall haben unsere Hacker-Freunde wohl Einfluss auf diese Gesellschaften. Und das beweist ein Mal mehr, dass wir uns mit einem verflucht starken Gegner angelegt haben.«

»Mir wächst das alles über den Kopf, Ferry, und ich habe Angst«, sagte Judith. »Lass uns noch mal zusammenfassen: Mittwochnacht hast du eine E-Mail bekommen, die dich darüber informierte, dass es einen Hacker-Angriff gab. Heute ist Montag und wir haben inzwischen einen Toten, mein Institut ist abgebrannt, du bist deinen Job los, wir müssen unter falschen Namen reisen und wahrscheinlich gibt es jemanden, der mindestens eine halbe Milliarde Euro und jetzt auch deinen Aufsichtsrat kontrollieren kann. Und dieser Unbekannte ist jetzt wahrscheinlich auch noch hinter uns beiden her. Was kommt als Nächstes, Ferry?«

»Ich fühle mich genauso ausgeliefert wie du. Lass uns ins Restaurant gehen und hoffen, dass Frank Ossowski sich entschieden hat, sich mit uns zu unterhalten.«

»Gehen wir also essen«, Judith seufzte. »Ich habe noch nicht einmal die Donuts verdaut. Neben der Gefahr durch die Unbekannten sehe ich zusätzlich auch noch die Gefahr der Verfettung am Horizont aufsteigen.«

Ferry sah zu, wie Judith ihre Schuhe anzog. Ihr T-Shirt war hochgerutscht und er konnte, auch bei ausführlicher Betrachtung ihrer Figur, nicht den geringsten Hinweis auf eine drohende Verfettung feststellen.

»Wenn du mit Spannen fertig bist, könnte der Herr dann vielleicht auch seine Schuhe anziehen, damit wir gehen können?« Ferry fragte sich, warum sie ihn immer wieder durchschauen musste.

Sie waren vor der verabredeten Zeit im Restaurant und bestellten ein Fünf-Gang-Menü. Auf diese Weise waren sie wenigstens beschäftigt, während sie darauf warteten, dass Frank kommt – wenn er kam.

»Was wirst du später tun, ich meine, wenn wir hiermit fertig sind?«, fragte Judith.

»Ich weiß es nicht. Mein Leben bestand bisher nur aus GermanNet. Ich habe dir doch schon erzählt, dass ich damit in letzter Zeit nicht mehr besonders zufrieden war, aber auch nicht wusste, wie ich es verändern kann. Und jetzt bin ich die Firma auf einmal los. Ich habe bisher nie ernsthaft darüber nachgedacht, was ich ohne sie tun könnte.«

»Du hast immer noch deine Millionen?«

»Ja, die Aktien sind immer noch meine und auch die Millionen, außer sie lassen GermanNet Pleite gehen. Wenn Rolf lange in der Position des CEO ist, könnte allerdings genau das passieren. Sobald wir wissen, wer hinter all dem steckt, werde ich anfangen darüber nachzudenken, meinen Aktienanteil zu verkaufen.«

»Du bist Anfang dreißig und reich. Keine schlechte Ausgangsposition für einen Neuanfang.«

»Richtig. Ich habe nur ein kleines Problem. Irgendwer mit viel Geld und Macht ist hinter mir her. Oder genauer gesagt, da ich dich da mit reingezogen habe, ist er hinter uns her.«

»Wenn wir aufhören würden herumzufragen und nachzuforschen, meinst du, die würden uns dann in Ruhe lassen?«

»Ich glaube nicht, dass es so einfach ist. Sie haben bisher viele Mühen auf sich genommen, um etwas zu verstecken. Dafür haben sie sogar einen Menschen umgebracht. Es gibt irgendetwas, auf das wir gestoßen sind, was denen verdammt wichtig ist. Und sie wollen offensichtlich mit allen Mitteln verhindern, dass es bekannt wird. Sie werden sich jetzt nicht einfach mit einem Rückzug unsererseits zufrieden geben.«

Als sie beim dritten Gang angekommen waren, stand plötzlich Frank Ossowski vor ihnen.

»Ich bin mir sicher, dass es ein Fehler ist, mit euch zu reden, aber ich bin trotzdem gekommen«, stellte Frank zur Begrüßung fest.

Er setzte sich zu ihnen, aber als Judith etwas sagen wollte, wehrte er mit der Hand ab.

»Lasst mich erst mal etwas bestellen, ist schließlich meine Mittagspause. Und bevor ihr mir Löcher in den Bauch fragt, solltet ihr mir erst ein Mal erzählen, was los ist.«

Nachdem Frank seine Bestellung aufgegeben hatte, erzählte Judith ihm in Kürze, was seit Mittwoch geschehen war.

»Wir haben durchaus eine Vorstellung von den Fähigkeiten und der Gefährlichkeit des Gegners«, begann Judith. »Wir sind unter falschen Namen hergeflogen, benutzten keine Kreditkarten, machen einen Bogen um das Internet und daher sind wir ziemlich sicher, dass uns keiner bis hierher gefolgt ist.«

»Ich weiß nicht, ob eure Vorsichtsmaßnahmen wirklich ausreichen«, erwiderte Frank. »Ich will euch trotzdem erzählen, was ich weiß. Ich habe mich mal als Hacker betätigt. Einfach so zum Spaß, um zu sehen, ob man irgendwo reinkommt oder jemanden überlisten kann. Durch Zufall habe ich dann festgestellt, dass es diese Hintertür im Betriebssystem von RouterSystem gibt. Ich habe das in der user group berichtet und schnell Kontakt zu einigen Leuten bekommen, die ebenfalls diese oder ähnliche Hintertüren ermittelt haben.«

»Wie viele wissen davon?«, fragte Judith.

»Ich denke, nicht mehr als eine Hand voll Leute. Die meisten haben das Ganze gleich als Quatsch abgetan und ich habe die Sache dann nur noch mit einigen wenigen weiterverfolgt. Zuerst habe ich mir alte Versionen des Betriebsystems von RouterSystem besorgt. Das Komische war, dass die Hintertür auch in den alten Versionen vorhanden war. Am Anfang dachte ich, ich hätte einfach nur eine Schwachstelle im Betriebssystem entdeckt. Aber inzwischen bin ich der festen Überzeugung, dass das bewusst programmiert worden ist. Und das geht bis in die Anfänge von RouterSystem zurück.«

»Aber RouterSystem hat vor drei Jahren sein Betriebssystem komplett überarbeitet und vollständig neu programmiert«, warf Ferry ein.

»Genau. Und eben das spricht für die Vermutung, dass die Hintertür absichtlich hereinprogrammiert wurde. Eine durch Zufall oder Unachtsamkeit entstandene Schwachstelle wäre bei einer kompletten Überbreitung kaum wieder genau so aufgetreten«, stellte Judith fest.

»Ich fange gerade erst an zu begreifen, was das tatsächlich bedeutet.« Ferry dachte laut nach. »Fast der gesamte, weltweite Internetverkehr läuft über die Systeme von RouterSystem. Wenn es tatsächlich so ist, wie wir vermuten, dann hat sich jemand eine Hintertür zum Internet geschaffen. Das Ganze wäre einfach unglaublich.«

»Als mir klar wurde, mit was ich es zu tun hatte, war ich genauso sprachlos«, stimmte Frank zu.

»Warum hast du mir dann auf meine E-Mail plötzlich nicht mehr geantwortet?«, fragte Judith.

»Weil wir Besuch bekamen.«

»Wir?«

»Ich und Jeff Smith aus New York. Jeff hatte, genau wie Judith, meinen Beitrag in der user group gelesen und so haben wir zueinander gefunden. Jeff und ich haben bis zuletzt zusammen an dem Thema gearbeitet. Dann ist das Syndikat, so haben wir die Unbekannten genannt, auf uns aufmerksam geworden, man hat uns gewarnt. Wir sollten uns raushalten und alles vergessen, was wir herausbekommen hatten.«

»Und Ihr habt euch daran gehalten?«

»Nein, natürlich nicht. Da stand auf einmal ein Typ vor mir und hat mir gedroht. Bei Jeff war es in etwa genauso. Wir haben das nicht ernst genommen. Ganz im Gegenteil. Wir sagten uns: Jetzt erst recht, denn wir waren uns sicher, dass wir auf etwas wirklich Interessantes gestoßen waren. Jeff war stinksauer, weil sie versucht hatten, ihn einzuschüchtern. Und er hat dann wohl den entscheidenden Fehler gemacht. Jeff ist direkt an RouterSystem rangetreten und hat sie informiert, dass es da ein Problem mit ihrem Betriebssystem gibt.«

»Und wie hat man reagiert?«, forschte Judith.

»Überhaupt nicht. Bevor Jeff weiter aktiv werden konnte, ist er bei einem Überfall ums Leben gekommen.« Frank legte eine kurze Pause ein und man sah ihm an, dass es ihm schwer fiel, weiter zu reden. »Kurz nachdem er die Mail an RouterSystem gesandt hatte, wurde nachts in seine Wohnung eingebrochen. Die Polizei meinte, er hätte die Einbrecher wahrscheinlich überrascht. Jedenfalls haben sie ihn erschossen und sind geflohen, ohne etwas zu stehlen. So beschrieb es jedenfalls die Polizei.«

»Du meinst, das hat etwas mit RouterSystem zu tun?«, fragte Judith, obwohl sie sich die Frage selbst beantworten konnte.

»Auf jeden Fall. Ich habe von Jeffs Tod durch denselben netten, älteren Herren erfahren, der mich schon einmal vor meinem Haus angesprochen hatte, um mir zu drohen. Ich habe ihm gleich, als ich ihn gesehen habe, gesagt, dass er verschwinden soll. Da meinte der Typ nur, ich solle Jeff anrufen, um von ihm zu erfahren, dass die Sache ernst ist. Ich habe dann versucht Jeff anzurufen, aber da war er schon tot.« Frank sah beide an und fuhr dann fort.

»Nach Jeffs Tod hatte ich panische Angst. Ich habe es einfach sein lassen, darum hast du nichts mehr von mir gehört, Judith. Ich habe dann auch nie wieder etwas vom Syndikat gehört. Sie müssen sich verdammt sicher sein mit ihrer Überwachung. Sie haben offensichtlich gesehen, dass ich mich nicht mehr in ihre Angelegenheiten einmische, und haben mich seitdem in Ruhe gelassen. Sie wollten keine Bestätigung von mir, dass ich mich aus allem zurückziehe. Ich habe mich einfach so verhalten, wie das Syndikat es wollte. Einfach und unheimlich.«

»Genau wie du, sind auch wir nur durch einen Zufall auf das Syndikat gestoßen. Anfangs konnten wir einfach nicht nachvollziehen, wie sie es anstellen, so einfach überall reinzukommen«, erklärte Judith. »Dann ist mir dein Hinweis auf die Hintertür eingefallen und wir sind der einzigen Spur gefolgt, die wir hatten.«

»Wie es aussieht, seid Ihr jetzt aber die Gejagten und nicht mehr die Jäger«, erwiderte Frank.

»Wir würden gern die Rollen wieder tauschen und den aktiven Part der Jagd übernehmen«, sagte Ferry. »Allerdings brauchen wir dazu mehr Informationen. Wir fragen uns die ganze Zeit, wozu dieser enorme Aufwand? Was steckt dahinter? Wer ist das Syndikat und was wollen sie?«

»Ich weiß auch nicht, wer das Syndikat ist«, antwortete Frank, »aber ich habe eine Antwort darauf, was sie wollen: Geld! Jeff hat bei einem regionalen Internet Service Provider in New York gearbeitet. Die Geschichte gleicht der euren. Er hat irgendwann festgestellt, dass jemand das Leitungsnetz seiner Firma benutzt, der es gar nicht benutzen durfte. Ihm war auch völlig unklar, was da vor sich ging. Jeff kam dann zu dem Schluss, dass es sich um eine kriminelle Vereinigung handeln muss. Daher haben wir auch den Namen Syndikat gewählt. Jeff konnte das Treiben des Syndikats auf seinem Netzwerk ziemlich lange verfolgen und hat herausbekommen, dass sie vor allem an Informationen interessiert waren. Nach Jeffs Beobachtungen hat das Syndikat Informationen im Umfeld der Wall Street gesammelt. Jeff kannte sich ein bisschen an der Börse aus, er meinte, es kann recht einträglich sein, wenn man bestimmte Informationen vor anderen hat.

So hat das Syndikat zum Beispiel Informationen abgefangen, die – nachdem sie später der breiten Öffentlichkeit bekannt wurden – dazu geführt haben, dass Aktienkurse stark gestiegen oder gefallen sind. Es muss sehr lohnend sein, wenn man solche Informationen rechtzeitig erhält und dann entsprechend an der Börse spekuliert. Wir vermuteten daher zuerst auch, dass irgendein Börsenmakler oder ein Investmenthaus dahinter steckt. Aber dann wurde uns klar, dass das Ganze dafür zu kompliziert aufgebaut ist.

Wer immer hier die Fäden zieht, der hatte die Hintertür schon vor Jahren in das Betriebssystem von RouterSystem programmiert. Wer an der Wall Street aktiv ist, der denkt aber in kürzeren Zeiträumen, Entscheidungen werden hier in Sekunden gefällt. Etwas über Jahre im Voraus zu planen und vorzubereiten, passt nicht zu den Jungs der Wall Street. Was Jeff beobachtet hat, war auch nur der kleine Ausschnitt der Aktivitäten des Syndikates, die sich in Manhattan abspielten. Wir vermuteten, dass das Syndikat weltweit und im großen Stil am Werk war. Das, was ihr beide mir von euren Erfahrungen erzählt habt, bestätigt diese Annahmen.«

»Und was habt ihr noch so vermutet?«

»Dass das Syndikat sehr mächtig ist. Wenn man sich ansieht, dass GermanNet nun einen neuen CEO hat und Ferry keinen Job mehr, dann lagen wir wohl auch mit dieser Vermutung richtig.«

»Warum hast du deine Meinung geändert und dich entschieden, doch noch mit uns zu reden?«, hakte Judith nach.

»Wahrscheinlich, weil ich ein schlechtes Gewissen wegen Jeff habe. Damals wollte ich meine eigene Haut retten, und irgendwie ist mir das wohl auch gelungen. Jeff hatte nicht so viel Glück. Ich kann nicht sagen, dass ich mich heute sehr wohl fühle. Und ich befürchte, dass ihr beide in ernster Gefahr seid.«

»Was weißt du noch über die Lücke im System?«, fragte Ferry, um das Thema zu wechseln.

»Nicht viel mehr als das, was ich euch bereits erzählt habe. Aber Jeff fand bei seinen Beobachtungen heraus, dass auch in andere Systeme Hintertüren programmiert worden sind, in Firewalls, andere Betriebssysteme und so weiter. Kurzum überall.«

»Aber wie kann man so etwas bewerkstelligen?«, fragte Judith etwas ungläubig.

»Haben Jeff und ich uns auch gefragt. Man muss jemanden kennen, der an der Entwicklung der Software mitarbeitet. Heute sind an einem Softwareprojekt hunderte oder auch tausende Mitarbeiter beschäftigt. Jeder bearbeitet und kennt nur ein kleines Teilprojekt. Wer an der richtigen Stelle sitzt, der kann etwas mit in die Codes einbauen, was da nicht hingehört. Man kann es so geschickt machen, dass es niemandem auffällt. Um überall diese Lücken einrichten zu lassen, muss das Syndikat seit vielen Jahren seine Leute an den entscheidenden Stellen sitzen haben.

Für mich ist klar, dass hier viel, sehr viel Geld und Zeit investiert worden ist. Das kann nur eine gut organisierte Vereinigung, und solche Leute werden sich von uns nicht bedrohen lassen. Sie werden Möglichkeiten und Wege finden, um zu verhindern, dass bekannt wird, was wir herausbekommen haben.«

Frank machte eine Pause. Nachdem Judith und Ferry nur noch stumm dasaßen und keine Fragen mehr stellten, fuhr er schließlich fort.

»Das ist alles, was ich weiß, mehr kann ich euch nicht sagen und außerdem ist meine Mittagspause zu Ende.«

»Auf jeden Fall, danke für die Informationen«, sagte Judith, die sich wieder etwas gefangen hatte.

»Ihr beide wollt weiter machen, stimmts?«

Beide nickten gleichzeitig, als ob sie sich abgesprochen hätten.

»Um ehrlich zu sein, ich glaube nicht, dass ihr das überleben werdet. Aber wie dem auch sei, passt auf euch auf und bitte, nehmt nie wieder Kontakt zu mir auf. Ich weiß nichts weiter und vor allem will ich mit der ganzen Angelegenheit nichts mehr zu tun haben.«

Frank nickte beiden zum Abschied zu, stand auf und ging zur Tür. Judith und Ferry saßen schweigend da, so als wollte keiner das erste Wort sagen. Frank kam noch einmal zurück und setzte sich.

»Hey, ich kann euch beide gut leiden und ich habe

eine letzte Information für euch. Es gibt eine Journalistin, die sich mit dem Thema intensiv beschäftigt hat. Jeff hat sie irgendwann aufgetan und wir sind damals zu dritt an der Sache dran gewesen. Nach Jeffs Tod haben wir beide entschieden, dass wir überleben wollen. Ich habe seit damals keinen Kontakt mehr zu ihr, aber ich werde sie fragen, ob sie sich mit euch treffen will. Habt Ihr eine sichere E-Mail-Adresse, unter der ich euch erreichen kann?«

Nach kurzem Zögern sagte Judith »ich habe eine anonyme E-Mail-Adresse, *Snowwhite138@yahoo.co.uk*.«

Frank musste lachen.»Eine gute E-Mailadresse. Kann ich mir gut merken, Schneewittchen, aber wofür steht die 138?«

»Die Anzahl der Zwerge.«

»Waren es nicht sieben? Wie auch immer, du bist wirklich eine attraktive Frau, Judith. Wenn ich das vorher gewusst hätte, hätte ich mich damals vielleicht anders entschieden. Passt auf euch auf.« Frank zögerte noch einen Augenblick. Dann stand er auf und ging endgültig.

»Gibt es eigentlich auch Männer, die nicht von ihrem Unterleib gesteuert werden?«, fragte Judith genervt.

Sie bekam keine Antwort von Ferry und hatte wohl auch keine erwartet.

»Ich habe dich da mit reingezogen. Das tut mir wirklich leid«, sagte Ferry mit leiser Stimme.

»Sagen wir, wir haben es uns beide nicht ausgesucht, da reingezogen zu werden. Was ist, wenn wir versuchen, mit denen zu reden? Wir könnten uns mit dem Syndikat arrangieren, Frank haben sie bisher ja auch in Ruhe gelassen.«

»Sie wissen, dass ich zu dir und zu Leo gegangen bin, sie haben mir gedroht und sie werden auch wissen, dass wir jetzt hier in den USA sind. Und sie werden mitbekommen haben, dass wir damit begonnen haben, unsere Spuren zu verwischen. Immerhin haben sie sich bereits die Mühe gemacht, mich aus meinem Unternehmen zu drängen. Ich kann mir nicht vorstellen, dass sie sich jetzt noch mit uns einigen wollen. Wir sind ein zu großes Risiko geworden. Aber wir können es natürlich trotzdem versuchen.«

»Ich habe auch keine Lust, mich mit denen zu einigen, doch ich wollte zumindest den Vorschlag gemacht haben. Also, wenn das dann geklärt ist, was machen wir jetzt?«

»Warten und hoffen, dass es Frank gelingt, die Journalistin zu überzeugen, sich mit uns zu treffen.«

»Warten wir also auf eine Nachricht von Frank.«

Der Gang ins Bürogebäude von GermanNet am Montagmorgen war für Rolf ein Triumphzug. Als Erstes rief er zwei Mitarbeiter von der Haustechnik und trug ihnen auf, Ferrys Büro leer zu räumen. Rolf sah erregt zu, wie die beiden alle privaten Habseligkeiten von Ferry in Umzugskartons verpackten. Sobald sie damit fertig waren, schickte er die Männer mit den Kisten raus. Er wollte den Raum für sich allein haben.

Endlich war er da, wo er schon so lange sein wollte. Er hatte gehofft, dass dieser Tag einmal kommen würde. Heute war es soweit, Ferry war abserviert und er war CEO von GermanNet. Über ihm gab es jetzt nur noch den Aufsichtsrat, er konnte nun praktisch tun und lassen, was er wollte.

Diana hatte mit Entsetzen am Morgen erfahren, dass Ferry vom Aufsichtsrat abgesetzt und Rolf zum neuen CEO ernannt worden war. Ihr erster Gedanke war, mit Ferry zu sprechen. Aber da sie ihn nicht erreichen konnte, machte sie sich auf die Suche nach Rolf. Vielleicht wusste er, was hier eigentlich los war. Als Diana feststellte, dass Rolfs Büro leer war, war sie zum zweiten Mal an diesem Morgen ratlos. Zuerst dachte sie, auch Rolf sei abserviert worden, aber jemand erzählte ihr schließlich, dass Rolf am Morgen in Ferrys Büro gezogen war. Und genau dahin machte sie sich sofort auf den Weg. Im Gang stachen ihr sofort die gepackten Kisten mit Ferrys persönlichen Sachen ins Auge.

Sie fand Rolf an Ferrys Schreibtisch, die Füße auf dem Schreibtisch, die Hände hinter dem Kopf verschränkt.

»Rolf, was ist hier los?«

»Guten Morgen, Diana«, Rolf antwortete ihr mit einem Lächeln. »Ich weiß, das Ganze muss sehr überraschend für dich sein. Ferry hat leider einige Fehler gemacht, in einer Zeit, in der große Aufgaben vor uns stehen. Der Aufsichtsrat hat deshalb entschieden, dass er nicht mehr der richtige Mann am Steuer ist. Daher werde ich den Laden jetzt in die Hand nehmen. Und ich kann dich beglückwünschen, Diana.

Meine alte Position muss ja nun neu besetzt werden. Du hast gute Chancen zum Chief Financial Officer aufzusteigen.«

»Was soll der Quatsch, Rolf? Ferry hat dieses Unternehmen aufgebaut. Natürlich ist er nach wie vor der richtige Mann an der Spitze!«

»Deine Loyalität in Ehren, aber der Aufsichtsrat hat anders entschieden. Weißt du, Diana, es gibt Dinge, die du in ihrer Tragweite nicht übersehen kannst.«

Rolf war aufgestanden und ans Fenster getreten. Von dort beobachtete er Diana. Er war sauer, denn er konnte sehen, wie aufgelöst sie war. Diana hatte ihm schon immer gefallen. Je mehr sie sich für Ferry engagierte, desto ärgerlicher wurde er. Warum tat sie das? Ferry hatte ihr den Laufpass gegeben. Jetzt war er draußen. Warum war sie nicht froh darüber? Sie sah gut aus in dem kurzen, schwarzen Rock und den kniehohen schwarzen Stiefeln. Ferry hatte immer das bekommen, was er haben wollte. Aber seit heute war Schluss damit.

»Diana, beruhige dich. Wir müssen uns mit der neuen Situation abfinden. Sieh es einmal so, es gibt jetzt ganz neue Möglichkeiten für dich.« Er trat näher an sie heran. »Ich sehe für dich noch eine großartige Karriere im Unternehmen.«

Diana trat einen Schritt zurück, um Abstand zu Rolf zu gewinnen.

»Für mich ist hier das letzte Wort noch nicht gesprochen. Ich habe Ferry bisher leider nicht erreichen können. Ich gehe aber davon aus, dass er sich das nicht gefallen lässt. Ich würde an deiner Stelle etwas vorsichtiger sein und etwas abwarten, bevor du dich hier in seinem Büro breit machst.«

Rolf bekam rote Flecken im Gesicht. Er griff nach Diana, fasste sie an beiden Oberarmen, drückte sie auf den Schreibtisch und beugte sich über sie.

»Ferry ist nicht mehr da, und er wird auch nicht wiederkommen. Wenn du hier, in diesem Unternehmen, eine Zukunft haben willst, solltest du das schnell begreifen. Hast du mich verstanden?«

Diana war so überrascht, dass sie keinen Widerstand leisten konnte. Sie hatte Rolf noch nie so gesehen, er war mit hochrotem Kopf über ihr und drückte sie immer weiter auf den Schreibtisch runter. »Ich habe gefragt, ob du mich verstanden hast?«

Diana antwortete erschreckt: »Ja, ich habe dich verstanden, Rolf. Aber lass mich jetzt los, bitte.«

Rolf lockerte langsam den Griff und richtete sich auf. Aber plötzlich griff er mit beiden Händen nach ihren Brüsten. »Hier wird jetzt gemacht, was ich sage«, schrie er.

Diana war so entsetzt, dass sie im ersten Moment nicht reagieren konnte. Er drückte ihre Brüste so stark, dass es schmerzte. Doch nachdem sie den ersten Schreck überwunden hatte, zog sie mit aller Kraft ihr Bein an und trat mit dem Knie zwischen Rolfs Beine. Rolf schrie auf und ließ sie endlich los.

»Fass mich nie wieder an, du Schwein!«, schrie Diana und rannte aus dem Büro.

Diana hatte sich in eine nahe gelegene Damentoilette gerettet und sich in eine Kabine eingeschlossen, bis sie sich beruhigt hatte. Als Erstes musste sie hier raus, und zwar so schnell wie möglich. Sie holte ihre Tasche aus ihrem Büro, wobei sie aufpasste, dass sie Rolf nicht über den Weg lief, und ging nach Hause. Sobald sie das Gebäude von GermanNet verlassen hatte, ging es ihr besser. Rolf war wirklich ein Schwein, und sie war sauer auf Ferry. Er war einfach verschwunden und hatte sie im Stich gelassen. Nicht einmal angerufen hatte er sie, und sie musste sich jetzt von diesem Widerling begrapschen lassen. Scheiß Typen, einer wie der andere.

Am Abend las Judith an einem öffentlichen Internetterminal ihre Mails durch. Frank hatte Wort gehalten.

Von: Anonymizer342@freenet.com
An: Snowwhite138@yahoo.co.uk
Betreff: Märchentante
Text:
Hallo Snowwhite,
Die Märchentante will sich mit Euch unterhalten. Morgen um 12.00 Uhr am Ufer des Lake Union in Seattle. 8th Ave, Ecke Aloha St. steht eine Telefonzelle. Dort wird sie Euch anrufen. Ihr habt nur diese eine Chance. Wenn irgendetwas komisch aussieht, ist die Märchentante weg.
Seid vorsichtig, viel Glück.
Zwerg M.

Sie hatten also wieder einen Punkt, an dem sie weitermachen konnten. Judith schien es, als ob das Ganze anfing, ein Eigenleben zu entwickeln. Sie ließen sich zurzeit wohl auch eher treiben, als dass sie selbst noch bestimmten, wo es langging. Vielleicht brachte das Gespräch mit der Märchentante etwas Klarheit und einen Weg, wie sie wieder die Initiative übernehmen konnten.

Während Judith ihre E-Mails las, rief Ferry von einem gerade gekauften Handy bei Diana an. Sie hatten sich ein Prepaid-Handy unter falschem Namen zugelegt, das schien ihnen einigermaßen sicher zu sein, zumindest so lange das Syndikat die Nummer nicht kannte. Ferry hatte mit seinem Anruf bis zum späten Abend gewartet. Es konnte durchaus sein, dass sie die Gespräche im Büro abhörten. Diana zu Hause anzurufen, erschien ihm sicherer. Schließlich wussten einige von dem engen Verhältnis, das er einmal zu Diana hatte.

Es war 17.00 Uhr in Boston und 23.00 Uhr in Berlin, als Diana das Telefon abnahm.

»Ich bin es, Ferry.«

Diana antwortete erst nach einer langen Pause.

»Schön, dass du dich mal meldest, du Scheißkerl. Ich habe heute überall versucht, dich zu erreichen. Ich musste mir von Rolf die Neuigkeiten erzählen lassen. War das notwendig?«

»Ich bin immer noch in den Staaten, aber das ist eine lange Geschichte«, versuchte er sich zu rechtfertigen.

»Hast du eine Ahnung, was in den letzten Tagen passiert ist?«, fragte Diana noch einmal.

»Ich weiß auch nur das, was in den Zeitungen steht.

Ich bin draußen und Rolf hat GermanNet übernommen.«

»Ich kann nicht verstehen, dass du das alles einfach so hinnimmst. Rolf hat in den wenigen Stunden, in denen er CEO ist, begonnen, das Unternehmen komplett umzukrempeln. Er hat mich heute bedroht, mich angemacht und begrapscht. Und wo bist du, verflucht noch mal, Ferry? Ich dachte, wir wären Freunde!«

»Es tut mir leid. Ich weiß nicht genau, was vorgeht, aber ich bin dabei, es herauszubekommen, darum bin ich hier in den Staaten. Was immer es ist, es scheint mehr dahinter zu stecken als man auf den ersten Blick vermutet. Rolf ist nur eine Randfigur.«

»Ich verstehe kein Wort, Ferry, ich weiß nur, dass du mich heute ins offene Messer hast laufen lassen.«

»Ich habe dir nichts erzählt, weil ich dich da nicht mit reinziehen wollte. Ich habe schon genug andere mit reingezogen. Wer immer dahinter steckt, er ist gefährlich. Sie schrecken auch vor Mord nicht zurück. Ich wollte dich nicht in Gefahr bringen, Diana.«

»Bist du jetzt vollkommen durchgeknallt, Ferry? Was erzählst du da von Mord?«

»Ich kann das am Telefon nicht besprechen. Sage niemandem, dass ich dich angerufen habe oder dass du noch Kontakt zu mir hast. Ich habe mir hier in Amerika ein Handy unter falschem Namen gekauft. Du kannst mich unter dieser Nummer jederzeit anrufen, gib die Nummer aber bitte an niemanden weiter.«

»Wie du meinst, Ferry. Ich jedenfalls werde versuchen, GermanNet so am Leben zu erhalten, wie wir es aufgebaut haben. Ich habe mit einigen Kollegen beschlossen, das Ganze nicht einfach hinzunehmen. Wir werden morgen früh eine Betriebsversammlung organisieren. Mal sehen, wer auf unserer Seite ist und wer nicht. Aber das interessiert dich wohl nicht mehr. Jedenfalls nett, dass du mal angerufen hast.«

»Ich komme so schnell wie möglich zurück. Aber es gibt ein paar Dinge, die ich noch herausfinden muss, und das geht nur von hier aus.«

»Meinetwegen, Ferry. Aber ich denke, dein Platz sollte jetzt hier sein.«

»Ich werde mich wieder melden. Morgen«, erwiderte Ferry, aber die Verbindung war schon unterbrochen.

»Wir haben ein Date mit der Journalistin, von der Frank gesprochen hat«, informierte Judith Ferry, als er zu ihr an den Bildschirm trat. Sie war dabei, sich die neuesten Meldungen zum Managementwechsel bei GermanNet anzusehen. Weil Ferry keine Antwort gab, drehte sie sich zu ihm um und sah sofort, dass etwas nicht stimmte.

»Ferry, was ist los?«

»Ich habe Diana erreicht.«

»Und?«

Ferry deutete mit dem Kopf auf den Bildschirm, auf dem ein Foto von Rolf zu sehen war. Der neue CEO von GermanNet.

»Er will sich wohl nicht nur meine Position unter

den Nagel reißen, er hat auch noch damit begonnen, das ganze Unternehmen umzukrempeln. Er zerstört gerade all das, was ich mit vielen anderen zusammen in den letzten Jahren aufgebaut habe. Diana hat begonnen, den Kampf um den Erhalt dessen aufzunehmen, was wir gemeinsam aufgebaut haben. Ich mache mir Gedanken um sie«, gab Ferry zu.

»Hast du Ihr erzählt, was wir bisher herausbekommen haben?«

»Am Telefon geht das nicht. Außerdem klingt es wohl alles ziemlich eigenartig und paranoid. Die großen Unbekannten im Hintergrund. Ich glaube, Diana hält mich jetzt für einen Spinner. Vor allem aber ist sie enttäuscht, dass ich anscheinend kampflos aufgebe.«

»Keine Rolle, die dir gefällt, großer, starker Mann?«

»Vielleicht ist es das. Vielleicht aber auch nur das Gefühl, eine Freundin im Stich gelassen zu haben. Wie auch immer, es tut weh.«

»Willst du zurück nach Deutschland?«

»Nicht sofort, wir müssen die Spur hier weiterverfolgen. Aber sobald wir damit fertig sind, muss ich nach Berlin.«

»Von mir aus ist beides o.k. Sag einfach, was du willst.«

»Wann und wo findet unser Date statt?«

»Morgen Mittag. An einer Straßenecke in Seattle werden wir an einem öffentlichen Telefon angerufen und erhalten dann weitere Informationen. Etwas geheimnisvoll nach meinem Geschmack.«

»Nach allem, was wir bisher wissen, kann ich diese Vorsichtsmaßnahmen verstehen.«

»Also dann, Ferry, auf nach Seattle.«

»Wollen wir noch online die Tickets kaufen?«

»Ohne Kreditkarten wird das nicht gehen. Wir brauchen ein Reisebüro, das Bargeld nimmt. Umständlich, aber sicher und anonym«, antwortete Judith.

Wenig später buchten sie in einem kleinen Reisebüro zwei Tickets auf Fantasienamen für die Frühmaschine nach Seattle.

7

Sie waren gegen 10.30 Uhr auf dem internationalen Flughafen Seattle/Tacoma gelandet und schafften es gerade noch, kurz vor zwölf, an der angegebenen Straßenkreuzung in Seattle zu sein. Sie lag an der Uferstraße des Lake Union. Tatsächlich gab es an der Straßenecke eine Telefonzelle. Judith und Ferry standen unschlüssig mit ihren Reisetaschen davor und warteten.

Punkt zwölf klingelte das Telefon. Judith nahm den Hörer ab.

»Schneewittchen?«, wollte eine Frauenstimme wissen.

»Ja.«

»Hören Sie, ich weiß, dass das alles etwas albern aussieht, aber es gibt gute Gründe für meine Vorsichtsmaßnahmen. Hören Sie mir genau zu, aber schreiben Sie nichts auf«, befahl die fremde Stimme.

»In Ordnung, ich höre zu.«

»Wenn Sie die Straße, auf der Sie gerade stehen, ca. 500 Meter in Richtung Wasser gehen, sehen Sie an der nächsten Kreuzung ein Hinweisschild auf den Wasserflugplatz von Seattle. Folgen Sie diesem Schild und gehen Sie nach links zum Lake Union runter, bis Sie zu dem Sea Terminal der Kenmore Air kommen. In einer Stunde startet von dort ein Flug nach Victoria. Der Flug dauert keine 30 Minuten. Wenn Sie in Victoria ankommen, liegt genau gegenüber vom Landeplatz das Hotel Empress. Dort wird im Restaurant der Nachmittagstee serviert. Seien Sie um 15.00 Uhr da. Ich werde zu Ihnen an den Tisch kommen. Haben Sie alles verstanden?«

»Ja, wir werden versuchen dort zu sein, aber was, wenn der Flug ausgebucht ist?«

»Einen Platz zu bekommen, ist in der Woche normalerweise kein Problem. Und falls doch, dann soll unser Date eben nicht sein.«

»Also dann, hoffentlich bis um 15.00 Uhr im Empress«, sagte Judith, aber die andere Seite hatte schon aufgelegt.

»Und?«, fragte Ferry.

»Sie macht es wirklich spannend. Wir müssen runter zum See. Dort gibt es wohl ein Wasserflugzeug, das uns nach Victoria bringen kann«, antwortete Judith.

»Nach Victoria?«

Aber Judith hatte bereits ihre Tasche aufgenommen und war dabei, die Straße zum See herunter zu laufen.

»Komm schon, ich erkläre es dir unterwegs. Wir haben nicht viel Zeit und es ist noch eine ziemliche Strecke. Es sieht nicht so aus, als ob wir in dieser gottverlassenen Gegend ein Taxi bekommen werden. In einer Stunde geht unser Flug.«

Ferry lief neben ihr die Straße lang und wartete auf eine Erklärung.

»Also, unsere Unbekannte hat uns zum Tee ins Empress eingeladen.«

»Und du weißt, wo und was das Empress ist?«

»Ich war mit meinen Eltern im Urlaub mal in Victoria. Wenn ich mich richtig erinnere, ist es ein altes Hotel, oder vielmehr *das* Hotel in Victoria. Und Victoria liegt auf der anderen Seite des Puget Sound, nicht weit von hier. Drüben in Kanada«, erklärte Judith.

»In Kanada?«

»Genau, Mister Germanman. Victoria ist die Hauptstadt der Kanadischen Provinz British Columbia. Das Empress liegt direkt am Hafen, und wenn ich die Unbekannte richtig verstanden habe, kommen wir mit dem Wasserflugzeug genau vor dem Empress an. Victoria ist sehr britisch, als Kind habe ich mich ein wenig wie zu Hause gefühlt.

Das Empress hält die Traditionen der Kolonialzeit hoch und mit ihr die Teestunde. Ich musste damals mit meinen Eltern auch hin, war stinklangweilig. Ich will hoffen, dass die Veranstaltung heute besser wird. Soweit ich mich erinnern kann, ist Victoria ein beliebtes Wochenendausflugsziel für die Leute aus Seattle. Ein wenig so, wie Old England in Disneyland«, rief Judith, die immer noch einen Schritt vor Ferry rannte.

Ferry hatte aufgehört, sich zu wundern, und beschloss, ihr einfach zu folgen. Tatsächlich gab es den »Flugplatz«. Der bestand allerdings nur aus einem Holzschuppen am Ufer und einigen Holzstegen, an denen kleine und nicht allzu neue Wasserflugzeuge festgemacht waren. Sie bekamen ohne Probleme Tickets nach Victoria, und wenig später waren sie in einem achtsitzigen Wasserflugzeug, einer alten Turbo Otter, auf dem Weg nach Kanada.

Der Flug über den Puget Sound war ein wirkliches Erlebnis. Die Maschine flog nicht sehr hoch, sodass sie die Landschaft unter sich deutlich sehen konnten. Ferry und Judith sahen den ganzen Flug über fasziniert aus dem Fenster. Es kam Ferry fast so vor, als ob er im Urlaub wäre. Das Flugzeug landete direkt im Hafen von Victoria und der Bootssteg, an dem sie ankamen, war tatsächlich keine 100 Meter vom alten und ehrwürdigen Hotel Empress entfernt. Soweit hatte erst mal alles geklappt. Da sie bis zum Beginn der Teestunde und ihrer Verabredung noch etwas Zeit hatten, blieben sie am Ufer in der Sonne sitzen und genossen die herrliche Aussicht.

»Dich hat das Telefonat mit Diana ziemlich mitgenommen?«

»Ja, ich hätte nicht geglaubt, dass Rolf so ein Schwein ist. Nach all dem, was ich heute von ihm weiß, bin ich fassungslos, dass ich ihm einmal vertraut habe. Erst fällt er mir in den Rücken und jetzt das mit Diana. Ich fühle mich mitverantwortlich.«

»Wie lange kennt Ihr euch schon?«

»Eigentlich kennen wir uns überhaupt nicht. Rolf ist vor drei Jahren zu GermanNet gekommen. Ich habe dir ja schon erzählt, dass ich ihn eigentlich nie leiden konnte. Aber der ganze Finanzscheiß hat mich nie wirklich interessiert, und ich habe ihn machen lassen. Wir hatten nur wenig miteinander zu tun.

Ich habe mich gefreut, wenn ich ihn nicht gesehen habe.

Sein Job als CFO war auch nicht besonders heikel. Wir hatten eine Unternehmensberatung, die für uns die Analysen durchgeführt hat, und Vorschläge für das weitere Vorgehen erarbeitete. Die Vorschläge haben wir alle gemeinsam diskutiert und eine Entscheidung getroffen. Rolf musste das Ganze dann nur noch umsetzen. Ich habe nie genau hingesehen. Das war offensichtlich ein Fehler. Im Nachhinein weiß ich gar nicht, was Rolf den ganzen Tag gemacht hat. Wir wären wahrscheinlich ohne große Probleme auch ohne ihn zurechtgekommen.«

»Wenn er so eine Flasche ist, warum haben die jetzt gerade ihn zum CEO gemacht?«

»Wahrscheinlich haben sie niemand anderes gefunden, der bereit war, uns alle so zu hintergehen. Ich hatte schon immer so ein Gefühl, dass Rolf ziemlich hinterlistig und verlogen sein kann. Aber wie gesagt, ich dachte immer, ich tue ihm unrecht. Wie auch immer, als CEO ist er ein Witz.«

»Und wie gut kennst du Diana?«, hakte Judith vorsichtig nach.

»Wir waren mal kurz zusammen, aber es hat nicht funktioniert.«

Judith wollte ihn weiter ausfragen. Aber ihr wurde plötzlich bewusst, dass sie das eigentlich gar nichts anging, und außerdem wurde es Zeit für die Verabredung.

Das Hotel Empress war ›very british‹, fand Ferry. Judith hingegen, die es als Britin ja eigentlich wissen musste, fand es eher albern und künstlich. Auf jeden Fall bekamen beide einen Platz und bestellten für drei Personen den obligatorischen Tee sowie den dazugehörenden Kuchen. Der Tee wurde gerade serviert, als eine Frau in einem blauen Businesskostüm auf sie zukam.

»Hallo, ich bin Michaela. Ich denke, wir sind miteinander verabredet.«

»Hallo«, antworteten beide gleichzeitig.

Ferry schätzte Michaela auf Mitte dreißig. Sie hatte blonde Haare, eine zierliche Figur und ein hartes, aber nicht unattraktives Gesicht. Während Ferry sie interessiert musterte, setzte sich Michaela ohne Aufforderung zu ihnen.

»Einen ungewöhnlichen Ort haben Sie sich ausgesucht, um sich mit uns zu treffen«, begann Judith das Gespräch.

»Ich mag das Empress. Außerdem lag Victoria genau zwischen uns. Ich bin heute früh mit dem Schiff aus Vancouver herüber gekommen. Ich liebe das britische Flair hier. Es ist so authentisch, finden Sie nicht?«

»Nein, ich finde es ziemlich gestellt«, sagt Judith, »aber das mag daran liegen, dass ich Britin bin.« Gleich nachdem sie den Satz beendet hatte, wurde ihr bewusst, dass das wohl nicht sehr freundlich gewesen war.

Michaela sah sie dann auch feindselig und böse an. Ferry bemerkte es, und übernahm das Gespräch. Das Letzte, was sie jetzt brauchen konnten, war ein Kulturkampf zwischen alter und neuer Welt.

»Schön, dass Sie uns gleich erkannt haben«, sagte

Ferry und versuchte, das Gespräch auf ein anderes Thema zu lenken.

»Es war nicht schwer, ein Foto von Ferry Ranco zu finden«, antwortete Michaela, jetzt wieder freundlicher. »Aber genug mit dem Smalltalk. Erzählen Sie mir, was Sie wissen und was Sie zu mir führt.«

Judith war bemüht, ihren Patzer wieder auszubügeln. Sie war jetzt besonders freundlich und gab Michaela eine kurze Zusammenfassung der letzten Tage, bis zu dem Gespräch mit Frank Ossowski in Boston.

»Frank hat uns angeboten, den Kontakt zu Ihnen herzustellen, und deshalb sind wir hier.«

Michaela sah eine ganze Weile intensiv ihre Teetasse an, bevor sie zu sprechen begann. »Zuerst müsst ihr wissen, dass ihr tatsächlich in ernster Gefahr seid. Ich bin schon seit einigen Jahren an dem Thema dran. Am Anfang habe ich es auch nicht richtig ernst genommen, aber nachdem das mit Jeff passiert ist, denke ich anders darüber. Seitdem habe ich mich aus der ganzen Sache herausgehalten, genauso wie Frank. Und, um ehrlich zu sein, ich bin mir nicht sicher, ob es eine gute Idee war, sich mit euch zu treffen.«

»Wir brauchen Ihre Unterstützung, Michaela. Wir haben keinen anderen Anhaltspunkt, um weiter zu machen. Ich verspreche Ihnen, wir werden Sie nicht in all das mit hineinziehen. Wir brauchen nur einige Informationen, dann sind wir für immer weg«, beeilte sich Ferry festzustellen.

»Michaela, wissen Sie, wer das Syndikat ist, und um was es hier eigentlich geht?«

»Also gut, aber es ist eine lange Geschichte. Das Syndikat, wie wir es genannt haben, ist eine Form des organisierten Verbrechens. Eigentlich war es zu erwarten, dass auch das Verbrechen online gehen würde. Wo immer viel Geld zu verdienen ist, finden wir zwangsläufig auch Kriminelle. Ich weiß, keine sehr originelle Feststellung. Aber genau das ist es, was das Syndikat im Internet gesucht und gefunden hat. Die Möglichkeit, viel Geld zu machen, und das fast ohne Risiko. In den Zeiten des Internets sind es nicht mehr nur Drogen, Waffen oder Prostitution, mit denen man schnell reich werden kann. Es sind Informationen, die sich vergolden lassen. Und ich, als Journalistin, kann das gut verstehen. Auch mein Job ist es, Informationen zu beschaffen, Hintergründe aufzuklären und die Öffentlichkeit zu informieren, und auch ich verdiene damit mein Geld.

Das Syndikat bedient sich grundsätzlich derselben Mittel und Methoden, nur eben zu einem anderen Zweck. Wir haben herausgefunden, dass sie teilweise die Informationen direkt nutzen. Wie in dem Fall an der Börse in New York, von dem euch Frank schon erzählt hat. Aber man kann Informationen auch für andere Zwecke nutzen: Erpressung, Industriespionage und so weiter. Soviel wir wissen, ist das Syndikat auf all diesen Gebieten tätig.«

»Ich hoffe, Sie finden die Frage nicht zu indiskret, aber Sie haben mehrfach »wir« gesagt. Wer ist wir?«, fragte Ferry.

»Ich bin vor etwa drei Jahren auf etwas gestoßen. Ein englischer Kollege, den ich bei Recherchen zu einem Umweltprojekt kennen gelernt hatte, hat mich darauf aufmerksam gemacht, dass da irgendetwas sein muss. Der Manager eines Chemieunternehmens hat uns Information über Umweltprobleme seiner Firma zugespielt. Er wurde mit diesen Informationen erpresst und wollte lieber selbst an die Öffentlichkeit gehen, als sich auf diese Erpressung einzulassen.

Wir wollten ihn überreden, die Erpresser dingfest zu machen und zur Polizei zu gehen. Aber er hat uns gesagt, dass das sehr gefährliche Leute seien, mit denen er sich nicht anlegen wolle. Ich habe versucht, das weiter zu verfolgen, bin aber nicht wirklich vorangekommen. Ich wusste nur, dass es irgendetwas mit dem Internet zu tun haben musste. Dann habe ich Jeff in New York kennen gelernt.

Damals dachte ich, das ist endlich der Durchbruch zu einer richtig großen Geschichte. Was man sich eben so erträumt. Einmal eine Story schreiben, die so berühmt wird, wie der Watergate Skandal. Die wenigen Informationen, die ich hatte, waren meist nur aus zweiter Hand oder ließen sich nicht beweisen. Viele der Berichte bezogen sich auch auf technische Probleme und Ungereimtheiten. Ich verstehe nichts von der Technik und das war auch nicht die wirklich interessante Frage. Entscheidend war nicht, wie jemand es anstellt, in als absolut sicher eingeschätzte Computersysteme einzudringen. Das passiert ständig irgendwo, und hinterher stellt sich dann heraus, dass es ein pickliger kleiner Junge war, der keine Freunde hatte und deshalb am Computer spielte.

Das interessiert heute niemanden mehr, und dafür gibt es nicht den Pulitzer Preis. Interessant wurde es erst, als mir klar wurde, dass hier mit unheimlich großem Aufwand und über Jahre hinweg konsequent die Möglichkeit geschaffen worden war, ungestört in jedem beliebigen Computersystem nach Informationen zu suchen. Entscheidend war die Beantwortung der Frage, warum sucht jemand diese Informationen zusammen, und vor allem, was macht er dann damit?«

Judith und Ferry hörten fasziniert zu, als Michaela fortfuhr. »Ich dachte ziemlich lange, dass das Militär oder ein Geheimdienst hinter der ganzen Sache steckt und habe auf die NSA getippt. Aber Jeff hat schnell herausgefunden, dass wir es hier mit einer ganz anderen Vorgehensweise zu tun haben. Geheimdienste wie die NSA suchen oder besser scannen alles ab. Sie recherchieren zum Beispiel nach Informationen über Terrorattentate. Es reicht, wenn du heute in irgendeiner Mail oder am Telefon das Wort Bombe verwendest. Irgendwo wird das Telefonat oder die Mail dann sofort automatisch gespeichert und zurückverfolgt.«

Michaela unterbrach ihren Vortrag, um allen Tee nachzuschenken.

»Der NSA steht ein riesiger Apparat mit zehntausenden von Mitarbeitern zur Verfügung. Das Syndikat kann unmöglich so viele Ressourcen zur Verfügung haben. Sie gehen auch grundsätzlich anders vor. Das Syndikat sucht gezielt und geplant nach ganz bestimmten Informationen, zum Beispiel nach bestimmten Börseninformationen. Sie beschaffen sich gezielt genau diese Zahlen. Sie wissen vorher, wo und wonach sie suchen.«

»Wie groß und einflussreich ist das Syndikat nach deiner Einschätzung?«, hakte Judith nach.

»Ich glaube, nicht besonders groß. Eben, weil sie ganz anders vorgehen als die NSA. Nicht Masse, sondern die ganz gezielte Suche nach verwertbaren Informationen. Das Syndikat besteht wahrscheinlich nur aus wenigen guten Leuten. Eine Hand voll Spezialisten. Jeff und ich, wir haben herausgefunden, dass sie zum Beispiel in Osteuropa Leute sitzen haben. Der Zusammenbruch des Ostblocks hat ihnen wohl einige hochqualifizierte Spezialisten zugespielt.«

»Und sie machen Geld damit?«, Judith konnte es sich nicht vorstellen.

»Das ist der einzige Grund, warum sie es tun.«

»Wir haben in Deutschland beobachtet, wie sie auf einen Bankrechner zugegriffen haben. Wozu machen sie sich die ganze Mühe, wenn sie sich das Geld auch einfach von irgendeinem Bankkonto runterholen könnten?«, fragte Ferry.

»Das würde schnell auffallen, und danach könnte man das nicht noch einmal machen. Nein, das Syndikat geht wesentlich subtiler und nachhaltiger vor. Im vorletzten Jahr zum Beispiel haben Boeing und Airbus jeweils Angebote für einen Großauftrag über mehrere Milliarden Dollar Auftragsvolumen bei der Fluglinie eines asiatischen Landes abgegeben. Als die Angebote geöffnet wurden, lagen die beiden nur wenige zehntausend Dollar auseinander. Damals ist viel darüber geschrieben und spekuliert worden, ob das alles wirklich ein Zufall war. Wenn es kein Zufall war, woher hatte Boeing die Information, um Airbus so knapp zu unterbieten?

Es kam schnell das Gerücht auf, die NSA hätte die Informationen abgefangen und an Boeing weitergegeben. Aber das war es nicht. Jeff und ich haben es untersucht und sind zu dem Schluss gekommen, dass es nicht die NSA war, sondern das Syndikat. Es lässt sich unschwer erraten, wie viel Geld man damit verdienen kann. Was wäre Boeing solch eine Information wert? Egal, ob fünf oder nur ein Prozent, bei einem Auftragsvolumen von 15 Milliarden Dollar ist es in jedem Fall eine riesige Summe.«

»Wieso haben Sie bisher nichts unternommen?«, hakte Judith vorsichtig nach.

»Wir hatten einfach keine Beweise, nur Vermutungen. Ich kann nicht in der Zeitung schreiben, dass es eine Mafiagruppe gibt, die das Internet unterwandert hat und Informationen an den jeweils Meistbietenden verkauft. Tatsächlich gab es solche Veröffentlichungen schon, sowohl im Internet als auch in einigen unbedeutenden Zeitungen. Der Effekt war immer derselbe, niemand hat es geglaubt, und der Journalist, der es geschrieben hat, hat sich lächerlich gemacht.

Darum war das, was Jeff festgestellt hat, so wichtig. Hier hätte man endlich die Beweise bekommen können, die notwendig waren. Aber Jeff hat es nicht mehr geschafft, mir diese Bewiese zu liefern. Er wurde vorher getötet.«

»Und die Hintertür zu RouterSystem zum Beispiel, die kann man doch beweisen?«, fragte Judith.

»Ja, aber das beweist nur das Vorhandensein eines technischen Problems. Vielleicht gibt es diese Hintertür, vielleicht könnte man auch beweisen, dass sie jemand absichtlich hereingebastelt hat. Aber das beweist eben nicht die Existenz des Syndikats. Dass es eine neue Möglichkeit gibt, irgendwie in Computersysteme einzudringen, ist allein keine wirkliche Meldung für die Zeitung. Was wir brauchen, ist ein Beweis für das, was das Syndikat tut. Und genau diesen Beweis habe ich nicht. Das weiß auch das Syndikat und ich glaube, dass genau das der Grund ist, warum ich noch lebe,«, Michaela atmete tief durch.

»Selbst wenn ich wollte, ich könnte dieser Vereinigung nicht wirklich gefährlich werden. Offensichtlich ist es für die einfacher, mich zu kontrollieren, als mich umzubringen. Und aus denselben Gründen bin ich der Meinung, dass ihr beide in ernster Gefahr seid. Ihr habt euch bisher nicht einschüchtern lassen und als ehemaliger CEO eines der größten europäischen Internetkonzerne könntest du vielleicht tatsächlich eine Gefahr darstellen, Ferry.«

»Dass wir gefährlich sind, könnte aber auch unsere Rettung sein«, antwortete Ferry nach kurzem Nachdenken.

»Wie meinst du das?«, fragte Michaela.

»Vielleicht könnten wir dem Syndikat wirklich schaden. Ich glaube, der einzige Weg für uns alle ist es, das Syndikat zu Fall zu bringen. Wenn das, was wir wissen, bekannt wird, gibt es keinen Grund mehr, uns zum Schweigen zu bringen«, gab Ferry zu bedenken.

»Da hast du dir aber ziemlich viel vorgenommen«, warf Michaela zweifelnd ein.

»Vielleicht. Aber hast du einen anderen Vorschlag?«

»Nicht wirklich. Vielleicht sollten wir es tatsächlich

versuchen. Und ich schulde Jeff auch noch etwas. Findet einen Beweis für das, was das Syndikat tatsächlich macht. Findet einen Beweis für eine Erpressung, eine Bestechung, eine Industriespionage, irgendetwas, was eine wirkliche Meldung werden könnte, und ich werde dafür sorgen, dass es in die Zeitung kommt.«

»Ich glaube auch, dass das unsere einzige Möglichkeit ist, zu überleben«, stimmte Judith zu, nachdem sie schon lange nichts mehr gesagt hatte. »Wir sollten alles, was wir wissen, an die Öffentlichkeit bringen.«

Michaela nickte zustimmend.

»Bist du dem Syndikat jemals wirklich begegnet? Mir kommt es so vor, als ob wir gegen einen unwirklichen Gegner kämpfen.«

»Nein. Ich habe nie jemanden aus dem Syndikat getroffen. Aber Jeff ist dem Syndikat von Angesicht zu Angesicht begegnet. Er hat diese Begegnung nicht überlebt.«

Judith sah Michaela erschrocken an. Ihr wurde wieder bewusst, dass ihr Leben wirklich in Gefahr war.

Michaela musste zurück nach Vancouver und sie verabschiedeten sich voneinander. Ferry und Judith versprachen, sich sofort zu melden, sobald sie verwertbare Information gefunden hatten.

Auf dem Rückflug nach Seattle waren beide in Gedanken versunken.

»Nach dem Gespräch mit Michaela ist mir zum ersten Mal richtig bewusst geworden, wie mächtig und gut organisiert unser Gegner ist, Ferry.«

»Ja, mir geht es genauso. Und ich frage mich, ob

unser Vorhaben, das Syndikat zu Fall zu bringen, wirklich eine gute Idee ist.

»Ich habe Angst, Ferry. Ich komme mir ziemlich dilettantisch vor. Wahrscheinlich war es ziemlich naiv von uns, zu glauben, dass wir sie einfach so austricksen können.«

Das Flugzeug setzte zur Landung auf dem Lake Union an und das ersparte Ferry eine Antwort.

»Was machen wir jetzt?«, fragte Judith, als sie wieder in Seattle gelandet waren.

»Was hältst du davon, wenn wir uns heute Abend zur Abwechslung mal keine Gedanken mehr über das Syndikat und unsere mögliche Ermordung machen, sondern stattdessen schick und ausgiebig essen gehen. Ist vielleicht ein komischer Vorschlag, aber ich denke, wir sollten uns zwingen, für ein paar Stunden mal alles zu vergessen. Morgen haben wir dann hoffentlich eine paar neue Ideen, wie wir weiter vorgehen? Ich möchte einfach mal wieder leben.« »Klingt gut. Mich erinnert diese Stadt immer an den Film *Schlaflos in Seattle*.«

»Mich auch, aber ich denke, das geht vielen so. Vor allem jenen, die noch auf der Suche nach der großen Liebe sind.«

Sie fanden ein Restaurant am Pike Place Market mit Blick auf den Puget Sound. Es gelang ihnen tatsächlich, das Syndikat für einige Stunden zu vergessen. Es wurde ein schöner Abend, an dem sie sich vergnügt unterhielten und viel lachten. Ihre gute Stimmung war ansteckend, die Bedienung mochte sie und sie bekamen eine Flasche Wein auf Kosten des Hauses serviert. Ferry bemerkte, wie die anwesenden Männer Judith interessiert musterten und ihn neidisch ansahen. Die Situation gefiel ihm.

Es war fast ein Uhr nachts, als sie sich auf den Weg in ihr Hotel machten. Im Hotelgang vor ihren Zimmern verabschiedeten sie sich voneinander. Beide standen etwas unschlüssig herum. Es war ein wundervoller Abend gewesen.

»Es tut mir leid, Ferry, es geht nicht«, sagte Judith schließlich.

»Was geht nicht?«

»Ich mag dich und wahrscheinlich sogar mehr als das. Ich würde dich gerne fragen, ob du auf einen letzten Drink mit in mein Zimmer kommen möchtest. Aber es geht einfach nicht. Das hat nichts mit dir zu tun, glaube mir.«

Ferry sah, dass Judith Tränen in den Augen hatte, und nahm sie in die Arme. Aber sie befreite sich und schrie: »Fass mich nicht an!«

Judith war von einem auf den nächsten Augenblick wie verwandelt.

»Müsst ihr Männer immer alle gleich sein. Ihr kotzt mich so an.«

Ferry stand hilflos da und wusste weder, was er sagen noch was er tun sollte. Judith ließ ihn einfach stehen und rannte weinend in ihr Zimmer.

Ferry setzte sich in die Sitzgruppe im Hotelgang und überlegte, was er falsch gemacht hatte. Es war so ein schöner Abend gewesen. Nach einer Weile kam Judith zurück und setzte sich zu ihm. Sie schien sich wieder etwas beruhigt zu haben. Eine Zeit lang saßen sich beide schweigend gegenüber.

»Es tut mir leid, es hat wirklich nichts mir dir zu tun«, sagte Judith schließlich.

»Willst du nicht darüber reden?« Ferry hätte die Situation gern mit Judith geklärt. Doch sie schüttelte den Kopf, stand auf und ließ ihn endgültig allein.

In Berlin hatten sich die Mitarbeiter von GermanNet in der Eingangshalle des Gebäudes versammelt. Das Treffen war von Diana organisiert worden. Sie hatte Mails an einige Kollegen gesandt, mit denen sie sich gut verstand. Diese wiederum hatten andere eingeladen und immer so weiter. Man hatte sich in einem Besprechungsraum verabredet, nachdem aber immer mehr Kollegen dazukamen, war der Raum schnell zu klein geworden. Bald sah es so aus, als ob sich ganz GermanNet eingefunden hatte. Da es keinen Raum gab, der so vielen Menschen Platz bot, hatte Diana kurzerhand entschieden, die Versammlung in die riesige Eingangshalle des Gebäudes zu verlegen.

Die Stimmung war ziemlich aufgeheizt. Rolfs erste Amtshandlung war es gewesen, in einer Rundmail zu erklären, dass die Kosten gesenkt werden müssten. Vor allem die Personalkosten müssten schnell reduziert werden und wie üblich, wurde gleichzeitig versichert, dass man nach Möglichkeit ohne betriebsbedingte Kündigungen auskommen wolle. Rolf wollte sich nicht mehr Unmut von der Belegschaft zuziehen, als unbedingt notwendig war. Weiterhin hatte er erklärt, dass man das soziale Engagement des Unternehmens ganz zurückfahren müsse.

Rolf war sich sicher, dass er hier sofort Kosten einsparen konnte, ohne dass er mit Widerständen rechnen musste. Schließlich war niemand im Unternehmen direkt davon betroffen, wenn keine Suppenküchen mehr unterstützt wurden. Und überhaupt, wen interessierte schon dieses ganze soziale Getue. Es war bloß eines der Steckenpferde von Ferry. Solange Ferry hier das Sagen hatte, hatte sich niemand getraut, etwas dagegen vorzubringen. Aber damit sollte es jetzt vorbei sein. Doch er sollte bald erfahren, wie sehr er mit dieser Einschätzung daneben lag.

Rolf erfuhr von der Versammlung erst, als sich schon fast alle Mitarbeiter in der Halle versammelt hatten. Diana hatte sich einen Tisch in die Mitte der Eingangshalle gestellt, ein Megafon organisiert und so ein provisorisches Rednerpult geschaffen. Auf dem Tisch stehend und mit dem Megafon in der Hand ergriff sie mit einem flauen Gefühl im Magen das Wort: »Liebe Kollegen, ich finde es toll, dass ihr so zahlreich gekommen seid.«

Die Kollegen verstummten und sahen jetzt zu Diana hoch.

»Wie ihr alle wisst, ist Ferry Ranco am Wochenende abgelöst worden. Keiner weiß so recht warum. Unserem Unternehmen geht es gut. Verglichen mit den anderen in unserer Branche, geht es uns sogar hervorragend. Warum also die ganze Aufregung und der Rauswurf von Ferry?«

Von hinten bahnte sich jemand einen Weg durch die Menge.

»Ich kann euch diese Frage auch nicht beantworten, aber offensichtlich haben die Vertreter einiger Fond-Gesellschaften entschieden, dass sie Ferry nicht mehr wollen.«

Diana erkannte Angela aus der Abteilung Öffentlichkeitsarbeit. Sie half ihr, auf den Tisch zu klettern und gab das Megafon an sie weiter. Es war gut, einen Profi neben sich zu haben.

»Kollegen, es geht hier nicht nur um Ferry, es geht darum, was aus diesem Unternehmen wird. Wir alle haben dieses Unternehmen aufgebaut und es zu dem gemacht, was es heute ist – die Nummer eins in Europa.«

Und Diana ergänzte: »Das soziale Engagement von GermanNet ist einer der Gründe, warum ich hier arbeite. Und ausgerechnet das will man ersatzlos streichen. Wir alle haben Gründe, warum wir gerade bei GermanNet sind, und das Geld ist eben nicht unser Hauptgrund. Wir sind hier, weil wir hier die Kultur finden, die wir wollen. Wir sind hier, weil GermanNet ein soziales und ein sexy Unternehmen ist.«

Diana wurde von lautem Klatschen und Pfeifen aus der Menge unterbrochen, und weil ihr die Luft wegblieb, übernahm Angela das Megafon.

»Kollegen, das Geld wird nicht an der Börse gemacht, wir verdienen es durch unsere Arbeit! Wir sind es, die das Unternehmen ausmachen. Wenn wir gehen, bricht hier alles zusammen. Wir verstehen etwas von diesem Business, das haben wir bewiesen. Es wird Zeit, dass auch die Aktionäre das begreifen.«

»Jawohl«, rief jemand aus der Menge, »die beiden haben Recht. Verweigern wir uns einfach ein wenig. Zeigen wir allen, wie es aussieht, wenn wir nicht tagtäglich engagiert und motiviert unseren Job machen. Machen wir eine Weile Dienst nach Vorschrift!«

»Genau«, stimmte Angela zu, »bevor wir gehen und uns neue Jobs suchen, sollten wir versuchen, das zu retten, was uns an diesem Unternehmen gefällt. Ich arbeite gerne hier, ich mag unsere Unternehmenskultur, und ich will und werde sie nicht kampflos aufgeben.«

Mit lautem Klatschen stimmten ihr die Kollegen zu, der Damm war gebrochen. Alle redeten durcheinander, die Versammlung zerfiel in kleine Grüppchen. Weitere Ansprachen vor der Versammlung waren nicht mehr möglich und auch nicht mehr notwendig. Diana und Angela stiegen vom Tisch herunter. Diana wunderte sich über sich selbst. Sie hatte noch nie vor so einer großen Menge gesprochen, und sie war erstaunt, mit wie viel Leidenschaft sie für GermanNet kämpfte.

»Danke, dass du mir da oben zur Seite gestanden hast, Angela.«

»Ich danke dir, dass du das hier organisiert hast. Und neben allem anderen, hast du mir geholfen, einen alten Traum aus meiner Jugend zu verwirklichen.«

»Ach?«

»Ich habe den Film über Rosa Luxemburg bestimmt 20-mal gesehen. Besonders die Szene, als sie mit Clara Zetkin auf einen Tisch steigt und mit einer Rede die Leute dazu aufruft, zu kämpfen.«

»Du warst nicht schlecht heute, Rosa«, antwortete Diana.

»Du auch nicht, Clara.«

Beide Frauen umarmten sich lachend.

Am selben Tag fiel um 21.21 Uhr in Frankfurt einer der zentralen Zugangsrechner aus und über 15.000 Nutzer wurden gleichzeitig aus dem Netz geworfen. Die meisten Nutzer wählten sich sofort wieder ein, der verblicbene Zugangsrechner wurde mit dem plötzlichen Ansturm der 15.000 Nutzer nicht fertig.

Um 21.24 Uhr fiel auch dieser Rechner wegen Überlastung aus. Alle Nutzer wurden nun automatisch zum Zugangsrechner nach München geroutet. Die dortigen Zugangsrechner brachen wegen Überlastung um 21.28 Uhr zusammen. Zwar wurden die Frankfurter Rechner automatisch immer wieder hoch gefahren, sobald sie jedoch wieder im Netz waren, wurden sie sofort mit zehntausenden genervten Nutzern konfrontiert und fielen sofort wieder aus. Der Fehler setzte sich langsam im Netz fort, um 21.35 Uhr waren über 10 Prozent der Kapazität von GermanNet ausgefallen, um 21.39 Uhr ging nichts mehr, und auch das Call-Center von GermanNet war wegen der großen Zahl von Anrufen komplett zusammengebrochen.

Der Fehler war im Operation Centre beim Ausfall des ersten Rechners um 21.21 Uhr bemerkt worden. Ein Mitarbeiter gab sofort die entsprechenden Daten in das Ticketsystem ein. Die Gefahr einer Überlastung der verbliebenen Rechner und das sich Hochschaukeln des Problems waren bekannt.

Normalerweise hätte das OC-Team sofort Gegenmaßnahmen ergriffen und kaum einer der Nutzer hätte überhaupt bemerkt, dass etwas nicht stimmte. Aber heute war kein normaler Tag.

»Überlassen wir das System doch einfach mal sich selbst«, schlug Winfried einem Techniker vor, der nach der ersten Fehlermeldung aktiv werden wollte.

»Gerade fällt auch der Rechner in München aus, wir müssen dringend etwas tun«, erwiderte der verblüffte Techniker.

»Du bist nur ein unliebsamer Kostenfaktor. Eigentlich braucht man dich gar nicht, du bist nur hier, weil man es gut mit dir meint. Und wahrscheinlich wirst du bald zum Segen der Kapitalanleger nach Hause geschickt. Ich jedenfalls mache hier heute nichts mehr.«

»Sämtliche Zugangsrechner in München sind ausgefallen«, erklärte der Techniker und begann die Daten in das Ticketsystem einzugeben, ließ es dann aber doch sein und lehnte sich statt dessen in seinem Stuhl zurück.

»Hast du das schon einmal erlebt?«, fragte Doris, die sich neben Winfried gestellt hatte, und auf den Bildschirmen die Fortpflanzung der Fehler beobachtete.

»Nein, und um ehrlich zu sein, es fällt mir verdammt schwer, die Hände in den Schoß zu legen, während das ganze Netz den Bach runter geht«, sagte Winfried.

»Geht mir nicht anders, wir haben bis jetzt schon an die 30.000 Nutzer rausgeworfen.«

»Das hier ist der Albtraum, vor dem ich immer

Angst gehabt habe. Ein ganzes Netzwerk, das in wenigen Minuten zum Teufel geht.«

»Meinst du nicht, dass es jetzt reicht, und wir eingreifen sollten? Was zu beweisen war, haben wir bewiesen«, sagte Doris.

»Vielleicht hast du Recht: Aber jetzt ist es zu spät dazu. Wir haben inzwischen ein derart komplexes Problem, selbst wenn wir wollten, könnten wir nichts mehr tun. Sobald wir ein Problem gelöst hätten, würden an anderer Stelle drei neue auftreten.«

»Und nun, Chef?«

»Abwarten, bis unsere Nutzer ins Bett gegangen oder genervt den Rechner ausgemacht haben. So gegen zwei oder drei Uhr heute Nacht, wenn kaum noch jemand im Netz ist, dann können wir anfangen aufzuräumen«, erwiderte Winfried. »Bis dahin können wir nur abwarten. Kommt jemand mit in den Pausenraum? Da haben wir wenigstens nicht ständig dieses Drama vor Augen.«

Das Operation Centre war schnell leergefegt und alle drängten sich im Pausenraum, als wären sie dort vor dem zusammenbrechenden Netz in Sicherheit.

An diesem Abend konnten über 150.000 Kunden von GermanNet nicht ins Internet gelangen und die Presse bekam sofort Wind davon.

8

Die Zeitungen berichteten am nächsten Morgen ausführlich vom Zusammenbruch des Netzes von GermanNet. Aber auch der Aufstand der Mitarbeiter war ein Thema geworden. Eine der auflagenstärksten Zeitungen zeigte ein Bild von Diana und Angela auf der ersten Seite des Wirtschaftteiles, beide standen in der Eingangshalle von GermanNet auf einem Tisch. Diana hatte das Megafon in der Hand. Die Bildunterschrift lautete *»›Miss Berlin‹ führt Aufstand bei GermanNet an. Mitarbeiter wollen ihren alten Chef zurück und fordern Erhalt des sozialen Engagements des Unternehmens.«*

Der Aktienkurs von GermanNet verlor in den ersten zehn Minuten nach Eröffnung der Börse fast 30% seines Wertes. Dann wurde der Handel der Aktie ausgesetzt.

In Analystenkreisen wurden sofort erste Zweifel an der Eignung von Rolf Keller als CEO laut. Direkt nach der Ablösung von Ferry hatte man sich an der Börse erst mal abwartend verhalten. In letzter Zeit war es zur Normalität geworden, dass Manager der New Economy abgelöst wurden. Die jüngste Entwicklung hatte jedoch dazu geführt, dass man sich GermanNet näher ansah. Die Frage kam auf, warum Ferry Ranco eigentlich gehen musste, und welche Qualifikationen Rolf Keller mitbrachte.

Ein Management-Guru wurde zitiert, der erklärte, dass das soziale Engagement von GermanNet ein entscheidender Bestandteil der Unternehmenskultur und Grundlage des außerordentlichen Erfolges von GermanNet war. Die aktuellen Ereignisse zeigten, dass GermanNet mit der Aufgabe seiner einzigartigen Unternehmenskultur eine seiner wichtigsten Erfolgskomponenten verspielte. Zuerst war die Versammlung der GermanNet-Mitarbeiter den Zeitungen kaum eine Meldung wert gewesen. Zwar hatten sich, auf Einladung von Angela, die ihre Beziehungen zur Presse spielen ließ, ein oder zwei Journalisten eingefunden. Aber erst nach dem Zusammenbrechen des Netzes war aus dem Aufstand eine wirkliche Meldung geworden. Diana und Angela wurden über Nacht zu Heldinnen.

Diana war noch in der Nacht von mehreren Zeitungs- und Fernsehredaktionen angerufen und um Interviews gebeten worden. Sie hatte schließlich um vier Uhr entnervt den Stecker des Telefons herausgezogen und versucht, wieder einzuschlafen. Als das nicht gelingen wollte, begann sie im Internet zu surfen. Zum Glück hatte sie noch einen Zugang bei T-online, denn bei GermanNet war es unmöglich, sich einzuwählen. Zu ihrer Überraschung fand sie nicht nur jede Menge Meldungen über die aktuellen technischen Probleme bei GermanNet, sondern auch eine Meldung über die Mitarbeiterversammlung. Sie war entsetzt, als sie las, dass man sie zur Anführerin des Aufstandes gemacht hatte. Und man hatte alte Bilder von der verhassten Misswahl aufgetrieben. Die *Miss Berlin* würde wohl bis zum Ende ihrer Tage an ihr kleben. Diana gab den Versuch noch einmal einzuschlafen auf und entschied sich, stattdessen zu joggen und dann ins Büro zu fahren.

Auch Rolf hatte eine schlaflose Nacht hinter sich. Sein Triumph hatte keine 48 Stunden gedauert. Als neuer CEO war er am Abend sofort angerufen worden, als das Netz zu kollabieren begann. Rolf war noch im Büro gewesen und hatte sich auf den Weg zum Büro des technischen Direktors gemacht.

»Manfred, was passiert hier für eine Scheiße?«, schrie er Manfred Nord an, der gerade aus dem Operation Centre zurückkam.

»Das kann ich dir sagen. Es ist dir gelungen, innerhalb von wenigen Stunden die Mitarbeiter total zu demotivieren und das, was wir gerade erleben, ist das Resultat davon.«

»Du bist der Technische Direktor, könntest du freundlicherweise deinen Arsch in Bewegung setzen und das Problem lösen?«

»Habe ich gerade versucht, du Schlaumeier, aber die Leute haben keine Lust. Und alleine kann ich das Netz nicht betreiben. Um es klar zu sagen, Rolf, die Leute halten dich für ein Arschloch. Und ich bin da ganz ihrer Meinung.«

»Du bist draußen, Manfred. Verschwinde!«, schrie Rolf.

Manfred zuckte nur mit den Achseln, nahm seine Jacke und ging. Beim Hinausgehen sagte er noch zu

Rolf: »Genieße die Macht, so lange du sie noch hast. Du bist am Ende, Rolf, du weißt es offensichtlich nur noch nicht.«

Rolf nahm einen Stapel Papier, der auf Manfreds Schreibtisch lag, und warf ihn gegen die Wand. Das tat gut. Also fing er an, das ganze Büro zu demolieren.

Manfred stand draußen im Gang und wartete auf den Aufzug. Er konnte hören, wie Rolf in seinem Büro ausrastete. Im ersten Moment wollte er zurückgehen, aber dann entschied er sich, doch lieber weiter auf den Fahrstuhl zu warten und so schnell wie möglich hier rauszukommen.

»Die haben einen Wahnsinnigen zum CEO gemacht. Wer weiß, wozu der noch fähig ist«, dachte Manfred und beschloss, sich morgen vorsichtshalber krank zu melden.

Nachdem Manfreds Büro verwüstet war, hatte sich Rolf etwas beruhigt. Nun gut, es gab einige kleine Probleme, aber mit denen würde er fertig werden. Ferry hatte immer noch Freunde in Schlüsselpositionen, hier waren Widerstände zu erwarten gewesen. Aber was hier gerade geschah, war Sabotage. Diese Leute mussten weg und ersetzt werden. Und dann würde der Spuk ein Ende haben.

Rolf ging zurück in sein Büro. Er musste versuchen, Angela zu erreichen. Er brauchte schnell eine Kommunikationsstrategie für den ganzen Mist und außerdem wollte er Angela auf seine Seite ziehen. Bei Diana war das unmöglich, sie stand eindeutig auf Ferrys Seite und musste so schnell wie möglich beseitigt werden. Aber bei Angela war das letzte Wort noch nicht gesprochen. Er ging an seinen Computer und stellte erfreut fest, dass Angela im Intranet eingeloggt war, also noch in ihrem Büro sein musste. Schön. Er würde einfach zu ihr gehen.

Nach der Versammlung bei GermanNet war Angela völlig aufgekratzt mit einigen Kollegen etwas trinken gegangen. Gegen 22 Uhr erreichte sie ein Anruf aus dem Call Center, dass das Netz am Zusammenbrechen war, und GermanNet mit wütenden Anrufen verärgerter Kunden bombardiert wurde. Von der Kneipe ging Angela ziemlich beschwipst zurück ins Büro. Trotz allem war sie schließlich immer noch für die Öffentlichkeitsarbeit von GermanNet verantwortlich. Also holte sie im Büro den Kommunikationsplan für Krisensituationen heraus.

Wie viele andere Unternehmen auch hatte GermanNet vor einiger Zeit ein Krisenmanagementsystem eingeführt. Aus den Unternehmenskrisen, die durch Ereignisse wie zum Beispiel den Elch-Test oder durch Schadstoffe in Lebensmitteln ausgelöst worden waren, hatte man gelernt.

Es war klar geworden, dass es in einer Krisensituation am Wichtigsten ist, schnell und umsichtig zu reagieren. Auf Veranlassung von Angela war daher bei GermanNet ein Krisenplan entwickelt worden. In diesem war festgelegt, wer dem Krisenstab angehören sollte, und wie zu kommunizieren war. Die Umsetzung dieser Planung im Ernstfall und die Einberufung des Krisenstabes waren Angelas Aufgabe. Eigentlich. Heute nahm sie den Plan ziemlich widerwillig in die Hand, schließlich hatte sie das aktuelle Problem selbst mit auf den Weg gebracht. Und jetzt sollte sie dabei helfen, den Schaden zu begrenzen? Eine komische Situation. Ihre erste Aufgabe wäre es gewesen, den CEO zu informieren, aber sie zögerte Rolf Keller anzurufen. Angela saß in ihrem Büro, dem einzigen Zimmer auf ihrem Flur, das um diese Zeit noch besetzt war.

Sie hatte sich einen Kaffee gemacht, um wieder wach und etwas nüchterner zu werden, ihre Schuhe ausgezogen und die Beine auf den Tisch gelegt. In der Kneipe hatten sie eben noch die ersten Pressebilder von der Mitarbeiterversammlung herumgereicht. Angela stand neben Diana, sie sahen wirklich gut aus. Angela mit ihren schulterlangen blonden Haaren und Diana mit ihren dunklen. Zwei attraktive Frauen als Anführerinnen einer Mitarbeiterrevolte. Eine Meldung, die den Zeitungen gefiel. Erst recht, nachdem heute Nacht das gesamte Netz lahm gelegt worden war.

Angela hatte die Augen geschlossen und wartete darauf, dass der Kaffee endlich zu wirken begann. Sie war leicht eingenickt und bemerkte Rolf Keller erst, als er direkt vor ihr stand.

»Hallo Angela, schön, dass du noch da bist«, begann Rolf, und kam dann gleich zum Thema: »Wir müssen auf den ganzen Scheiß reagieren, und zwar sofort. Morgen wird uns die Presse fertig machen.«

Angela hatte erschrocken die Augen geöffnet.

»Hallo Rolf, ich habe mir gerade den Krisenmanagementplan vorgenommen«, sagte Angela verwirrt und zeigte auf den Ordner auf ihrem Schreibtisch.

»Wir brauchen eine gute Kommunikationsstrategie, Angela. Wir müssen das Ganze Ferry in die Schuhe schieben. Irgendetwas von Sabotage des rausgeschmissenen CEO oder so.«

Angela sah jetzt, dass Rolf völlig aufgelöst war. Er war verschwitzt und hatte rot unterlaufene Augen.

»Ich denke nicht, dass das funktionieren wird. Einer der ersten Grundsätze in Krisensituationen ist es, die Wahrheit zu erzählen. Die Öffentlichkeit bekommt sowieso schnell mit, was geschehen ist. Wenn man dann auch noch dabei erwischt wird, dass man etwas zusammenlügt, wird alles nur noch schlimmer. Alle Unternehmenskrisen der Vergangenheit haben gezeigt, dass der Schaden nur durch absolute Offenheit und Ehrlichkeit begrenzt werden kann.« Angela war dankbar, sich hinter den Standardweisheiten des Krisenmanagements verstecken zu können.

»Diese Krise ist aber anders. Außerdem ist es nicht gelogen – und, um es kurz zu machen – ich will es so«, Rolf wurde lauter.

»Abgesehen von allem anderen, wäre es nicht fair gegenüber Ferry.«

»Ich scheiße auf Ferry! Ich will das Beste für GermanNet, und wer nicht auf meiner Seite ist, der ist gegen mich. Ich habe gerade Manfred Nord gefeuert. Wie ist es mir dir? Auf welcher Seite stehst du?« Rolf schrie jetzt.

Angela war aufgestanden und wurde jetzt auch laut.

»Wenn du willst, schmeiß mich auch raus! Ich werde jedenfalls deinen lächerlichen Plan nicht unterstützen, und außerdem gehe ich jetzt nach Hause.«

Angela bückte sich, um ihre Schuhe zu suchen und anzuziehen. Sie wollte raus hier.

»Du bleibst!«

»Du kannst mich mal.«

Angela war zuerst mehr erstaunt als erschreckt, als sie von Rolf gepackt und zu Boden geworfen wurde. Der Mann saß auf ihr und drückte ihre Arme nach unten.

»Lass mich los, du Schwein!« Zu ihrer eigenen Verwunderung hatte Angela immer noch keine Angst, sondern war nur angewidert und wütend.

»Du Schlampe, ich werde dir zeigen, wer hier das Sagen hat.«

Rolf ließ ihre Arme los und schlug ihr mit beiden Händen ins Gesicht. Angela wollte um Hilfe schreien, aber er hielt ihr den Mund zu, während er mit der anderen Hand unter ihren Rock griff.

Diana drehte ihre Runden durch den Berliner Tiergarten und dachte darüber nach, was der nächste Schritt sein könnte. Bisher hatte sie kein Interview gegeben, aber wenn sie die Presse dazu nutzen konnte, Ferry zu helfen, wollte sie es tun. Vielleicht war der verdammte Miss-Titel jetzt ja mal nützlich. Wenn das funktionieren sollte, brauchte sie aber einen Profi im Umgang mit der Presse. Wer wäre besser dazu geeignet als Angela?

Diana wusste, dass Angela nicht weit entfernt wohnte, und beschloss kurzerhand, die nächste Runde so zu laufen, dass sie an Angelas Haus vorbeikam. Sie könnten beide gemeinsam frühstücken und dabei alles Weitere in Ruhe besprechen.

Diana klingelte zum dritten Mal bei Angela, vergebens. Sie lief wieder los, vielleicht war Angela heute Nacht ja gar nicht nach Hause gekommen. Plötzlich sah sie Angelas Wagen, der vor dem Haus in eine Parklücke fuhr. Das Auto war nicht zu übersehen, ein pinkfarbener Beatle. Diana lief schneller – und erschrak.

Angela stieg langsam aus und Diana wusste sofort, dass etwas Schreckliches passiert sein musste. Ihre Freundin hatte keine Schuhe an, sie hatte ein blaues Auge und Blut klebte in ihren Haaren.

»Angela«, rief Diana erschrocken.

Die andere ging instinktiv einen Schritt zurück und sah sie mit weit aufgerissenen Augen an. Dianas erste Reaktion war es, sie in die Arme zu nehmen. Einen Moment blieb Angela stocksteif, doch dann ließ sie sich fallen, und fing heftig an zu schluchzen.

Diana wunderte sich später, woher sie die Kraft genommen hatte. Sie schaffte es, die Freundin in ihre Wohnung zu tragen, ins Bett zu legen und bei ihr zu bleiben, bis sie eingeschlafen war. Sie hatten bisher kaum miteinander gesprochen. Irgendwann hatte Diana nur gefragt *wer*, und Angelas Antwort flüsterte heiser nur ein Wort.

»Rolf.«

»Das miese Schwein.«

Als Angela eingeschlafen war, ging Diana ins Nebenzimmer und rief Ferry an.

In Seattle war es 2 Uhr nachts, als Ferry aus dem Schlaf gerissen wurde. Er brauchte einen Augenblick, um zu begreifen, wo er war. Zuerst wollte er nicht ans Telefon gehen. Die ganzen Vorsichtsmaßnamen, die sie getroffen hatten, waren ihm in Fleisch und

Blut übergegangen. Dann wurde ihm plötzlich klar, dass das unter falschem Namen gekaufte Handy klingelte.

»Ja?«, stammelte er noch immer benommen ins Telefon.

»Hier ist Diana, es wäre nett, wenn du langsam aufstehen und dich den Problemen stellen würdest.«

Ferry war jetzt hellwach, er wusste sofort, dass etwas nicht stimmte.

»Was ist passiert?«

Diana berichtete ihm kurz, was geschehen war.

»Angela zahlt die Rechnung dafür, dass du einfach abgehauen bist. Wir versuchen hier deinen Kopf zu retten!«, schrie sie völlig außer sich.

»Ich komme zurück. Ich nehme den nächsten Flug nach Deutschland. Aber zunächst ist es das Wichtigste, dass ihr beide in Sicherheit seid. Du weißt, wo mein Wohnungsschlüssel von der Zweitwohnung ist. Das scheint mir fürs Erste der beste Platz für Angela zu sein«, ordnete Ferry an, der jetzt vollkommen wach war. Diana hatte sich etwas beruhigt.

»Wir werden sehen. Ich traue euch Typen zurzeit nicht besonders über den Weg.«

»Sage Angela bitte, dass es mir leid tut.«

»Das wird ihr kaum helfen.«

»Ich weiß«, sagte Ferry.

Diana beendete das Gespräch. Kurz danach kam sie zu der Entscheidung, dass es wohl nicht notwendig gewesen war, Ferry derart anzuschreien. Aber sie schob den Gedanken schnell beiseite. Es gab jetzt Wichtigeres. Er hatte Recht, Angela musste irgendwohin, wo sie sicher war. Diana hatte das Telefon in Angelas Wohnung ausgestöpselt. Sie beide waren zu Berühmtheiten geworden. Und das Letzte, was sie jetzt brauchten, waren Journalisten, die dumme Frage stellten.

Ferry hatte zwei Wohnungen. Eine offizielle, deren Adresse auch in der Firma bekannt war, und eine weitere, deren Existenz er streng geheim hielt. In dieser Wohnung konnte er normal leben, niemand dort wusste, wer er war, und an der Tür klebte ein falscher Name. Diana war mehrmals mit Ferry dort gewesen. Der Schlüssel klebte an der Unterseite eines Blumentopfs im Treppenhaus.

Angela brauchte dringend ärztliche Behandlung. Diana rief eine befreundete Ärztin an, erzählte ihr, was geschehen war, und verabredete sich mit ihr in Ferrys Wohnung. Ihre Freundin riet ihr zwar dazu, sofort zur Polizei zu gehen, aber Diana wollte Angela die Entscheidung selbst überlassen. Die Freundin war nach einem kurzen Schlaf aufgewacht und Diana erklärte ihr, was sie vorhatte. Sie wusste nicht, ob Angela sie wirklich verstanden hatte, aber sie ließ sich in Ferrys Wohnung bringen. Kurz darauf traf auch die Ärztin dort ein.

»Wie geht es ihr?«, fragte Diana, nachdem Angela sicher in Ferrys Bett lag und die Untersuchung abgeschlossen war.

»Du hast sie ja gesehen, sie hat jede Menge Abschürfungen, Quetschungen und eine böse Kopfverletzung. Sie wurde geschlagen, bis sie ohnmächtig wurde, und hat einen Schock. Aber er hat es nicht geschafft, sie zu vergewaltigen. Wenn das ein Trost ist. Ihr müsst auf jeden Fall Anzeige erstatten.«

»Lass ihr etwas Zeit.«

»Vielleicht hast du Recht. Ich denke, sie erholt sich bald. Sie ist eine zähe Frau. Ich habe ihr ein leichtes Schlafmittel gegeben. Ruf mich an, wenn du Hilfe brauchst oder es ihr wieder schlechter geht.«

»Mach ich. Danke.«

Das Schlafmittel sorgte dafür, dass Angela erst am Abend wieder aufwachte. Diana saß neben ihr auf dem Bett.

»Wie geht es dir?«

»Wie sehe ich aus?«, kam die Gegenfrage.

»Um ehrlich zu sein, fürchterlich.«

»Das Schwein hat mich wohl ohnmächtig geschlagen. Ich weiß nicht mehr so genau, was alles passiert ist. Bitte, sieh mich nicht so erschreckt an. Ich denke, die blauen Flecken gehen vorüber. Halb so schlimm.«

»Ich weiß, es klingt komisch, aber ich glaube, du hast noch Glück gehabt.«

»Das sehe ich auch so. Ich will gar nicht darüber nachdenken, wie ich mich fühlen würde, wenn er mich vergewaltigt hätte. Ich denke, das Schwein hat es versucht.«

»Dafür wird er zahlen.«

»Danke, dass du da warst, Diana.«

»Ich bitte dich.«

»Wo sind wir eigentlich?«

»In einer Wohnung von Ferry. Von der weiß kaum

jemand. Erschien mir fürs Erste das Sicherste zu sein. Wir sind beide berühmt geworden und unsere Wohnungen werden inzwischen wahrscheinlich von Journalisten belagert.«

»Mir ist das alles zu viel. Ich glaube, ich brauche noch ein wenig Schlaf.«

»Ja, ich auch, lass uns morgen überlegen, was wir als Nächstes machen. Ich kann vorne im Zimmer auf dem Sofa schlafen.«

»Würde es dich sehr stören, hier bei mir zu schlafen? Ich will nicht allein sein.«

»Klar«, antwortete Diana und legte sich zu Angela ist Bett.

»Das Schwein machen wir fertig, nicht?«, fragte Angela beim Einschlafen.

»Worauf du dich verlassen kannst.«

Das Krisengespräch fand in einem diskreten Bürogebäude in London statt. Vier Männer nahmen an der Sitzung teil. Einziger Punkt der Tagesordnung: GermanNet. Der Mann an der Stirnseite des Tisches eröffnete das Gespräch.

»Die Entscheidung, Rolf Keller zum CEO von GermanNet zu machen, war wohl keine sehr gute Idee von Ihnen, meine Herren. Es gab heute praktisch keine Zeitung, die nicht über GermanNet berichtet hat. Und es werden viele, zu viele Fragen gestellt. Wenn wir etwas absolut nicht gebrauchen können, dann sind es neugierige Journalisten, die anfangen zu recherchieren.«

»Als klar wurde, dass wir Ferry Ranco praktisch über Nacht aus dem Unternehmen entfernen müssen, hatten wir einfach nicht viele Handlungsoptionen. Wir waren uns natürlich im Klaren darüber, dass Herr Keller nur eine Interimslösung sein konnte, bis wir jemand Besseren gefunden haben. Wir haben allerdings nicht ahnen können, dass er innerhalb von nicht einmal 36 Stunden das Unternehmen an den Rand des Zusammenbruchs führt«, rechtfertigte sich einer der Anwesenden nervös.

»Wo ist Ferry Ranco jetzt?«

»Wir hatten seine Spur kurzzeitig verloren, aber seit Kurzem haben wir sie wieder. Er sitzt momentan im Flugzeug auf dem Weg nach Frankfurt, zusammen mit dieser Assistentin aus Cambridge.«

»Sie haben das Ganze völlig falsch angepackt. Nehmen Sie Kontakt mit Herrn Ranco auf. Machen Sie ihm klar, dass es besser für ihn ist, mit uns zusammenzuarbeiten.«

»Wir wissen aber nicht, wie viel Einblick er inzwischen hat!«

»Je mehr er über uns und unsere Möglichkeiten weiß, desto eher wird er verstehen, dass er sich mit uns einigen muss. Herr Ranco wird sinnvollen Argumenten gegenüber zugänglich sein. Anders als dieser Idiot, den Sie in den Chefsessel von GermanNet gehoben haben. Bringen Sie das in Ordnung, das hat oberste Priorität. Unsere Geschäfte fangen an, unter dieser Angelegenheit zu leiden.«

Der Mann an der Stirnseite des Tisches erhob sich und verließ ohne einen Gruß den Raum. Die anderen drei blieben zerknirscht zurück.

»Und warum die ganze Scheiße? Weil so ein Idiot von Administrator eine Mail an die falschen Leute senden musste«, stellte einer der drei fest.

»Ich fliege nach Berlin und versuche mit Ferry Ranco Kontakt aufzunehmen. Verfolgt weiterhin jede Spur, die Ihr von ihm finden könnt. Mit wem trifft er sich, was weiß er, was will er, einfach alles. Habt Ihr etwas über sein Privatleben herausbekommen?«

»Nicht viel. Einige alte Mails haben uns verraten, dass er mal ein Verhältnis mit seiner Chefcontrollerin hatte, dieser Diana. Das ist die Schönheit, die man heute in der Zeitung sehen konnte. War sogar mal Miss Berlin.«

»Hervorragend. Es ist gut, wenn ich etwas in der Hinterhand habe. Wenn er für vernünftige Argumente nicht zugänglich ist, brauchen wir eine Stelle, an der er verwundbar ist.«

»Und wo packt man Männer besser als bei ihrem Beschützerinstinkt gegenüber Frauen, die ihnen etwas bedeuten.«

»Ich brauche ein komplettes Dossier über diese Diana.«

»Wirst du bekommen.«

Für Ferry war nach dem Gespräch mit Diana an Schlaf nicht mehr zu denken. Er hatte sich angezogen und war in die Hotelhalle gegangen. Obwohl es noch nicht einmal drei Uhr war, bekam er in der leeren Hotelbar bereits ein Frühstück. Und etwas Smalltalk mit dem Barkeeper.

»Kein schlechter Service, morgens um drei ein Frühstuck serviert zu bekommen. Kommt oft jemand so früh zum Frühstücken?«

»Ab und zu. Um drei Uhr in der Frühe endet gewöhnlich die Nacht für die, die Probleme haben. Und dann ist ein kräftiges Frühstück genau das Richtige.«

»Sie müssen sich bestimmt oft die Probleme Ihrer Gäste anhören?«

»Nicht morgens um drei. Einen Zuhörer suchen unsere Gäste der Bar eher am Abend, beim Alkohol. Nicht so sehr am frühen Morgen beim Frühstück. Die Menschen, die man spät abends in der Bar trifft, sehen oft noch keine Lösung für ihre Probleme. Am frühen Morgen trifft man hier die Menschen, die begonnen haben eine Lösung zu finden. Nicht einschlafen können ist etwas gänzlich anders, als nicht ausschlafen zu können. Das eine ist die Angst vor den Problemen, das andere die Ruhelosigkeit bevor man die Probleme angehen kann.«

Ferry fand wieder einmal bestätigt, dass Barkeeper Philosophen und Psychotherapeuten waren. Wenn er einmal therapeutische Hilfe benötigen sollte, würde er sie in einer Hotelbar suchen.

»Sie scheinen viel über die Menschen zu wissen. Ich kenne da eine Frau, die ich nicht verstehe. Meinen Sie, Sie könnten mir da helfen?«

»Bestimmt nicht«, lachte der Barkeeper, »wenn Sie eine einfachere Frage hätten, zum Beispiel nach dem Sinn des Lebens, würde ich Ihnen gerne helfen. Aber wenn es darum geht, die Frauen zu verstehen, da lege ich die Karten.«

»Warum sind Sie Barkeeper geworden und nicht Philosoph?«

»Ich finde es oft schwer, die Schwermütigkeit und die Verzweiflung meiner Gäste am Abend zu ertragen.

Aber dann ist es wiederum wundervoll, die Hoffung und die Zuversicht der Gäste zu sehen, die am frühen Morgen zu mir kommen. Ich erlebe die Höhen und Tiefen des Lebens und das jeden Tag aufs Neue. Kennen Sie einen anderen Job, bei dem mir das geboten wird?«

Es wurde Zeit, dass er nach Deutschland zurückkehrte. Ferrys erster Gedanke war, dass Judith zurück nach England gehen sollte. Wenn das Syndikat sah, dass sie beide sich getrennt hatten, war sie vielleicht außer Gefahr.

Es würde nicht leicht werden, Judith davon zu überzeugen. Und je länger er darüber nachdachte, desto weniger war er selbst von der Richtigkeit des Gedankens überzeugt. Das Syndikat wusste, wie eng Judith und er zusammengearbeitet hatten. Judith war in England nicht sicherer als in Deutschland. Eher weniger. Es war wohl sinnvoller, wenn sie zusammenblieben. Schließlich war er ein Mann des öffentlichen Interesses. Es war nicht so einfach ihn umzubringen, zumindest würde es wohl etwas Aufsehen erregen. Und genau daran war dem Syndikat absolut nicht gelegen. Also war Judith zusammen mit ihm wahrscheinlich weniger gefährdet als allein.

Er suchte sich in der Hotelhalle ein Telefon und rief Judith an. Er hatte damit gerechnet, dass es eine Weile dauern würde, bis sie ans Telefon ginge. Stattdessen meldete sie sich fast sofort und klang außerdem hellwach.

»Hallo, hier ist Ferry. Du bringst mich etwas aus dem Konzept. Eigentlich wollte ich mich erst mal bei dir entschuldigen, dass ich dich geweckt habe, aber du bist schon wach, oder?«

»Ja, ich konnte nicht mehr schlafen. Ich bin schon eine Weile wach. Und was treibst du so morgens um drei?«

»Ich bin der Hotelhalle, in der Bar gibt es einen Philosophen, der um diese Zeit bereits Frühstück serviert. Hast du Lust, etwas zu besprechen? Diana hat mich angerufen, in Berlin ist eine Menge passiert.«

»Ich muss mich nur noch fertig machen. Sagen wir in zwanzig Minuten?«

»Ja, super«, erwiderte Ferry und legte auf.

Ferry ging vor die Tür, um sich die Zeit zu vertreiben. Er dachte darüber nach, dass Judith schon wach gewesen war, und erinnerte sich an das Gespräch mit dem Barkeeper. Er hätte gern gewusst, was mit ihr los war. Aber wenn sie es ihm nicht anvertrauen wollte, hatte er das wohl zu akzeptieren, auch wenn es wehtat.

Ferry berichtete Judith, was Diana ihm gesagt hatte. Er erzählte ihr auch von seinen Überlegungen bezüglich ihrer Sicherheit. Beide kamen schließlich überein, zusammen so schnell wie möglich nach Berlin zu fliegen und dort weiterzusehen. Sie wollten das Versteckspiel beenden.

Es hatte sowieso keinen Sinn.

Ferry buchte den nächsten Flug nach Frankfurt. Diesmal bezahlte er mit seiner Kreditkarte und er buchte First Class. Keine drei Stunden nach ihrem gemeinsamen Frühstück saßen sie im Flugzeug nach Deutschland. Judith flog zum ersten Mal First Class und war begeistert von dem Platz und der Bequemlichkeit, die sie hier hatten. Sie verschlief die ersten Stunden des Fluges in den bequemen Liegesesseln. Erst als man das Essen brachte, wurde sie wieder wach. Ferry und Judith aßen schweigend, beim Kaffee versuchte Ferry ein Gespräch zu beginnen.

»Hast du gut geschlafen?«

»Ja, es war auch notwendig, nach der kurzen Nacht. Nicht schlecht, die First Class, könnte mich dran gewöhnen.«

»Als du heute Nacht nicht schlafen konntest, woran hast du da gedacht? Ans Syndikat?«

Judith sah aus dem Fenster in die Wolken, schließlich drehte sie sich zu Ferry um.

»Angela tut mir schrecklich leid. Die blauen Flecke werden zwar verblassen, aber es gibt schlimmere Dinge, die man einer Frau antun kann. Sie verändern dein Leben für immer, du vergisst sie nie und irgendwie stirbt etwas in dir.«

Ferry wusste keine Antwort, die jetzt richtig gewesen wäre, und so fragte er das Naheliegendste.

»Ist dir das passiert, Judith?«

Judith nickte.

»Ich bin in einem kleinen Ort in der Nähe von Cambridge aufgewachsen. Als ich fünfzehn war, habe ich in den Ferien meinen ersten Job angenommen. Als Aushilfe in einem Supermarkt. Marc Barrings, der Besitzer des Supermarktes, war am Anfang immer sehr freundlich zu mir. Dann wollte er, dass ich ihm morgens einen Kuss zur Begrüßung gebe und ihn umarme. Das wollte ich nicht. Daraufhin wurde er immer unfreundlicher. Ich hatte immer viel im Lager im Keller des Supermarktes zu tun. Die Waren wurden dort angeliefert, sortiert und dann nach oben in den Laden gebracht und in die Regale eingeräumt. Da unten im Keller hat er mir dann aufgelauert.«

Ferry konnte sehen, dass Judith keine Tränen in den Augen hatte, aber einen Blick, den er noch nie an ihr gesehen hatte, und der ihn erschreckte.

»Ich habe es noch nie jemandem erzählt. Er hat mir gedroht mich umzubringen, wenn ich es nicht für mich behalte. Es war ein kleiner Ort, in dem jeder jeden kannte. Wenn ich zur Polizei gegangen wäre, hätten es alle gewusst. Es ging einfach nicht. Und weißt du, was fast das Schlimmste war?«

Ferry schüttelte den Kopf.

»Ich bin natürlich nie wieder dahin gegangen. Aber das Schwein hat mir dann das Gehalt für den ganzen Monat überwiesen, obwohl ich nur eine Woche da gearbeitet habe. Ich habe mich nicht getraut, das Geld zurückzugeben. Im Nachhinein war es dann fast so, als hätte ich mich bezahlen lassen. Ich bin niemals wieder an das Konto gegangen und habe das Geld nie abgeholt. Später habe ich dann ein neues Konto eröffnet, bei einer anderen Bank. Das Geld liegt wohl immer noch da.«

»Kann ich irgendetwas tun?«, fragte Ferry hilflos.

»Du bist der erste Mensch, dem ich das erzähle. Es hat mich viel Überwindung gekostet, aber ich dachte, dass du wissen solltest, warum es nicht geht. Mit uns. Ich halte es nicht aus, wenn mich ein Mann berührt. Nein, es gibt nichts, was du tun kannst. Gar nichts. Das ist alles. Bitte, lass mich ein bisschen allein.«

Ferry ging zu der Sitzgruppe für die Passagiere der ersten Klasse, um Judith mit sich und den Schatten aus ihrer Vergangenheit allein zu lassen.

Er hatte so etwas vermutet. Aber es war trotzdem schrecklich, es jetzt zu wissen. Marc Barrings, den Namen würde er sich merken.

Ferry ging nach einer Stunde zurück an seinen Platz neben Judith. Sie war wieder eingeschlafen. Etwas später legte sie ihren Kopf an seine Schulter und er legte leicht den Arm um sie. Sie ließ die Umarmung zu und kuschelte sich schließlich an ihn. Er hatte Angst davor, dass sie aufwachen und sich zurückziehen könnte, aber dann sah sie ihn plötzlich mit offenen Augen an, blieb still liegen und änderte ihre Position nicht. Ferry fing lautlos an zu weinen.

Als sie kurz vor dem Landeanflug von der Stewardess geweckt wurden und Judith sich wieder aufrecht hinsetzte, spürte Ferry eine unendliche Traurigkeit in sich, weil es so weh tat, ihre Nähe zu verlieren. Er war voller Hoffnung und gleichzeitig voller Zweifel, ob sich die Zweisamkeit der letzten Stunden je wieder herstellen ließ. Als die Räder des Flugzeugs den Boden berührten, entschied er sich, auf die Hoffnung zu setzen. Er lächelte Judith an und sie lächelte zurück. Vielleicht hatte sie seine Gedanken gelesen.

9

Judith und Ferry landeten gegen Mittag in Berlin-Tegel.

»Und was nun?«, fragte sie leise, müde und erschöpft von der Reise.

»Ich habe hier eine Zweitwohnung, von der kaum jemand weiß. Die Wohnung habe ich mir vor einiger Zeit mal als Rückzugsort eingerichtet. Diana und Angela wollten dort untertauchen. Lass uns erst mal da hinfahren, dann sehen wir weiter.« Nach einer kurzen Pause fügte Ferry noch hinzu: »Vor allem möchten ich gerne wissen, wie es Angela geht.«

Judith nickte und sie nahmen ein Taxi. Judith sah während der Fahrt interessiert aus dem Fenster, gedankenverloren stellte sie fest: »Ich bin zum ersten Mal in Berlin.«

»Ich bin hier zu Hause«, erwiderte Ferry, der gerne etwas mit Judith teilen wollte.

»Wenn du magst, würde ich dir gerne die Stadt zeigen, sobald wir unser Problem gelöst haben.«

»Sobald wir das Problem gelöst haben?«, Judith lachte und drehte sich zu Ferry um. »Was meinst du, sind wir bis heute Nachmittag damit durch?«

Judith hat Recht, dachte Ferry. Auch wenn er wieder zu Hause war, sie waren hier nicht weniger in Gefahr als in Seattle oder London. Michael Kunze war in Berlin überfahren worden. Aber er hatte Freunde und fühlte sich in Berlin sicherer als irgendwo anders auf der Welt.

Ferry klingelte an der Tür, an der seit Jahren immer noch der Name seines Vormieters stand, den er bewusst nicht ausgewechselt hatte. Nach einer Weile öffnete Diana vorsichtig die Tür einen Spalt und sah hinaus. Als sie Ferry erkannte, öffnete sie freudig die Tür und fiel ihm um den Hals.

»Ich bin so froh, dass du da bist, du Mistkerl«, Diana umarmte Ferry. Dann bemerkte sie Judith, die unschlüssig im Hausflur hinter ihm stand.

»Oh, ich wusste nicht, dass du nicht allein bist«, verwirrt machte sie sich aus Ferrys Arm frei.

»Endschuldige bitte. Das ist Judith«, Ferry machte die Frauen auf Englisch miteinander bekannt.

»Judith, das ist Diana.«

Beide Frauen begrüßten sich vorsichtig und unsicher, was sie voneinander halten sollten.

»Kommt erst mal rein, wir müssen uns nicht im Hausflur begrüßen und dabei das ganze Haus unterhalten«, sagte Diana, die wieder ins Deutsche zurückfiel, und schob sie in die Wohnung, in der ihnen Angela entgegen kam.

»Hallo, ich bin Angela.« Angela gab zuerst Judith die Hand.

Angela hatte ein blaues Auge und Abschürfungen im Gesicht. Judith und Ferry musterten sie schockiert.

»Bitte, tut mir den Gefallen und seht mich nicht so entsetzt an. Ich weiß, dass ich fürchterlich aussehe.

Aber gebt mir bitte nicht auch noch das Gefühl, als wäre ich Frau Frankenstein«, bemerkte Angela mit einem Lachen. »Ich habe nur einen kleinen, unbedeutenden Kampf verloren, mehr nicht. Diana und ich, wir waren gerade dabei, den neuen Schlachtplan zu besprechen. Ihr kommt also gerade recht. Wir werden dafür sorgen, dass der nächste Punkt wieder an uns geht.«

Angelas Entschlossenheit war ansteckend und die gedrückte Stimmung löste sich langsam.

»Ferry, wusstest du, dass Rosa Luxemburg Angelas Jugend-Idol war?«, forschte Diana. »Ich komme mir richtig gewöhnlich vor, ich wollte immer nur Winnetou sein.«

Sie beschlossen, Pizza zu bestellen und alles Weitere beim Essen zu besprechen.

»Zum Glück gibt es Call-A-Pizza, ins Restaurant gehen ist noch nicht das Richtige für uns. Wir alten Kriegerinnen müssen noch ein wenig die Wunden lecken, bevor wir wieder gesellschaftsfähig sind«, sagte Diana auf Englisch in Judiths Richtung.

»Danke, Diana, ich spreche leider wirklich kein Wort Deutsch.« Judith war Diana dankbar für den Wechsel ins Englische, sie hatte bisher nichts verstanden und war sich ziemlich verloren vorgekommen.

Ferry fühlte sich erleichtert, dass es Angela besser ging. Die Sache mit Rolf hatte sie offensichtlich besser weggesteckt, als er befürchtet hatte.

»Also erzählt mal, was bei euch so los war«, forderte Diana die beiden auf.

Ferry sah etwas hilflos und überfordert aus, und so begann Judith, die Geschichte zu erzählen. Obwohl sie sich auf das Wichtigste beschränkte, dauerte selbst die Zusammenfassung eine ganze Weile. Diana und Angela berichteten anschließend, was in Berlin geschehen war.

»Wie ist überhaupt die Stimmung bei German-Net?«

»Ich habe heute Morgen mit den Leuten im Büro gesprochen. Ich musste mich und Diana ja wenigstens krankmelden. Der Flurfunk berichtet, dass Rolf wohl bald wieder abgesägt wird.«

»Nicht schlecht, nach 48 Stunden seinen Posten als CEO schon verspielt zu haben«, war Ferrys bitterer Kommentar.

»Kein Wunder, dass man die Entscheidung korrigiert«, meinte Angela, »ich habe vorhin in der Zeitung gelesen, dass fast 10% unserer Kunden in den letzten zehn Stunden ihre Verträge mit GermanNet gekündigt haben, absolut rekordverdächtig. Außerdem laufen wohl bereits Verfahren wegen Schadensersatz gegen uns an.«

»Aber wer oder was wird hier im Hintergrund aktiv?« Diana war mit den Antworten, die sie bisher bekommen hatte, noch nicht zufrieden. »Gut, irgendwie steckt also das Syndikat dahinter, lassen wir das mal als Hypothese stehen. Aber wie kontrollieren die GermanNet? Rolf wird quasi über Nacht CEO und genauso schnell wieder abgesetzt. Wie machen sie das, Ferry?«

»Nach dem, was ich weiß, müssten es die Vertreter der Venture Capital-Gesellschaften sein, die im Hintergrund die Fäden ziehen. Das sind ziemlich schwer zu durchschauende Gesellschaften. Die Firmensitze sind auf den Cayman Inseln, in Luxemburg oder in einer anderen Steueroase.

Beim Börsengang sind sie froh und dankbar gewesen, dass sie bei uns einsteigen konnten und haben fast 800 Millionen in GermanNet investiert. Auf der anderen Seite wäre unser Wachstum ohne diese enormen Mittel, die sie uns zur Verfügung gestellt haben, kaum möglich gewesen. Bisher sind sie so gut wie nie in Erscheinung getreten. Sie hatten bestimmte Erwartungen an unsere Performance, also an Gewinn und an Wachstum. Diese Erwartungen haben wir bisher sogar immer noch übertroffen und so gab es keine Probleme. Warum die sich jetzt plötzlich gegen mich stellen, dafür habe ich keine andere Erklärung, als die, dass sie vom Syndikat gesteuert werden.«

»Für mich macht das durchaus Sinn«, nahm Diana seinen Gedanken auf, »wie wir inzwischen wissen, verdient das Syndikat ja offensichtlich nicht schlecht. Da stellt sich zwangsläufig die Frage, was machen die mit dem ganzen Geld? Und ich denke, wir haben gerade eine Antwort darauf gefunden, an der Börse und mit Venture Capital waschen sie die Gelder.«

»Das heißt dann aber auch, dass wir den Feind im eigenen Hause haben«, stellte Ferry resignierend fest.

Seine Überlegungen wurden vom Pizzaboten unterbrochen. Immerhin war es Ferrys Wohnung und er war automatisch in die Rolle des Hausmannes geschlüpft, als die Pizza kam.

Nachdem sie gegessen hatten, brachte Ferry die Abfälle in die Küche und kochte für alle Kaffee.

»Ihr beide habt also mit der Revolution gegen den Aufsichtsrat begonnen?«, fragte Ferry, der in einer Hand die Kaffeekanne und in der anderen die Zeitung hatte. Er deutete auf ein Bild, das Diana und Judith mit Megafon in der Eingangshalle von GermanNet zeigte. »Nicht schlecht, ich möchte euch beide jedenfalls nicht als Gegner haben.«

»Während ihr Urlaub in Amerika gemacht habt, haben wir hier eben die Stellung gehalten«, erwiderte Diana lachend.

»Ja, und bis auf einen kleinen Kampf, den wir gegen Rolf verloren haben, sieht es ganz gut für uns aus«, Angela lächelte ebenfalls, was mit ihrem blauen und blutunterlaufenen Auge etwas komisch aussah.

Judith mochte die beiden Frauen. Es waren markante und starke Persönlichkeiten. Sie hätte gerne mehr über die Beziehung Dianas zu Ferry gewusst, aber dafür war die Zeit noch nicht reif.

»Wenn ich euch richtig verstehe, haben wir uns mit der Mafia angelegt? Das erscheint mir ehrlich gesagt gar nicht so lustig. Mit solch einem Arschloch wie Rolf werden wir fertig, aber mit der Mafia? Das ist etwas anderes. Dem fühle ich mich nicht gewachsen. Sollten wir nicht zur Polizei gehen?« Diana war sichtlich beunruhigt und fühlte sich dem Ganzen nicht mehr gewachsen, das war deutlich zu spüren.

»Das haben wir in den letzten Tagen auch hin und her diskutiert«, erwiderte Judith, die ebenfalls wieder ernst geworden war. »Aber wir haben einfach keine Beweise. Wir könnten der Polizei zwar unsere Geschichte erzählen, aber ohne einen richtigen Beweis? Auch der Mord an Michael Kunze war, aus Sicht der Polizei, eben nur ein Autounfall. Öffentlichkeit und Informationen sind unsere Waffen. Dass ihr beide Berühmtheiten geworden seid, war das Beste, was ihr machen konntet. Ich glaube nicht, dass sich jetzt noch jemand an euch rantraut. Selbst ein Unfall, wie bei Michael Kunze, würde unweigerlich Polizei und Presse auf den Plan rufen. Ich sehe schon die Schlagzeile vor mir ›Heute den Aufsichtsrat herausgefordert und morgen tot‹, das würde zu viel Aufsehen erregen. Also droht euch vom Syndikat erst mal keine Gefahr, da bin ich mir ziemlich sicher.«

»Was du da sagst, Judith, macht durchaus Sinn«, warf Ferry ein, »aber wir sollten uns auch daran erinnern, dass Diana und Angela noch nicht im Visier des Syndikats sind. Noch nicht! Und dabei sollten wir es belassen. Bisher bringt man euch nicht mit uns in Verbindung. Das Syndikat ist an dem Streit bei GermanNet bestimmt nicht besonders interessiert, jedenfalls werden sie deshalb niemanden umbringen. Solange man keine Verbindung zwischen euch und Judith und mir herstellen kann, wird nichts passieren. Wir sollten also unbedingt darauf achten, euch zwei nicht auch noch da mit reinzuziehen.«

Judith nickte zustimmend, und fragte in die Runde: »Weiß das Syndikat von dieser Wohnung?«

»Ich denke nicht«, Ferry dachte laut nach, »die Wohnung läuft auf den Namen eines Freundes, der hier mal gewohnt hat und vor drei Jahren nach Australien ausgewandert ist. Aber auch wenn sie diese Wohnung noch nicht kennen, müssen wir höllisch aufpassen, dass es so bleibt. Das Syndikat weiß bestimmt schon, dass wir wieder in Berlin sind. Ich werde also in meine offizielle Wohnung gehen und Judith könnte in ein Hotel ziehen.«

»Und ich gehe ebenfalls in meine Wohnung zurück«, stellte Angela klar. »Es war gut, hier eine Weile unterzutauchen, aber es reicht jetzt.«

»Und man sollte uns nach Möglichkeit nicht zusammen in der Öffentlichkeit sehen«, bestimmte Ferry, »wir sollten alles vermeiden, was das Syndikat misstrauisch machen könnte.«

»Und genau deswegen gehe ich morgen auch wieder ins Büro«, ergänzte Diana.

»Gute Idee, und stelle bei der Gelegenheit bitte fest, ob Rolf schon weg ist«, bat Angela. »Sobald sicher ist, dass mir der Typ dort nicht über den Weg laufen kann, würde ich auch gerne wieder arbeiten gehen.«

Ferry gefiel der Gedanke. »Ihr habt Recht, je normaler wir uns verhalten, desto besser. Ich kann ja schlecht wieder zu GermanNet zurückgehen. Aber ich werde versuchen, mich so zu verhalten, dass das Syndikat sieht, dass keine Gefahr mehr von mir ausgeht. Wisst Ihr, um ehrlich zu sein, ich will das Syndikat nur noch loswerden. Das ist es einfach nicht wert unser aller Leben zu riskieren. Wofür? Um zu beweisen, dass es jemanden gibt, der aus dem Internet Informationen herausfiltert und diese zu Geld macht? Dass es etwas in der Art gibt, war uns sowieso immer schon klar. Die Geheimdienste haben bestimmt schon seit Jahren etwas in der Art entwickelt.

Dass das organisierte Verbrechen sich dieser Möglichkeiten irgendwann bedienen würde, war auch vorherzusehen. Ich sehe mich weder in der Lage noch in der Verantwortung, das organisierte Verbrechen zu bekämpfen, und schon gar nicht, wenn einer von uns dafür sterben muss.«

»Mir geht das ziemlich gegen den Strich, einfach aufzugeben«, stellte Judith fest, »aber Ferry hat wohl Recht, wenn er sagt, dass es das nicht wert ist. Ich frage mich nur, wie wir es anstellen wollen, dass uns das Syndikat in Ruhe lässt? Uns einfach nur still verhalten und hoffen, dass das wohlwollend registriert wird? Ist es dafür nicht schon zu spät, wissen wir nicht schon zu viel?«

»Ich weiß auch nicht, ob es klappt, aber ich denke, einen Versuch ist es wert. Vor allem fehlen mir die Alternativen. Wir werden einfach aufhören herumzusuchen. Mit ein wenig Glück war es das«, erklärte Ferry, ohne selbst daran zu glauben.

»Und dein Posten als CEO?«, wollte Angela wissen.

»Der ist es nun ganz bestimmt nicht wert, dass wir dafür unser Leben aufs Spiel setzen.«

»Das heißt Rückzug auf der vollen Linie?«, fragte Judith in die Runde und nach einer Weile nickten alle. Aber keiner schien wirklich zufrieden mit dieser Lösung.

»Bleiben wir pragmatisch«, warf Angela ein.

»Das Syndikat ist die eine Sache, aber ich will Rolfs Kopf.«

»Ich auch«, stimmte Ferry ihr zu.

Dieses Problem wurde inzwischen bereits von anderer Seite gelöst.

Rolf war völlig erschöpft um fünf Uhr nach Hause gekommen. Er war einfach ausgerastet und hatte immer weiter auf Angela eingeschlagen. Er wollte es der alten Schlampe zeigen. Und eigentlich hatte es ihm sogar Spaß gemacht. Die Frau war irgendwann ohnmächtig geworden. Erst dann war er zur Besinnung gekommen und hatte aufgehört, sie zu schlagen. Er hatte sie noch lange angesehen. War mit seinen Händen an ihren Beinen langgefahren bis unter ihren Rock. Er war jetzt der Boss hier. Aber dann hatte er doch Angst bekommen. Irgendwann würde der Wachschutz auf seinem Routinerundgang vorbeikommen. Es war wohl besser, wenn man ihn hier nicht finden würde.

Zuerst hatte er noch die Konsequenzen gefürchtet, aber dann beschloss er, alles abzustreiten und zu behaupten, dass es ein abgekartetes Spiel gewesen wäre. Erst der Versuch einen Aufstand bei GermanNet zu organisieren, dann die Sabotage des Netzes und jetzt eben der Versuch, ihn mit dieser Geschichte zu diskreditieren. Es würde auf Aussage gegen Aussage herauslaufen. Das beruhigte ihn, denn er war überzeugt davon, dass man ihm und nicht Angela glauben würde. Wenn Angela überhaupt etwas sagen würde. Vielleicht hatte sie ja auch Angst davor, die Sache an die Öffentlichkeit zu bringen.

Vorsichtshalber hatte er von seinem Büro aus noch verschiedene Telefonate geführt, um sich selbst ein Alibi zu verschaffen. Dann war er beruhigt nach Hause gefahren. Er redete sich ein, dass es sogar gut war, wie alles gelaufen war. Und dass es sogar noch besser wäre, wenn Angela gegen ihn vorgehen würde. Am Ende würde man ihm glauben und Angela hatte sich selbst unmöglich und unglaubwürdig gemacht. Damit war er sie los, zwei Fliegen mit einer Klappe.

Die nächsten Tage würden wohl etwas anstrengend werden, aber danach würde er Ruhe bei German-Net haben. Sobald Angela weg war, würde er auch nach und nach alle anderen, die gegen ihn waren, aus dem Unternehmen schmeißen. Und der Laden würde laufen.

Gegen sechs Uhr früh war Rolf eingeschlafen. Eine halbe Stunde später wurde er durch lautes Klopfen an der Tür geweckt. Noch völlig verschlafen öffnete er die Tür einen Spalt. Sofort wurde die Tür mit Gewalt aufgestoßen, er wurde von kräftigen Händen gepackt und ihm wurde ein Tuch auf Mund und Nase gedrückt. Rolf nahm noch einen stechenden Geruch wahr, dann verlor er das Bewusstsein.

Als Rolf dreißig Minuten später wieder zu sich kam, lag er im Keller einer Vorortvilla im Süden Berlins. Vor ihm standen drei Männer, der Älteste sprach ihn schließlich an.

»Guten Tag, Herr Keller, mein Name ist Maximilian. Bitte verzeihen Sie mir diese etwas unsanfte Einladung. Aber es ist wichtig, dass wir uns unterhalten. Wir hatten keine Zeit für lange Erklärungen und mussten sicherstellen, dass Sie auch kommen.«

Rolf war noch zu benommen, um antworten zu können.

»Die Vertreter des Aufsichtsrats, mit denen Sie am letzten Wochenende zusammengekommen sind, haben mich gebeten, mich mit Ihnen zu unterhalten. Um gleich auf den Punkt zu kommen: Wir sind äußerst unzufrieden mit Ihnen, Herr Keller. Sie haben in nicht einmal zwei Tagen das gesamte Unternehmen an den Rand des Ruins geführt. Leider haben wir Sie völlig falsch eingeschätzt. Ein Fehler, den wir dringend korrigieren müssen.«

Rolf war jetzt langsam wieder klar. So einfach ließ er sich nicht abservieren, schon gar nicht von so einem dahergelaufenen Wichtigtuer.

»Hören Sie, guter Mann«, Rolfs Stimme war noch etwas undeutlich, »man nennt das, was Sie getan haben, Menschenraub, dafür werden Sie ins Gefängnis wandern. Und die Art und Weise, wie ich mein Unternehmen führe, geht Sie einen ...«, weiter kam Rolf nicht, weil einer der Männer, die sich bisher im Hintergrund gehalten hatten, plötzlich seine Hand nahm und ihm einen Finger brach. Rolf schrie vor Schmerzen und Entsetzen auf.

»Wie ich schon sagte, sind wir leider etwas in Zeitnot, Herr Keller. Es ist wichtig, dass Sie schnell begreifen, in welcher Lage Sie sich befinden.« Maximilian machte dem Mann im Hintergrund ein Zeichen und der brach Rolf daraufhin noch einen Finger. Rolf war fast besinnungslos vor Schmerzen.

»Seien Sie kein Idiot, Herr Keller. Wir haben Sie auf

die Position des CEO gehievt und genauso schmeißen wir Sie jetzt eben wieder runter. Und nicht nur das, es erscheint uns sinnvoll, dass Sie GermanNet nie wieder betreten. Sie werden sich zunächst krankmelden. Bis Ende der Woche haben wir einen Nachfolger gefunden, und Sie werden aus gesundheitlichen Gründen zurücktreten.«

Der Mann hinter Rolf hatte plötzlich eine Eisenstange in der Hand.

»Sie werden jetzt bei GermanNet anrufen, und erklären, dass Sie krank sind. Wenn Sie irgendwelche Dummheiten machen, wird mein Kollege ihr Knie mit der Eisenstange zerschmettern. Erst das eine und dann das andere. Das bedeutet, dass Sie nie wieder laufen können, und den Rest Ihres Lebens im Rollstuhl verbringen. Haben Sie das verstanden?«

Rolf nickte. Fürchterliche Schmerzen, ohnmächtige Wut und Tränen hatten ihm die Sprache verschlagen. Er brauchte drei Anläufe, um wieder reden zu können. Schließlich gelang es ihm, das Telefon zu nehmen, bei GermanNet anzurufen und das zu tun, was man von ihm verlangte.

Obwohl es keine offizielle Mitteilung gab, verbreitete sich die Nachricht, dass Rolf Keller sich auf unbestimmte Zeit krank gemeldet hatte, sofort bis in den letzten Winkel von GermanNet. Allen Mitarbeitern war sofort klar, was diese Mitteilung zu bedeuten hatte. Die Ära Rolf Keller war zu Ende, bevor sie überhaupt richtig begonnen hatte. Und nicht nur unternehmensintern wurde die Mitteilung richtig verstanden. Am nächsten Morgen erschien eine Zeitung mit einem Bild von Angela und Diana auf der ersten Seite des Wirtschaftsteiles und der Schlagzeile *Aufsichtsrat beugt sich dem Druck der Basis.*

Die Mitarbeiter von GermanNet gingen sofort wieder an die Arbeit. Den meisten war es sehr schwer gefallen, die Hände in den Schoss zu legen und zuzusehen, wie das Netz langsam in die Knie ging. Um so mehr waren sie jetzt daran interessiert, das Netz so schnell wie möglich wieder nach oben zu bringen. Am Mittag zeigte GermanNet bereits wieder eine Performance, die deutlich über dem Niveau lag, das normalerweise erreicht wurde. Das blieb nicht unbemerkt.

Die Qualität aller europäischen Internet Service Provider wird täglich von einer Agentur in London gemessen.

Aufgrund des zusammengebrochenen Netzes in der vergangenen Nacht war GermanNet auf Platz 45 von 45 europäischen Anbietern gelandet. Einen Tag später wies GermanNet die beste Performance aller Anbieter auf und war damit die Nummer eins in Europa, mit einem deutlichen Abstand zu seinen Wettbewerbern.

Sobald klar wurde, dass Rolf nicht mehr bei GermanNet auftauchen würde, ging Angela zurück ins Büro. Die letzte Begegnung mit Rolf war ihr noch deutlich anzusehen. Sie hatte sich zwar intensiv geschminkt, aber leider ohne großen Erfolg. Also hatte sie eine Geschichte von einem Autounfall erfunden und so, wie sie aussah, nahm man ihr das ohne weiteres ab. Und falls nicht, war es ihr auch egal. Es war offensichtlich, dass Öffentlichkeitsarbeit bei GermanNet noch nie so wichtig war, wie gerade jetzt. Deshalb war ihr Platz im Büro. Angela wollte sich von ein paar blauen Flecken nicht von der größten Herausforderung abhalten lassen, vor die sie ihr Job je gestellt hatte. Es ging immerhin um zehntausende von verärgerten Kunden, die man nicht verlieren wollte.

Das Netz funktionierte inzwischen zwar wieder erstklassig, aber noch in der Nacht hatten sehr viele Kunden eine Kündigung oder eine Beschwerde an GermanNet gemailt. Und immer noch gingen weitere Kündigungen ein. Angela setzte sich sofort mit dem Call Center zusammen. Nach langen und hitzigen Diskussionen setzte sie sich schließlich mit ihrer Idee durch. GermanNet wollte bei allen verärgerten Kunden anrufen, um sich persönlich bei ihnen zu entschuldigen, und sie zu bitten, ihre Kündigung zurückzunehmen. Das würde zwar Wochen in Anspruch nehmen, aber Angela war der Meinung, dass das der einzig richtige Weg war, um das verlorene Vertrauen zurückzugewinnen. Der Erfolg sollte ihr später schließlich Recht geben. Es sollten nur sehr wenige Kunden sein, die nach dem Telefonat noch auf ihrer Kündigung bestanden.

Ein Analyst und Kenner der europäischen Telekommunikations-Industrie erklärte in der Financial Times Deutschland, dass nach der überwundenen Revolte bei GermanNet die Mitarbeiter nun wieder hochmotiviert seien. Die wichtigste Erfolgskomponente von GermanNet sei nur kurzzeitig verloren gegangen. GermanNet zeige die bei weitem beste Performance aller europäischen Internet Service Provider und eine der günstigsten Kostenstrukturen der Branche. Er stufte die Aktie daher als deutlich unterbewertet ein.

Der Analyst sollte Recht behalten: Der Aktienkurs erholte sich innerhalb einer Woche. Es wurden nicht nur die verlorenen 30% zurückgewonnen, sondern die Aktie legte noch weitere zehn Prozent zu.

In einem Interview erklärte ein bekannter Professor der London Business School, dass die aktuellen Ereignisse bei GermanNet zeigten, dass im Informationszeitalter Know-how und das Wissen der Mitarbeiter die wichtigste Ressource eines Unternehmens seien.

GermanNet benutze die gleiche Infrastruktur, die gleiche Technologie wie alle seine Wettbewerber. Trotzdem erreiche es die beste Qualität der Branche. Oder eben auch die Schlechteste. Zwischen dem ersten und letzten Platz, zwischen Erfolg und Misserfolg entscheide allein das Engagement und die Fähigkeiten der Mitarbeiter. GermanNet wäre es gelungen, genau diese Ressource besser zu nutzen als die Konkurrenten und hatte damit die beste Ausgangsposition für den Wettbewerb erreicht. Der Professor kam zu dem Schluss, dass, vorausgesetzt der Aufsichtsrat mache keine weiteren Fehler, GermanNet die Nummer eins in Europa bleiben und diese Position noch ausbauen werde. Nach diesem viel zitierten Interview wurde auch dem Letzten klar, dass Rolf Keller nicht mehr zu GermanNet zurückkehren würde.

Vom stürmischen Anstieg, den der Aktienkurs von GermanNet in den nächsten Wochen wieder nehmen würde, ahnte Ferry noch nichts. Und selbst wenn er es gewusst hätte, es wäre ihm im Moment wahrscheinlich ziemlich gleichgültig gewesen. Ferry hatte wichtigere Probleme, er wollte, dass Judith und er überlebten.

10

Ferry war dabei sich einen Plan zurechtzulegen, der genau das ermöglichen sollte. Er war zu dem Schluss gekommen, dass es nur einen Weg gab: Er musste mit dem Syndikat verhandeln. Damals in Cambridge hatte er die Warnung dummerweise ignoriert und sie damit alle in Gefahr gebracht. Aber vielleicht war es noch nicht zu spät, um zu einer Lösung zu kommen. Zumindest konnte er versuchen, die anderen aus der Schusslinie zu bringen. Er wollte keinen mehr mit reinziehen. Und vor allem sollte Schluss sein mit den dilettantischen Detektivspielen.

Ihm war eingefallen, dass er vor seiner Abreise Doris aus dem OC gebeten hatte zu recherchieren. Sie musste sofort damit aufhören.

Doris war sehr erfreut, als sie einen Anruf von Ferry erhielt.

»Hallo Doris, hier ist Ferry. Ich wollte fragen, ob du mir einen Gefallen tun kannst?«

»Jederzeit. Schön, dass du anrufst«, antwortete Doris fröhlich. »Wir haben auch noch so einiges herausbekommen. Ich will das aber nicht am Telefon besprechen, können wir uns nachher irgendwo treffen?«

Das klingt gar nicht gut, dachte Ferry. Sie verabredeten sich in einem nahe gelegenen Restaurant zum Mittagessen.

Doris wartete schon, als Ferry zwanzig Minuten vor der verabredeten Zeit eintraf. Sie begrüßte ihn lebhaft. Sie hatte ihre anfängliche Schüchternheit ihm gegenüber abgelegt. Eigentlich war Ferry ihr Vorgesetzter und für Doris hatte sich nichts daran geändert. Aber die Befangenheit ihm gegenüber hatte abgenommen. Die Geschehnisse der letzten Tage hatten dazu geführt, dass sie sich wie seine Komplizin fühlte.

»Schön, dich zu sehen«, begrüßte Ferry sie.

»Hallo, Ferry, wir waren alle entsetzt, als wir erfuhren, dass du abgesetzt wurdest. Was war los?«

Doris eröffnete das Gespräch, noch bevor er sich richtig hingesetzt hatte.

»Eine Menge Fragen. Die Antworten kenne ich leider auch noch nicht alle, aber ich bin dabei sie herauszufinden. Es könnte sein, dass das alles etwas mit der Hacker-Geschichte zu tun hat, Doris. Das Ganze scheint gefährlich zu sein. Ich wollte dich daher bitten, keine Nachforschungen mehr anzustellen. Vernichte alle Unterlagen und vergiss einfach alles.«

Doris fühlte sich ziemlich überfahren: »Das kommt jetzt etwas überraschend Ferry. Natürlich waren wir in der Zwischenzeit auch nicht untätig.« Doris holte eine CD heraus und legte sie auf den Tisch.

»Nach unserer letzten Besprechung habe ich noch einige weitere interne Geister-Accounts gefunden. Alle sind als interne GermanNet-Accounts gekennzeichnet, obwohl sie nie von uns eingerichtet wurden. Immer, wenn ich mitbekommen habe, dass sich jemand mit solch einem Account in das Netz einloggt, habe ich die Verbindung verfolgt und alles mitgeschnitten, was sie so tun. Eine Dokumentation von dem, was ich in den letzten Tagen herausbekommen habe, findest du hier.« Doris tippte mit dem Finger auf die CD.

Ferry war entsetzt, Doris hatte sich, um ihm zu helfen, in große Gefahr begeben. Aber vielleicht war hier auch endlich der Beweis für die Machenschaften des Syndikats, der sich vielleicht gegen ihrer aller Leben eintauschen ließ.

Doris wiederum war begeistert, es machte ihr Spaß, ihn zu verblüffen und so sprudelten die Worte förmlich aus ihr heraus.

»Am ergiebigsten war der von Michael Kunze ermittelte Account. Ich habe festgestellt, dass sie heimlich umfangreiche Dokumente bei TrainInternational heruntergeladen haben, und zwar von einem Server, der besonders gesichert war. Frage mich nicht, wie sie das anstellen. Ich habe zwar beobachten können, *dass* sie es tun – aber *wie* sie es tun, habe ich bisher nicht einmal in Ansätzen herausgefunden. Nur eins ist klar, sie kommen praktisch überall rein, aber das weißt du ja alles bereits.«

Doris holte erst einmal tief Luft. »Die bei TrainInternational gestohlenen Dokumente sind ebenfalls auf der CD. Ich habe sie mir mal genauer angesehen. Es sind Ausschreibungs- und Angebotsunterlagen für ein Bahnprojekt in Malaysia. Und heute Morgen habe ich durch Zufall herausbekommen, was hinter all dem steckt.«

»Bitte nicht«, dachte Ferry. Doris holte eine Zeitung heraus und legte sie auf den Tisch. »Als ich die Angebotsunterlagen angesehen habe, wusste ich zuerst nichts damit anzufangen. Aber dann habe ich in der U-Bahn das da gelesen«, Doris deutete auf einen Artikel in der Zeitung.

»Den Zuschlag für das Bahnprojekt in Malaysia hat ein Konsortium bestehend aus der BahnBau AG und der Schienenfahrzeuge AG erhalten. Obwohl ein anderes Unternehmen, nämlich TrainInternational, der Favorit gewesen war. Und jetzt kommt es: Die beiden Angebote lagen gerade mal um 10.000 € auseinander und das bei einer Angebotssumme vom 200 Millionen. Den Rest kann man sich denken.« Sie machte eine Pause.

»Ferry, wir haben es eindeutig mit Industriespionage im großen Stil zu tun und wir haben sogar die Beweise«, schloss sie triumphierend. »Du hast sie erwischt«, meinte Ferry leise und zur Verwunderung von Doris klang es alles andere als erfreut.

»Genau, alles ist minutengenau protokolliert. Ich denke, das sollte reichen, um damit zur Polizei gehen zu können.«

»Das halte ich für keine gute Idee«, antwortete Ferry. Es entwickelte sich nicht so, wie er es geplant hatte. Er hatte vorgehabt, Doris zu bitten, sich rauszuhalten, bevor sie etwas fand. Aber sie war einfach zu gut und schnell gewesen. Sie sah verwirrt den in Gedanken versunkenen Ferry an, sah die Besorgnis in seinem Gesicht und war etwas enttäuscht. Eigentlich hatte sie Begeisterung erwartet. Aber es gab auch noch etwas, das sie ihm unbedingt mitteilen musste.

»Es gibt leider noch ein Problem«, begann sie.

»Ja?«

»Ich konnte noch einen anderen Account verfolgen. Mit diesem Zugang haben sie Daten von Bankkonten gestohlen, Mails abgefangen, all so'n Zeug. Das meiste konnte ich nicht zuordnen, aber dann ist mir etwas aufgefallen.«

Ferry sah sie fragend an.

»Gestern haben sie Daten über Diana abgerufen. Sie haben ihre Bankdaten abgerufen, sie sind sogar bei GermanNet eingedrungen und haben ihr Mail-Postfach kopiert. Gestern Abend wurde ihr gesamter Arbeitsplatzrechner gescannt. Offensichtlich suchen sie etwas.«

»Scheiße«, rief Ferry

»Ferry, was wollen sie von Diana?«, fragte Doris besorgt.

Er wollte ihr eigentlich nichts mehr erzählen, denn Mitwisserschaft würde sie nur unnötig gefährden. Aber Doris wusste schon so viel, dass sie sich schon deswegen in ernster Gefahr befand. Sie musste erfahren, mit wem sie sich anlegte. Sie war weiter vorgedrungen als alle vor ihr und zu einer wirklichen Gefahr geworden. Ferry konnte nur hoffen, dass das Syndikat bisher nichts davon mitbekommen hatte.

»Bitte hör mir genau zu, Doris. Wie du dir ja inzwischen selbst denken kannst, geht es um viel Geld. Wir wissen mittlerweile, dass wir es mit einer Organisation zu tun haben, die im großen Stil Informationen stiehlt und diese dann weiterverkauft. Wir haben diese Organisation Syndikat getauft, es handelt sich offensichtlich um eine Form der organisierten Kriminalität. Und wir wissen, dass es gefährliche Leute sind. Michael Kunze hatte einen tödlichen Unfall, kurz nachdem er mich davon informiert hatte, dass er Beweise für das Treiben des Syndikats hat. Er ist für eine CD gestorben, die wesentlich weniger Informationen enthielt, als diese hier«, Ferry nahm das Beweisstück in die Hand und fuhr fort, »sie sind hinter mir her und jetzt offensichtlich auch hinter Diana.«

Doris sah ihn erschreckt und fassungslos an.

»Glaubst du, dass sie mitbekommen haben, dass du ihnen auf die Schliche gekommen bist?«

Doris schüttelte den Kopf.

»Ich will dich da auf keinen Fall mit reinziehen, Doris. Verfolge keine Accounts mehr, versuche nicht mehr etwas herauszubekommen. Das hier ist ein sehr gefährliches Spiel.«

»Ich denke nicht, dass sie etwas mitbekommen haben und werden das auch künftig nicht tun. Alle Informationen, die ich gefunden habe, sind nur auf dieser CD. Nachdem ich gesehen habe, wie einfach sie in alle Rechnersysteme eindringen können, habe ich nichts auf meinem Rechner gespeichert und immer alle Spuren sofort gelöscht. Ich wollte dadurch verhindern, dass sie herausbekommen, was wir über sie wissen. Und das bedeutet eben auch, dass ich nirgendwo Spuren hinterlassen habe.«

Ferry war erleichtert, weil Doris sich so umsichtig verhalten hatte.

»Dein Vorgehen war genau richtig und hat dir vielleicht das Leben gerettet.« Ferry steckte die CD in seine Jackentasche.

»Was willst du jetzt tun? Ich denke immer noch, dass du zur Polizei gehen solltest. Wenn du sie informierst, kann man dir so leicht nichts mehr antun. Es würde unweigerlich eine Untersuchung nach sich ziehen.«

»Wer weiß, wie sie reagieren, wenn ich zur Polizei gehe. Vielleicht wollen sie dann nur noch Rache oder Zeugen beseitigen. Außerdem würde es auch nur eine Untersuchung werden, bei der nicht viel rauskommt. Ich glaube nicht, dass sie das tatsächlich abschrecken würde.«

»Was hast du stattdessen vor?«

»Ich werde versuchen, mich mit ihnen zu einigen. Ich weiß, das klingt nicht sehr mutig und heldenhaft. Es ist mir auch nicht egal, was sie im Internet anstellen, aber es ist kein Menschenleben wert. Diana ist gefährdet und ich habe auch Angst um mein eigenes Leben. Findest du, dass ich sehr feige und berechnend bin?«

»Nein, überhaupt nicht. Die Informationen auf dem Datenträger sind bei genauer Betrachtung auch nicht so spektakulär. Wirklich nachweisen können wir nur einen Fall von Industriespionage. Kann sehr gut sein, dass das Ganze an einen gelangweilten Staatsanwalt geht, der Jahre braucht, um tätig zu werden und dem es auch nicht komisch vorkommt, wenn du bei einem Unfall ums Leben kommst. Ich will dich und Diana nicht verlieren. Wie willst du es anstellen, dich mit ihnen zu einigen?«

»Verstehe es bitte nicht falsch, aber je mehr ich dir erzähle, desto mehr bringe ich dich damit in Gefahr. Ich weiß, es klingt wie in einem billigen Film, aber sie sind wirklich gefährlich und sie schrecken vor Mord nicht zurück. Ich danke dir für diese Informationen. Ich werde versuchen, etwas damit anzufangen. Vielleicht kann ich damit Diana und mich herausholen. Aber ganz egal wie es ausgeht, du musst dich auf jeden Fall aus allem heraushalten. Es ist niemandem damit geholfen, wenn du auch noch ins Fadenkreuz des Syndikats gerätst.«

Doris brauchte eine Weile, bis sie als Zeichen der Zustimmung nickte. Als sehr logisch denkende Frau konnte sie keinen Fehler in Ferrys Argumentation finden.

»Kein Problem. Ich verhalte mich still. Kann ich noch etwas für euch tun?«

»Ich denke nicht. Danke, für alles.«

»Aber eins musst du mir versprechen, Ferry.«

»Und das wäre?«

»Wenn das, was du vorhast, schief gehen sollte, wenn du dich nicht mit ihnen einigen kannst, versuchen wir es auf meine Art. Dann sammeln wir zusammen, was wir an Informationen finden können, und gehen damit zur Polizei und der Presse.«

»Ein guter Vorschlag.«

»Versprochen? Ich will nicht irgendwann in der Zeitung von deinem Tod lesen oder von Dianas.«

»Versprochen.«

Vor dem Restaurant verabschiedeten sie sich voneinander, Doris nahm ihn zum Abschied in die Arme.

»Pass auf dich auf, Ferry«

»Das Gleiche gilt für dich, Doris. Und keine Dummheiten.«

Ferry sah ihr nach, wie sie die Straße herunter ging. Sie war eine wirklich gute Freundin geworden.

Ferry war aufgewühlt und ratlos. Das Syndikat hatte angefangen, Informationen über Diana zu sammeln, das bedeutete, dass jetzt auch ihr Leben in Gefahr war. Es wurde Zeit, das alles zu beenden. Michael Kunze hatte schon den Kopf für ihn hingehalten, ebenso wie Angela. Ferry kam zu dem Entschluss, nun direkt mit dem Gegner zu verhandeln, zumindest brachte er damit niemanden mehr in Gefahr, außer sich selbst. Er ging in ein Internetcafé und loggte sich bei GermanNet ein. Es klappte sofort, man hatte also seinen Zugang noch nicht gesperrt. Endlich mal eine gute Nachricht. Sie würden wissen, dass er da ist und genau das war es, was er wollte.

11

Ferry hatte über 500 ungelesene Mails in seinem Briefkasten, die Post der letzten Tage. Er seufzte leise, hatte aber nicht vor, alle Mails zu lesen. Allerdings war er gezwungen, die Liste nach einem Hinweis zu durchsuchen. Arbeit genug. Er wusste nicht einmal, wonach er überhaupt suchte. Dann stieß er auf die entscheidende Mail. Offensichtlich hatte das Syndikat, den gleichen Gedanken wie er selbst. Der Absender bezog sich auf einen Provider in Australien, der Inhalt der Mail bestand nur aus einem Satz.

Von: Maximilian@freenet.co.au
An: Ferry.Ranco@GermanNet.de
Betr.: Unser Gespräch in Cambridge
Herr Ranco,
ich würde das Gespräch, das in Cambridge begonnen wurde, gerne weiterführen.
Maximilian

Der Gegner hatte Namen und eine E-Mailadresse. Es war Zeit für ein Treffen und die direkte Auseinandersetzung. Für das Treffen musste er sich nur noch einen sicheren Ort aussuchen. Einen absolut sicheren Ort. Aber wo gab es so etwas? Die Antwort fand Ferry schließlich an der Wand des Internetcafés.

Hier hingen Fotos der wichtigsten Sehenswürdigkeiten Berlins. Darunter auch eine von dem Ort, nach dem er gesucht hatte.

An: Maximilian@freenet.co.au
Von: Ferry.Ranco@GermanNet.de
Re: Betr. Unser Gespräch in Cambridge
Hallo Herr Maximilian,
ich möchte Sie morgen früh um 11.00 Uhr auf der Besucherkuppel des Reichstages in Berlin treffen.
Bitte bestätigen Sie den Termin.
F. Ranco.

Etwas sagte Ferry, dass es nicht lange dauern konnte, bis eine Antwort eintreffen würde. Er hatte zuerst überlegt, das Internetcafé zu wechseln und sich später an einem anderen Ort erneut einzuwählen, denn sie wussten jetzt natürlich, wo er war. Mit seiner Mail wurde auch seine IP-Nummer übermittelt. Es dürfte kein Problem sein, sie zu ihm ins Café zurück zu verfolgen. Aber er entschied sich dafür, sitzen zu bleiben und auf eine Antwort zu warten.

Das Versteckspielen war vorbei. Um sich die Zeit zu vertreiben, surfte er im Internet und sah sich die neuesten Meldungen zum Thema GermanNet an. Die inoffizielle Absetzung von Rolf war inzwischen öffentlich. Es gab im Internet viele Spekulationen darüber, was bei GermanNet los war und wohin das Unternehmen sich entwickelte. Alles in allem nichts wirklich Neues.

Es dauerte keine 30 Minuten, bis die Antwort eintraf.

Von: Maximilian@freenet.co.au
An: Ferry.Ranco@GermanNet.de
Re. Re. Betr.: Unser Gespräch in Cambridge
Hallo Herr Ranco,
schön von Ihnen zu hören. Ein Gespräch scheint eine gute Idee zu sein. Ich treffe mich gerne mit Ihnen morgen um 11:00 Uhr in Berlin. Allerdings ist der von Ihnen vorgeschlagene Ort etwas ungewöhnlich. Soviel ich weiß, ist es sehr umständlich, auf die Kuppel des Reichstages zu gelangen. Können wir uns an einem anderen Ort treffen bzw. darf ich Ihnen einen anderen Ort vorschlagen?
Maximilian

Das war einfacher gewesen, als er gedacht hatte. Er hatte jetzt ein Date mit dem Syndikat. Ferry ignorierte den Hinweis, was den Ort anging. Wenn Maximilian mit dem Reichstag ein Problem hatte, dann bewies dies nur, dass seine Wahl richtig war. Es sandte keine Antwort mehr, sondern loggte sich aus und verließ das Internetcafé. Er wusste, dass das Syndikat morgen da sein würde.

Als Ferry das Foto der Reichtagskuppel entdeckt hatte, wusste er sofort, dass das der geeignete Ort für ein Treffen mit dem Syndikat war. Die Aussichtsplattform des Reichstags ist einer der am besten bewachten und zugleich einer der öffentlichsten Orte Berlins. Der Reichstag war nach dem Fall der Berliner Mauer wieder zum Sitz des Deutschen Bundestages geworden. Nach umfangreichen Umbaumaßnahmen hatte er eine neue, riesige Glaskuppel mit Aussichtsplattform erhalten, die sofort zum Wahrzeichen und Symbol der Hauptstadt wurde. Wenn er überhaupt irgendwo sicher war, dann dort oben.

Ferry stellte sich am nächsten Morgen kurz nach 9.00 Uhr an der Warteschlange vor dem Besuchereingang des Reichstags an. Die Kuppel war zu einem Muss für jeden Berlin-Touristen geworden und es kostete etwas Geduld und Zeit, wenn man hinauf wollte. Ferry brauchte fast zwei Stunden, bis er, nach Passieren der Sicherheitskontrolle und des Metalldetektors, auf die Kuppel steigen konnte.

Die strengen Sicherheitskontrollen gaben Ferry ein gutes Gefühl. Wer immer Maximilian war, er würde sich ohne Waffe mit ihm treffen müssen, zudem waren überall im Reichstagsgebäude Polizisten und Überwachungskameras.

Ferry genoss die Aussicht auf das Panorama von Berlin und wartete. Pünktlich um 11.00 Uhr kam ein etwas übergewichtiger Mann mittleren Alters auf ihn zu.

»Guten Tag, Herr Ranco, mein Name ist Maximilian. Sie haben uns einige Schwierigkeiten gemacht, aber ich freue mich wirklich, Sie endlich einmal persönlich kennen zu lernen.« Maximilian streckte ihm freundlich die Hand entgegen. Er war nicht der Mann, der ihn in Cambridge angesprochen hatte. Ferry war etwas verwundert und enttäuscht. Er wusste nicht, wen er erwartet hatte. Aber Maximilian sah einfach nur aus wie ein Büroangestellter. Er hatte nichts Ungewöhnliches an sich und wirkte sogar recht freundlich.

»Es hat mich viel Mühe und Zeit gekostet, Sie an diesem Ort zu treffen, Herr Ranco. Leider haben Sie auf meine Mail gestern nicht mehr reagiert. Ich wollte Ihnen einen anderen Treffpunkt vorschlagen«, bemerkte der Mann etwas vorwurfsvoll.

»Ich wollte einen sicheren Ort, Herr Maximilian. Und ich denke, dieser hier ist wie geschaffen für meine Zwecke. Wie Sie sehen, ist überall Polizei und ich glaube nicht, dass es Ihnen gelungen ist, eine Waffe mit hierher zu bringen.« Ferry beobachtete seinen Gesprächspartner genau, als er das sagte.

»Herr Ranco, ich glaube, Sie sehen zu viele Krimis«, entgegnete Maximilian ziemlich entrüstet. »Ich trage nie eine Waffe und ich bin auch nicht hierher gekommen, um Ihnen etwas anzutun. Aber ich sehe, dass es wirklich allerhöchste Zeit wurde, dass wir uns einmal aussprechen. Sie haben offensichtlich vollkommen falsche Vorstellungen, Herr Ranco.«

»Sie wollen keinem etwas zuleide tun? Und der Mord an Michael Kunze, warum musste er sterben? Und der gelegte Brand in Cambridge? Alles nur Spaß oder wie soll ich das verstehen?«

»Sie haben hoffentlich kein Mikrofon dabei, Herr Ranco?«

Ferry verneinte spontan und ärgerte sich gleich darauf über sich selber.

»Wäre auch dumm von Ihnen gewesen. Ich habe Sie vorhin ja auch durch den Metalldetektor gehen sehen. Die Sicherheitsmaßnahmen hier haben offensichtlich für beide Seiten ihre Vorteile. Und die Aussicht über die Stadt entschädigt tatsächlich ein wenig für das lange Anstehen. Vielleicht war Ihre Ortswahl doch gar nicht so schlecht.«

Maximilian trat näher an die Glaswand heran und fuhr fort, während er über die Dächer Berlins blickte. »Michael Kunze war ein bedauerlicher Fehler, wir wollten ihn nur etwas einschüchtern. Aber einige unserer Mitarbeiter haben die Nerven verloren und sind über die Stränge geschlagen. Es ist schwer heutzutage, verlässliches und mitdenkendes Personal zu bekommen. Ich denke, das wissen Sie sehr gut, Herr Ranco.«

Ferry fand, dass das Gespräch die falsche Wendung nahm. Er stand hier mit einem Mann zusammen, der wie ein Familienvater und Sachbearbeiter aussah und diskutierte Personalprobleme. Aber er war hergekommen, um über das Leben von Judith und Diana zu verhandeln und über sein eigenes.

»Hören Sie, wir reden hier von einem Mord, Manfred Kunze hatte eine Frau und zwei Kinder. Wussten Sie das?«

»Nein, das wusste ich nicht.« Ferry entdeckte so etwas wie Betroffenheit im Gesicht von Maximilian. War der ein guter Schauspieler oder empfand er das wirklich so?

»Erwarten Sie, dass ich seiner Frau und seinen Kinder erzähle, dass Sie ein Personalproblem hatten und ihr Vater deshalb sterben musste?«

»Wie ich schon sagte, Herr Ranco, es war ein Fehler. Ein Fehler, der sich bedauerlicherweise nicht rückgängig machen lässt. Aber deswegen sind wir nicht hier, oder?«

»Doch, genau deswegen sind wir hier. Ich will verhindern, dass Ihnen weitere Fehler unterlaufen. Sie haben angefangen, Daten über Diana zu sammeln. Was hat das zu bedeuten?«

Etwas von der Freundlichkeit in Maximilians Gesicht war verschwunden, als er antwortete.

»Ich werde Sie jetzt nicht fragen, woher Sie dass wissen, Herr Ranco, und es ist wahrscheinlich auch besser, wenn ich das nie erfahre. Aber Ihre Frage zeigt mir, dass Sie den Ernst der Lage erkannt haben. Es ist wichtig, dass Sie verstehen, wer und was wir sind, denn wir sind – genau wie GermanNet – ein Wirtschaftsunternehmen.«

Ferry wollte protestieren, aber sein Gesprächspartner wehrte ab.

»Um es kurz zu machen, wir handeln mit Informationen, sammeln diese und machen sie zu Geld. Das mag etwas außerhalb der Legalität sein, aber Legalität ist immer auch eine Sache der Betrachtungsweise. Wir haben eben eine andere Vorstellung von Moral als Sie. Und nur weil unser Geschäft nach anderen Regeln verläuft als das Ihre, erscheint es Ihnen wahrscheinlich so fremd. Sie haben richtig erkannt, dass wir gefährlich werden können, wenn man uns angreift. Aber das würden Sie auch, wenn man GermanNet angreift. Auch Sie würden sich selbst und das, was Sie aufgebaut haben, verteidigen. Und genau das ist es, was wir tun. Mag sein, dass unsere Mittel sich unterscheiden.«

Ferry wollte etwas sagen, wurde aber von Maximilian wieder daran gehindert, indem er ihm seine Hand auf den Arm legte.

»Sie brauchen nicht zu protestieren. Ich weiß, dass Sie uns für Verbrecher halten. Das bleibt Ihnen auch unbenommen. Ich denke nur, es ist gut, wenn Sie auch unsere Position kennen. Wenn wir miteinander erfolgreich verhandeln wollen, ist es notwendig, den anderen zu verstehen. Ich habe lange gesprochen, jetzt haben Sie das Wort, Herr Ranco. Erlauben Sie mir nur noch einen letzten Satz. Wir sind der gleichen Meinung wie Sie, wir denken, es ist das Beste, wenn wir unsere Differenzen beilegen und gemeinsam nach einer friedlichen Lösung suchen. Nur deshalb bin ich heute hier.«

Ferry wollte zu einer langen Erwiderung ansetzen. Aber es erschien ihm Verschwendung, auf diesen Quatsch von unterschiedlichen Moralvorstellungen einzugehen. Alles, worauf es ankam, war, dass sie ihn und alle anderen, die er mit reingezogen hatte, in Ruhe ließen.

»Lassen Sie uns zum Kern der Sache kommen. Wie könnte solch eine Einigung aussehen, Herr Maximilian?«

»Sie vergessen, was Sie wissen, dass Sie uns je getroffen haben und wir vergessen, dass es Sie gibt. Ganz einfach!«

»Wenn ich Ihnen heute sage, dass ich dem zustimme, dann lassen Sie mich wirklich in Ruhe? Das glauben Sie doch selbst nicht!«

Maximilian zuckte mit den Achseln.

»Wie Sie selbst festgestellt haben«, bemerkte Ferry, »könnte ich Ihnen gefährlich werden. Ich glaube einfach nicht, dass Sie sich allein auf mein Wort verlassen werden. Herr Maximilian, was genau kann ich tun, damit Sie mich und die anderen für immer unbehelligt lassen?«

»Um ehrlich zu sein, Ferry, ich darf Sie doch so nennen?«

Ferry nickte nur.

»Glauben Sie mir bitte, dass ich Ihnen die Wahrheit sage, wenn ich erzähle, dass mein Boss einer friedlichen Einigung mit Ihnen den Vorzug vor anderen Varianten geben würde. Wir wollen, genauso wie Sie, keine Toten mehr. Aber ich bin nur ein Befehlsempfänger und habe den Auftrag, eine Einigung mit Ihnen auszuhandeln. Eine Einigung, der wir zustimmen können. Wie solch eine Vereinbarung aussehen könnte, hat man mir natürlich nicht gesagt.«

Maximilian seufzte leicht. »Sie kennen doch das Management. Da wird manchmal etwas verlangt, aber man sagt dir nicht, wie du das bewerkstelligen sollst. Wissen Sie, Ferry, Ihre Argumente sind mir auch schon durch den Kopf gegangen. Und um ehrlich zu sein, ich sehe da noch keine Lösung. Wie Sie richtig erkannt haben, wir müssen uns absolut sicher sein, dass Sie sich auch an das halten, was wir vereinbaren werden. Wir sollten gemeinsam darüber nachdenken, wie solch eine Lösung aussehen könnte.«

»Ich könnte alle Unterlagen, die ich über Sie habe, bei einem Notar hinterlegen. Wenn mir etwas zustößt, werden diese Informationen an die Presse gegeben. Was halten Sie davon?«

»So passiert es immer in Büchern oder Filmen, aber in der Realität klappt das leider nicht. Was Sie da vorschlagen, ist eine Erpressung und keine Einigung. Sie sollten lieber nicht versuchen, uns unter Druck zu setzen. Und einmal abgesehen davon, was geschieht, wenn Sie durch Zufall von einem Auto überfahren werden, oder irgendeinem Verbrechen zum Opfer fallen, mit dem wir gar nichts zu tun haben? Dann gehen die Unterlagen an die Presse, und wir haben die Probleme. Sie müssen einsehen, dass das keine akzeptable Lösung für uns sein kann.«

»Vielleicht ist das aber die einzige Lösung, die ich Ihnen anbiete. Warum sollte ich Sie nicht erpressen, Maximilian? Sagen wir, die Unterlagen sind schon bei einem Notar und Sie haben das Ganze nur noch zur Kenntnis zu nehmen?«

»Ich dachte, Sie wüssten inzwischen, mit wem Sie es zu tun haben? So funktioniert das Ganze nicht. Und überhaupt, was sollen das für Unterlagen sein?«

»Was halten Sie von einer lückenlosen Dokumentation über das, was Sie bei TrainInternational gestohlen und dann an deren Wettbewerber verkauft haben?«

»Nicht schlecht, das könnte Sie tatsächlich eine Weile schützen, aber nicht lange. Heute wäre das noch eine Meldung für die Presse. Aber in zwei oder drei Jahren? Niemand würde es dann noch abdrucken. Sie hätten nichts mehr in der Hand. Wir aber hätten bis dahin alle Spuren verwischt. Und, dass Sie uns erpresst haben, wäre für uns in einigen Jahren noch genauso aktuell wie heute. Solche Dinge vergessen wir nie. Was Sie da vorschlagen, ist auf die Dauer keine gute Lösung für Sie, glauben Sie mir das.«

Ferry glaubte wirkliche Besorgnis in Maximilians Gesicht zu erkennen, entweder war er ein guter Heuchler oder ein guter Schauspieler.

»Ich habe wirklich Schwierigkeiten, Ihre Rolle in diesem Spiel zu verstehen, Herr Maximilian.«

»Geht mir genauso. Wissen Sie, ich glaube zu wissen, was Sie über mich denken. Aber ich mache auch nur meinen Job. Ich verkaufe Informationen. Mit Mord und Gewalt habe ich nichts zu tun, das macht eine andere Abteilung. Ich will das alles hier wirklich nur möglichst bald beenden.«

»Wie wäre es, wenn ich mit Ihnen gemeinsame Sachen mache? Wenn ich Informationen stehle und damit jemanden erpresse? Ich könnte schlecht zur Polizei gehen und Sie anzeigen, wenn ich mich desselben Verbrechens schuldig gemacht habe.«

»Mir fehlt ein wenig die Fantasie, wie ich mir das vorzustellen habe. Und um ehrlich zu sein, ich bin mir nicht sicher, ob das klappen könnte.«

»Hören Sie, Maximilian, besorgen Sie mir alle Informationen über einen Mann mit dem Namen Marc Barrings. Der Kerl wohnt in der näheren Umgebung von Cambridge. Oder zumindest hat er dort vor einigen Jahren gewohnt und einen Supermarkt betrieben. Besorgen Sie mir etwas, das ich gegen ihn verwenden kann. Sobald ich das Material habe, werde ich ihn gnadenlos fertig machen. Ich werde das Ganze über das Internet abwickeln. Sie können es also lückenlos dokumentieren. Dann sind wir im selben Boot.«

Maximilian überlegte lange, bevor er antwortete.

»Also gut, Ferry, ich werde meinem Boss berichten, dass wir uns nett unterhalten haben und Sie mit uns kooperieren wollen. Ich werde ihm auch von Ihrem Vorschlag berichten. Lassen Sie uns abwarten. Ich habe auch die Hoffung, dass aus unserer Organisation heraus noch ein Vorschlag kommt, der, sagen wir mal, etwas konventioneller ist als der Ihre.«

Maximilians Handy klingelte. Er hielt es sich ans Ohr und hörte zu, ohne ein einziges Wort zu sagen.

»Wir sollten uns ein wenig bewegen, Ferry. Offensichtlich haben wir die Aufmerksamkeit des Sicherheitsdienstes erregt. Drehen Sie sich nicht um, denn die Überwachungskamera hinter uns wurde gerade auf uns fokussiert.«

Beide gingen nebeneinander die Rampe herunter.

»Sie sind in das Sicherheitssystem des Bundestags eingedrungen?«, fragte Ferry.

»Ich kann das natürlich nicht bestätigen. Aber, sagen wir es mal so, es ist kein Geheimnis, dass man hier in Berlin alles auf IP-Basis gestellt hat, also die gleichen Protokolle und die gleiche Technologien benutzt wie im Internet. Telefon, Datenverkehr, Videokonferenzen, Überwachungskameras. Alles läuft hier auf IP-Basis.«

»Ich vermute mal, die Infrastruktur stammt von Router-System?«

»Richtig, woher denn sonst? Hier wird nur das Beste eingesetzt, das auf dem Markt zu bekommen ist. Man hat hier in Berlin eine gute und zukunftweisende Infrastruktur aufgebaut. Aber leider, wie immer, gibt es auch hier eine Kehrseite der Medaille, selbst wenn diese in unserem Fall keiner kennt. Wie Sie wissen, haben wir gute Kenntnisse der IP-Technologie.«

Sie waren an Ende der Rampe angekommen.

»Scheint hier in Berlin ein gutes Geschäft für Sie zu werden.«

»Es entwickelt sich ganz viel versprechend.«

»Genug mit dem Smalltalk, Herr Maximilian. Ich treffe Sie übermorgen um dieselbe Zeit wieder hier oben.«

»Nein, bitte Ferry, ich will nicht wieder stundenlang anstehen müssen, außerdem erregen wir hier die Aufmerksamkeit der Sicherheitskräfte.«

»Übermorgen um die gleiche Zeit, hier im Reichstag. Meinetwegen können wir uns aber im Besucherrestaurant treffen. Dort werden wir weniger auffallen. Ich werde einen Tisch reservieren. Wenn Sie dann nicht hier sein sollten, werden wir keine Einigung erzielen können. Und vergessen Sie bitte die Unterlagen über Marc Barrings nicht.«

Ferry ging, ohne sich zu verabschieden.

Judith war richtig verärgert. Ferry und sie waren zum Frühstück verabredet gewesen und er hatte sie einfach versetzt, ohne ihr eine Nachricht zu hinterlassen.

Von einer Telefonzelle aus und unter falschem Namen rief sie Diana im Büro an. Aber die wusste von nichts.

Ferry blieb verschwunden.

Als sie gegen Mittag ins Hotel zurückkam, hatte er einen Brief für sie hinterlegt. Er bat sie, nach England zurückzukehren und dort unterzutauchen. Außerdem teilte er ihr mit, dass ihr Plan so leider nicht funktionieren würde, und dass er jetzt versuchen würde, mit dem Syndikat zu verhandeln. Er wollte sie da nicht mit reinziehen, schrieb er, und dass er wusste, dass sie dem nicht zustimmen würde. Also hatte er jetzt die Entscheidung getroffen. Er würde sich nie wieder bei ihr melden.

Judith war zuerst entsetzt und dann stocksauer. Sie ließ sich von niemandem vorschreiben, was sie zu tun und zu lassen hatte.

Maximilian traf am Abend mit seinem Boss in London zusammen. Er berichtete vom Treffen und erläuterte, was Ferry vorgeschlagen hatte. Sein Gegenüber hörte aufmerksam und schweigend zu. Schließlich bemerkte er, dass es gut sei, den Weg der Verhandlung eingeschlagen zu haben. Es sei ein Fehler gewesen, das Ganze derart eskalieren zu lassen. »Herr Ranco will sich mit uns einigen. Gut, wir werden einen Weg finden. Wissen Sie, was es mit seinem Vorschlag auf sich hat?«

»Ich denke ja. Ich habe sofort nach meinem Gespräch unsere Leute mobilisiert.

Es war nicht sehr schwer. Marc Barrings ist tatsächlich immer noch Leiter eines Supermarktes in der Nähe von Cambridge. Wir sind ohne Probleme in seinen Computer eingedrungen. An diesem Punkt hat er es uns dann ganz leicht gemacht, das zu finden, von dem wir nicht wussten, dass wir es suchen. Er hat auf seinem Computer im Büro ein Festplattenlaufwerk als Privat gekennzeichnet und durch ein Verschlüsselungsprogramm und ein Passwort gesichert. Uns war natürlich sofort klar, dass wir hier fündig werden würden. Wir haben das gesamte Laufwerk kopiert und die Verschlüsselung geknackt.«

»Und, was habt Ihr gefunden?«

Maximilian holte tief Luft. »Eine Menge schmutziger Sachen. Marc Barrings hat Spaß daran, sich an seinen Mitarbeiterinnen und kleinen Mädchen zu vergreifen. Und er hat darüber genau Buch geführt. In dem kopierten Laufwerk haben wir sein Tagebuch gefunden. Mit einer ausführlichen Liste und Beschreibungen, was er in den letzten achtzehn Jahren angestellt hat. Der Mann ist krank, er hat teilweise seine Übergriffe mit den Überwachungskameras im Supermarkt aufgenommen und diese Mitschnitte dann ebenfalls auf dem Laufwerk gespeichert.« Man sah Maximilian an, dass es ihm nicht leicht fiel, das zu berichten.

»Besonders gerne hat er sich offensichtlich Praktikantinnen oder Aushilfen als Opfer ausgesucht. Oft waren es nur verbale Belästigungen oder er hat die Mädchen angegrapscht, einige Mal ist er aber weiter gegangen. Eine wirklich widerwärtige Geschichte. Mir war nicht ganz klar, was Ferry damit zu tun hatte, bis ich festgestellt habe, dass eins der Opfer Judith Knowles war. Sie hatte wohl in den Sommerferien in dem Supermarkt einen Aushilfsjob angenommen. Ich denke, wir wissen nun, was Ferry will.«

Maximilian reichte seinem Boss einen Ausdruck des Tagebuches, den er aber nicht annahm. Stattdessen sah er weiter aus dem Fenster. Schließlich drehte er sich um.

»Ein interessanter Mann, dieser Ferry Ranco. Von ihm wird keine Gefahr für uns ausgehen. Wir haben ihm sein Unternehmen genommen und seine Position, wir haben ihn sogar öffentlich diffamiert. Normalerweise müssten wir damit rechnen, dass er Rache und Genugtuung will. Das wäre eine schwer kalkulierbare Situation für uns geworden. Aber all das will er offensichtlich nicht. Sein Unternehmen und seine Position scheinen ihm nicht wirklich etwas zu bedeuten. Wir haben ihm bisher nichts weggenommen, was ihm wirklich wichtig wäre. Diese Judith bedeutet ihm etwas und auch diese Diana. Beide haben wir bisher verschont. Ganz im Gegenteil, jemand anders hat seiner Freundin Unrecht angetan und hier will er Rache. Ferry Rancos Vorschlag ist ungewöhnlich, aber wir werden darauf eingehen. Treffen Sie sich mit ihm, übergeben Sie ihm die Unterlagen und lassen Sie ihn seinen Rachefeldzug beginnen. Beobachten Sie genau, was er unternimmt. Sobald er Kontakt mit diesem Marc Barrings aufgenommen hat, geben wir die Information an die Presse. Ist dieser Barrings verheiratet?«

Maximilian nickte. »Ja, und er hat zwei Kinder.«

»Sehr gut, dann sorgen Sie dafür, dass seine Frau erfährt, mit wem Sie verheiratet ist. Vernichten Sie Barrings. Wahrscheinlich wird Ferry Ranco letztendlich vor diesem Schritt zurückschrecken. Darum werden wir es für ihn und in seinem Namen tun. Eskalieren Sie die Situation, sorgen Sie dafür, dass es für Ferry Ranco kein zurück mehr gibt.«

Maximilian nickte.

»Und suchen Sie verdammt noch mal eine Lösung für GermanNet. Es ist nicht unser dringendstes Problem, aber wir haben eine Menge Geld in das Unternehmen gesteckt, welches ich nur ungern verlieren will.«

Maximilian und Ferry trafen sich wie verabredet im Besucherrestaurant des Reichstages.

»Guten Morgen, Ferry.«

Ferry nickte Maximilian lediglich zu, als dieser sich zu ihm an den Tisch setzte.

»Ich habe mit meinem Boss gesprochen. Wir sind Ihrem Vorschlag gegenüber nicht abgeneigt.«

»Sehr schön. Haben Sie dabei, was wir verabredet hatten?«

»Ja, ich habe hier die Unterlagen, die Sie wollten.«

Maximilian legte einen Aktenordner auf den Tisch. Ferry blätterte die Papiere schnell durch und begann an einigen Stellen zu lesen.

»Ich habe mir das Material natürlich angesehen. Die Stelle, die Sie besonders interessieren wird, finden Sie etwa in der Mitte. Ich habe Sie mit einem Post-it gekennzeichnet. Ich gehe doch recht in der Annahme, dass Sie vor allem an Judith Knowles interessiert sind?«

Ferry sah von den Unterlagen auf und sagte laut: »Was wollen Sie damit sagen?«

»Reißen Sie sich zusammen! Vergessen Sie bitte nicht, wo wir hier sind. Wir erregen schon genug Aufsehen. Natürlich haben wir uns gefragt, was Sie vorhaben und warum. Ohne eine schlüssige Erklärung hätten wir uns nie auf eine Vereinbarung mit Ihnen eingelassen. Aber das kann Ihnen auch völlig egal sein, Sie haben, was Sie wollen, Ferry. Was werden Sie jetzt damit tun?«

Ferry hatte sich wieder etwas beruhigt.

»Ich werde tun, was wir verabredet haben. Ich werde Marc Barrings mit diesen Unterlagen erpressen und alles über das Internet abwickeln. Sie können es verfolgen und sich die Beweise sichern. Danach sitzen wir im selben Boot.«

»Und wie weiter?«

»Das war's dann. Ich werde alles vergessen, was ich über Sie weiß und Sie werden uns in Ruhe lassen.

Jeder geht seiner Wege, so als ob wir uns nie begegnet wären.«

»So einfach wird es nicht funktionieren. Sie müssen auch sicherstellen, dass alle anderen, die von uns wissen, in Zukunft schweigen werden. Und was noch wichtiger ist, Sie müssen alles vernichten, was auf uns hindeuten könnte.«

»Das werde ich tun.« Ferry griff in seine Jackentaschen und holte einen Umschlag heraus. »In diesem Umschlag finden Sie zwei CDs, auf der einen sind die Daten, die Michael Kunze ermittelt hat, auf der zweiten finden Sie Unterlagen, die ich selbst ermittelt habe und die dokumentieren, was Sie bei TrainInternational gemacht haben. Von beiden CDs gibt es keine Kopien. Ich übergebe Ihnen also alle Beweise, die ich habe.«

Ferry schob den Umschlag über den Tisch zu Maximilian, der ihn einsteckte.

»Im hinteren Teil des Aktenordners finden Sie weitere Informationen, die Sie benötigen werden. Unter anderem aktuelle Ausdrucke von Barrings Bankkonten, Aktiendepots und Sparbüchern. Sie sind ja neu in diesem Geschäft, daher werden wir Ihnen etwas unter die Arme greifen. Wenn Sie jemanden erpressen wollen, müssen Sie zuerst wissen, wie viel er hergibt. Ich denke, Barrings kann 250.000 € aufbringen und damit wäre er so ziemlich ruiniert. Ich gehe doch richtig in der Annahme, dass es das ist, was ist Sie wollen? Ihn ruinieren?«

»Ja, genau das ist es, was ich will.«

»Wir haben noch eine weitere Bedingung, Ferry. Sie werden vom Aufsichtsrat in der nächsten Woche wieder als CEO bei GermanNet eingesetzt werden.

Wir wünschen, dass Sie engagiert für GermanNet weiterarbeiten.«

»Ich lege darauf keinen großen Wert.«

»Aber wir. Wir haben viel Geld in GermanNet investiert und wollen es nicht riskieren.«

»Und was ist mit Rolf? Wie stellen Sie sich vor, dass wir zukünftig zusammenarbeiten sollen?«

»Mit Herrn Keller wird es keine Probleme mehr geben, dafür haben wir bereits gesorgt.«

»Wie darf ich das verstehen?«

»Vergessen Sie ihn einfach. Man wird morgen eine Mitteilung vorfinden, aus der hervorgeht, dass Herr Keller aus gesundheitlichen Gründen zurücktreten muss und Ende.«

»Was wird ihm passieren?«

»Nicht viel. Wussten Sie, dass er Familie in Südafrika hat?

Ferry schüttelte den Kopf.

»Nun, er ist schon auf dem Weg dorthin und wird in den nächsten Jahren garantiert nicht mehr nach Deutschland zurückkommen. Ich denke, es wird Sie und vor allem Angela interessieren, dass er sich drei Finger, ein Bein und zwei Rippen gebrochen hat. Unsere Unterhaltung mit ihm war etwas holperig und dürfte sehr schmerzhaft für ihn gewesen sein. Vor allem, da der Arzt fast zwei Stunden gebraucht hat, bis er bei ihm war. Wir mussten zuerst noch unsere Unterhaltung zu Ende bringen.«

»Das alles stört Sie nicht, Herr Maximilian? Auch als Vater von zwei Kindern?«

»Ich glaube, es bringt einfach nichts, wenn wir uns über Moral streiten. Aber ich kann Ihnen sagen, was mich stört. Das, was Sie da in den Händen halten, das stört mich nicht nur, es widert mich an. Meine Tochter ist heute fast so alt wie Judith damals war. Wenn Sie gegen dieses Schwein vorgehen, haben Sie meinen Segen.«

»Ihren Segen, Herr Maximilian? Glauben Sie wirklich, ich lege wert darauf?«

Maximilian zuckte gelangweilt mit den Achseln.

»Wir haben also eine Vereinbarung?«, fragte Ferry zum Abschluss.

Maximilian nickte »Sie wissen, dass Sie GermanNet wieder übernehmen müssen?«

»Das werde ich, aber nur für maximal 24 Monate.«

»Soll uns recht sein, wenn Sie uns einen gut durchgeführten Übergang auf einen neuen CEO garantieren.«

»Gut, aber ich hätte noch eine Bedingung.«

»Ich glaube nicht, dass Sie in der Lage sind, Bedingungen zu stellen.«

»Ich will, dass Sie sich zukünftig aus GermanNet raushalten. Suchen Sie sich einen anderen Zugang. Diese Bedingung ist auch in Ihrem Interesse, ich werde meine Leute dazu bringen, dass Sie dichthalten und vergessen. Aber wenn Sie mitbekommen sollten, dass jemand GermanNet weiterhin für seine Zwecke missbraucht, kann ich für nichts garantieren.«

»Nun, ich denke, das kann ich Ihnen zusichern. Auch uns ist GermanNet zu riskant geworden, wir haben bereits andere Möglichkeiten gefunden.«

»Das war es dann wohl, Maxmilian. Eine letzte Bitte noch, ich will Sie nie wieder sehen.«

»Auch das kann ich Ihnen zusichern. Ein letztes Wort noch, Ferry. Die Möglichkeit, die wir Ihnen heute geboten haben, ist keine Selbstverständlichkeit. Machen Sie keinen einzigen Fehler! Reizen Sie uns nie wieder, behindern Sie uns nie wieder und tun Sie nichts, was unser Misstrauen wecken könnte. Eine zweite Chance werden Sie nicht bekommen. Und denken Sie daran, dass wir nun Ihre Achillesferse kennen. Wenn es Probleme gibt, werden nicht Sie zuerst zahlen, sondern Judith und Diana.«

Dieses Mal wurde das Gespräch von Maximilian beendet, der einfach aufstand und ohne einen Gruß ging.

12

Es war nicht leicht, das Tagebuch von Marc Barrings zu lesen. Ferry musste gegen die Gefühle von Ekel und Übelkeit ankämpfen. Als er die Einträge las, die Barrings über Judith geschrieben hatte, hatte er zum ersten Mal in seinem Leben das Bedürfnis jemanden umzubringen. Am Anfang hatte er noch Zweifel gehabt, ob seine Idee so gut gewesen war und ob es wirklich richtig war, jemanden zu erpressen. Aber nach dem Lesen des Tagebuchs hatte er keinerlei Zweifel mehr. Dieses Schwein musste aufgehalten werden. Dass er sich damit gleichzeitig vom Syndikat befreien konnte, war für Ferry lediglich zu einem Randthema geworden. Ferry schrieb auf Englisch die E-Mail an Barrings, offen mit seiner GermanNet E-Mail-Adresse.

Von: Ferry Ranco
An: Marc.Barrings@frgdt-market.co.uk
Betr.: Tagebuch

Hallo Herr Barrings,

im Attachment finden Sie Auszüge eines Tagebuches, das ich Ihnen verkaufen möchte. Es gibt viele Interessenten. Bitte entscheiden Sie sich umgehend und unterrichten Sie mich, wenn Sie es haben möchten.

Ferry Ranco

Marc Barrings erreichte diese Mail kurz bevor er nach Hause gehen wollte. Erst dachte er an einen dummen Scherz, aber als er den Anhang öffnete und sah, um was es sich handelte, wusste er vor Schreck nicht, was er machen sollte. Er kontrollierte sofort seinen Computer. Sein privates Laufwerk war nach wie vor durch ein Verschlüsselungsprogramm geschützt. Wie war jemand da rangekommen? Er hatte das Passwort nirgendwo aufgeschrieben und zu seinem Computer hatte niemand außer ihm selbst Zugang. Es musste jemand aus dem Supermarkt sein, der unbemerkt in sein Büro eingedrungen war. Vielleicht die Reinigungskräfte oder die Wachleute am Abend?

Nachdem er sich einen Whisky genehmigt hatte, hatte er sich wieder etwas im Griff. Als Erstes rief er zu Hause an und sagte Bescheid, dass es heute sehr spät werden würde. Er benötigte Zeit und Ruhe, um nachzudenken. Wer immer die waren, sie wollten verhandeln und sie wollten Geld. Also gut, es würde nicht billig werden, aber es war nicht hoffungslos. Er würde zahlen müssen. Aber irgendwann würde er herausbekommen, wer dahintersteckte. Er würde nicht den Rest seines Lebens das Opfer eines Erpressers werden, dafür würde er sorgen. Nach diesen Überlegungen ging es ihm schon besser. Er sandte eine kurze Mail an den Erpresser.

Von: Marc.Barrings@frgdt-market.co.uk
An: Ferry.Ranco@GermanNet.de
Betr.: Re: Tagebuch
Wie viel wollen Sie?
MB.

Barrings bekam fast sofort eine Antwort von Ferry.

Von: Ferry Ranco
An: Marc.Barrings@frgdt-market.co.uk
Betr.: Re: Re: Tagebuch

250.000 Euro

Barrings musste lachen. Was bildete sich dieses Arschloch ein? Wo sollte er eine Viertelmillion hernehmen? Das war einfach lächerlich. Er schrieb zurück, dass er maximal 10.000 Euro bezahlen könne.
Wieder erhielt er umgehend eine Antwort.

Von: Ferry Ranco
An: Marc.Barrings@frgdt-market.co.uk
Betr.: Re: Re: Re: Tagebuch

Barrings!
Unsere Forderung ist nicht verhandelbar. Als Anhang sende ich Ihnen eine aktuelle Aufstellung Ihrer Bankkonten. Sie können außerdem ohne weiteres eine Hypothek auf Ihr schuldenfreies Haus aufnehmen. Wir erwarten die Gutschrift von 250.000 Euro *innerhalb von 48 Stunden auf das Bankkonto Nr. 567 889 3245, bei der Berliner Bank. Wir werden auf weitere Mails von Ihnen nicht mehr reagieren. Wenn das Geld eingegangen ist, erhalten Sie von uns die Originaldatei Ihres Tagebuchs. Wenn nicht, übergeben wir das Dokument der Polizei.*
Freundliche Grüße
F. Ranco.

Nachdem Barrings den Anhang geöffnet hatte, begriff er den Ernst seiner Lage. Er hatte es nicht mit einem einfachen Erpresser zu tun, das hier waren Profis. Sie wussten genau über sein Konto und seine Lebensumstände Bescheid. Wieso hatten sie sich gerade ihn als Opfer ausgesucht? Er war drauf und dran, zur Polizei zu gehen, überlegte es sich dann aber doch anders. Barrings hatte mit der Zeit jedes Unrechtsbewusstsein verloren, was ›seine kleinen Affären‹ anging, wie er sie nannte. Er hatte sich über die Jahre langsam gesteigert. Am Anfang hatte er die Mädchen nur begrapscht. Dann hatte er mit der Zeit ein Gefühl dafür entwickelt, von welchem der Mädchen ihm Gefahr drohte und von welchem nicht. In den Sommerferien hatte er bevorzugt schüchterne und zurückhaltende Mädchen als Aushilfen eingestellt, die er dann tagelang genau beobachtete, bevor er erste Annäherungsversuche unternahm und sich dann steigerte.

Über all die Jahre war alles gut gegangen. Manchmal hatte er befürchtet, dass ein Mädchen vielleicht doch etwas gegen ihn unternehmen würde. Aber es war nie etwas passiert. Er bildete sich inzwischen sogar viel auf seine Menschenkenntnis ein. Und jetzt das. Aber auch diesmal würde alles gut gehen. Wenn sie so genau über ihn Bescheid wussten, dann wussten sie auch, wann sie ihn vollständig ausgenommen hatten, und innerhalb von 48 Stunden bekam man keine Hypothek.

Barrings verbrachte die Nacht im Büro. Er benötigte dann den ganzen nächsten Vormittag, um alles an Geld flüssig zu machen, was er besaß. Am Mittag teilte er dem Erpresser mit, dass er ihm das Geld überwiesen hatte.

Von: Marc.Barrings@frgdt-market.co.uk
An: Ferry.Ranco@GermanNet
Betr.: Re: Re: Re: Re: Tagebuch

Ich habe Ihnen gerade online 150.000 Euro per Blitzüberweisung angewiesen. Das ist alles, was ich habe, mehr können Sie nicht von mir erwarten. Wenn Sie trotzdem mehr fordern, könnte ich nur noch zur Polizei gehen. Ich denke, das ist weder in Ihrem Interesse noch in meinem. Geben Sie mir die Datei zurück und lassen Sie mich für immer in Ruhe!!
MB

Ferry las die Mail. Er hatte erreicht, was er wollte. Aber leider stellte sich kein Gefühl der Befriedigung ein. Er hatte gehofft, dass etwas von der Wut und der Verzweiflung weggehen würde, wenn er Barrings in die Enge trieb. Aber jetzt stellte er fest, dass nur ein schaler Beigeschmack blieb.

Nur ein Gutes hatte es: Der Deal mit dem Syndikat war komplett und Judith und er waren jetzt wohl das Syndikat los. Aber der Schatten von Barrings war weiterhin in Judiths Leben. Und in seinem. Barrings fertig zu machen, löschte die Vergangenheit nicht aus. Er würde Judith informieren, dass die Sache mit dem Syndikat zu Ende war, und er würde nach England fliegen. Ob und wie er ihr dann von dem Tagebuch und von Barrings erzählen sollte, wusste er nicht.

Ferry wollte schon den Rechner ausmachen, als er bemerkte, dass eine neue Mail in seinem Ausgangspostfach abgelegt worden war. Irgendjemand hatte gerade in seinem Namen und unter seinem Account eine Mail versandt? Maximilian! Er öffnete die Mail, die er nicht geschrieben hatte.

Von: Ferry.Ranco@GermanNet
An: Marc.Barrings@frgdt-market.co.uk
Betr.Re: Re: Re: Re: Re: Tagebuch

Hallo Barrings,
schade, dass Sie nicht auf unseren Vorschlag eingegangen sind. Ich habe Ihr Tagebuch nun an verschiedene Zeitungsredaktionen gesandt, ebenso an die Polizei. Ein Ausdruck des Tagebuchs geht morgen an Ihre Frau.
Auf Mails von Ihnen werde ich nicht mehr reagieren. Es ist aus, Sie sind fertig.

Beste Grüße
Ferry Ranco

Als Ferry die Mail mit seiner Unterschrift las, war er entsetzt. Was sollte das? Warum mischte Maximilian sich hier plötzlich ein? Aber dann wurde ihm schnell klar, um was es hier ging. Wenn er mit dem Syndikat im selben Boot sitzen wollte, musste er mehr anstellen, als nur ein wenig Geld einzufordern. Und genau das hatten sie ihm gerade klar gemacht.

Es war seine Idee gewesen, sich mit dem Syndikat einzulassen und jetzt verfluchte er sich dafür. Seitdem er mit dieser Vereinigung zu tun hatte, machte er immer wieder den gleichen Fehler, er unterschätzte sie. Hatte er wirklich geglaubt, mit seinem Vorschlag die Oberhand über das Ganze zu erlangen? Ferry war über sich selbst und seine Naivität frustriert. Er wusste nicht, was das Syndikat jetzt noch mit Barrings und ihm vorhatte, aber das war eigentlich auch gleichgültig, denn er war sowieso zur Untätigkeit verdammt. Einen kurzen Augenblick tat Barrings ihm leid.

Aber dann machte er sich klar, was Barrings Judith und all den anderen angetan hatte. Sollte er dafür zahlen, vielleicht war Maximilian wirklich mal zu was nütze. Ferry machte den Computer aus und ging spazieren. Es gab einfach nichts mehr zu tun und nun war es nicht mehr er, der das Spiel bestimmte.

Nachdem das Thema Barrings so zu Ende ging, wie das Syndikat es geplant hatte, machten sie sich daran, die Spuren zu verwischen. Alle Dateien und Mails, die darauf hingedeutet hätten, dass es jemals eine Verbindung zwischen Ferry Ranco und Marc Barrings gegeben hatte, wurden gelöscht. Auch wenn Barrings der Meinung war, die Blitzüberweisung an Ferry online bei seiner Bank eingegeben zu haben, würden im Bankrechner keinerlei Spuren für solch eine Überweisung zu finden sein.

Die Untersuchung durch die Polizei würde später lediglich zu dem Ergebnis kommen, dass Barrings alles an Geld flüssig gemacht hatte, was er besaß. Auf Barrings Bankkonto lagen nun 150.000 Euro. Wahrscheinlich würde die Polizei daraus den Schluss ziehen, dass Barrings vorgehabt hatte, abzuhauen.

Barrings starb mit einem tiefen Hassgefühl auf Ferry Ranco. Die Vorstellung, dass man die Mails und die Banküberweisung finden würde, verschaffte ihm etwas Genugtuung. Wer immer dieser Ferry Ranco war, er würde nicht ungeschoren davon kommen.

Barrings sollte sich irren.

Am nächsten Morgen erschienen die Zeitungen mit der Nachricht, dass Ferry Ranco wieder als CEO von GermanNet eingesetzt worden war. Es wurden alle möglichen Vermutungen darüber angestellt. Das Gerücht von einem Machtkampf bei GermanNet, aus dem Ferry Ranco als Sieger hervorgegangen war, machte die Runde. Dass Rolf Keller aus dem Unternehmen ausschied, war jetzt ebenfalls offiziell.

Die Meldungen über die aktuellen Entwicklungen bei GermanNet wurden natürlich auch von Judith gelesen. Sie wusste nicht, was sie von all dem halten sollte. Sie war wütend und enttäuscht aus Berlin abgereist, nachdem Ferry einfach abgetaucht war. Zuerst wollte sie sofort zurück nach Cambridge, aber dann hielt sie es doch für klüger, sich für eine Weile bei Isabel in London einzuquartieren. Mit Isabel saß sie jetzt beim Frühstück über die Zeitung gebeugt und diskutierte die Neuigkeiten von GermanNet.

»Ferry scheint es geschafft zu haben«, stellte Isabel fest, nachdem sie den Artikel ebenfalls überflogen hatte.

»Es scheint so, aber unter welchen Bedingungen hat er gesiegt?«, gab Judith zu bedenken.

»Du könntest ihn anrufen und fragen.«

»Irgendwann werde ich das wahrscheinlich mal tun. Aber zurzeit heißt es wohl nur, dass es vorbei ist und ich nach Cambridge in meine Wohnung und zu meiner Doktorarbeit zurück kann.«

»Das klingt nicht sehr erfreut. Ferry bedeutet dir doch etwas?« Isabel hatte von der Zeitung aufgesehen und sah Judith an. »Willst du nicht darüber reden? Vielleicht hilft es.«

Judith wollte nicht reden, und blätterte demonstrativ in der Zeitung.

Isabel beobachtete Judith und fragte sich wieder einmal, was für ein Geheimnis die Freundin hatte. Während sie noch darüber nachdachte, bemerkte sie plötzlich, wie alle Farbe aus Judiths Gesicht verschwand und sie die Augen aufriss.

»Das Schwein, ich war nicht die Einzige«, schrie Judith, und fing fast gleichzeitig an zu weinen. Bevor Isabel etwas sagen konnte, war Judith schon aus der Küche gerannt.

Isabel nahm verwirrt die Zeitung auf.

Judith hatte den Regionalteil von Cambridge gelesen. Was hatte sie so erschreckt? Dann fand Isabel die Meldung, dass Marc Barrings, Leiter eines Supermarktes, in der Nacht Selbstmord begangen hatte. Der Mann war gestern Morgen von einem Angestellten erhängt in seinem Büro aufgefunden worden. Gleichzeitig waren mehreren Zeitungsredaktionen gestern Informationen zugespielt worden, die behaupteten, dass Barrings in der Vergangenheit mehrfach Mitarbeiterinnen sexuelle Gewalt angetan hätte. Insbesondere an jungen Aushilfen sollte er sich vergangen haben. Aus Polizeikreisen gab es unbestätigte Meldungen, dass sich nach Bekanntwerden der Vorfälle gestern zwei der Opfer gemeldet, und Anzeige erstattet hätten. Die Vorfälle lagen teilweise Jahre zurück.

Das machte Sinn. Das erklärte Judiths Verhalten. Isabel fand Judith weinend auf dem Bett liegen.

Sie nahm Judith in die Arme, wartete bis sie sich etwas beruhigt hatte, fragte dann leise: »Warum hast du es mir nicht erzählt?«

»Es ging nicht, es ging einfach nicht«, schniefte Judith.

»Kann ich verstehen. Ist auch egal. Es ist gut, dass es jetzt raus ist, und vor allem ist das Schwein jetzt tot.«

Sie lagen beiden lange und wortlos auf dem Bett.

»Ich mache mir Vorwürfe«, gab Judith schließlich zu, während sie sich die Tränen abwischte, »ich hätte damals zur Polizei gehen müssen. Das hätte die anderen Mädchen vor diesem Schwein retten können.«

»Du warst noch jung. Fast ein Kind. Hör auf, dir deswegen Vorwürfe zu machen.«

»Ich glaube nicht an solche Zufälle, Isabel. Warum kommt es gerade jetzt alles heraus? Von wem stammen diese Informationen? Außer Ferry habe ich es noch nie jemanden erzählt.«

»Bist du sicher, dass du keine Gespenster siehst?« Manchmal passieren solche Zufälle.«

»Ich habe das Gefühl, dass es etwas mit Ferry zu tun hat. Nein, es ist sogar mehr als nur ein Gefühl. Ich weiß, dass es mit Ferry zu tun hat. Frage mich nicht, warum. Ich weiß es einfach. Ich werde nach Berlin fliegen und ihn zur Rede stellen.«

»Nach Berlin fliegen und mit Ferry reden, halte ich durchaus für eine gute Idee. Allerdings weiß ich nicht, ob ihn zur Rede stellen das ist, was du tun solltest.«

13

Judith stand Ferry in seinem Büro gegenüber. Es war nicht leicht gewesen, in das Gebäude hineinzukommen. Sie hätte sich bei ihm anmelden lassen können, aber sie wollte ihn überrumpeln. Also sprach sie bei Diana vor.

»Schön, dich zu sehen, Judith«, Diana gab ihr freudig die Hand.

»Entschuldige, wenn ich dich einfach so überfalle. Ich will zu Ferry. Aber ich will ihn überraschen und musste irgendwie beim Pförtner vorbei. Ich hoffe, du verzeihst mir?«

»Kein Problem. Ferry wird sich freuen. Geh einfach den Gang lang, das letzte Büro ist seins. Seine Tür ist immer offen. Schau nachher noch mal vorbei, ich würde gern noch mit dir quackeln.«

Judith nickte ihr zu und ging den Gang entlang in Richtung von Ferrys Büro. Auf der Hälfte des Weges blieb sie stehen und holte tief Luft. Sie hatte sich das einfacher vorgestellt, sie wollte ihn zur Rede stellen und damit das Ganze endgültig und für immer beenden. Aber jetzt wurde ihr klar, dass es wohl nicht so leicht werden würde.

Mit flauem Magen ging sie in sein Büro und stand plötzlich vor seinem Schreibtisch. Ferry blickte von seinem Notebook auf.

»Judith!«, rief er freudig überrascht, aber bevor er noch etwas sagen konnte, warf Judith die Zeitung vor ihm auf den Schreibtisch.

»Hast du etwas damit zu tun?«

Ferry las die Überschrift des Artikels über den Selbstmord von Barrings. Er stand auf, schloss die Bürotür und kam langsam zu ihr zurück.

»Ja, ich habe etwas damit zu tun.« Er erzählte ihr von seinem Gespräch mit Maximilian, von der Vereinbarung mit dem Syndikat, und er gestand ihr, was er über die Geschichte mit Barrings wusste. Judith hörte schweigend zu. Dann fragte sie ihn:

»Warum er? Es hätte Hunderte von Möglichkeiten gegeben, dem Syndikat unser Schweigen zu beweisen.«

»Er war der Einzige, der mir eingefallen ist. Und außerdem dachte ich, dass er bezahlen sollte.«

»Dazu hattest du kein Recht. Du warst der erste Mensch, dem ich davon erzählt habe. Und was machst du? Du missbrauchst mein Vertrauen, gehst hin und bringst ihn um.« Judith schrie jetzt.

»Ich habe ihn nicht umgebracht. Nicht einmal die Informationen, die an die Presse gingen, sind von mir. Ja, ich habe das Syndikat auf ihn angesetzt und wahrscheinlich habe ich mich sogar deines Vertrauens als unwürdig erwiesen. Ich kann dir heute auch nur sagen, dass er mir nicht leid tut. Niemand hat Barrings umgebracht. Er war einfach nur zu feige, für das einzustehen, was er dir und den anderen Frauen angetan hat. Deshalb hat er sich selbst getötet.«

»Woher nimmst du das Recht, Ferry?«

»Weil ich dich liebe.«

Judith wollte etwas entgegnen. Hielt aber inne und sagte leise: »Es war nicht richtig, Ferry.«

Beide standen sich eine Weile schweigend gegenüber.

»Hast du das Tagebuch? Ich will es haben!«

»Es ist ziemlich hart. Willst du es wirklich lesen?«

»Hör endlich auf, für mich zu entscheiden. Gib mir das Buch!«

Ferry ging zum Safe und übergab ihr den Aktenordner.

Judith nahm den Ordner mit beiden Händen entgegen.

»In den Teilen des Tagebuches, die den Journalisten und der Polizei zugespielt worden sind, wurden alle Namen gelöscht. Aber drei Frauen haben sich bisher bei der Polizei gemeldet und bestätigt, dass das, was in den Tagebuchtexten steht, stimmt. Isabel hat darauf bestanden, dass ich eine dieser drei Frauen geworden bin«, erzählte Judith leise. »Es war nicht so schwer bei der Polizei, wie ich mir vorgestellt habe. Isabel war eine wirkliche Hilfe. Sie hat mich keine Minute allein gelassen.«

Ferry hörte einfach nur zu.

»Na ja, du weißt ja, wie sie ist, da hält man etwas über zehn Jahre geheim und Isabel überredet dich dann, es zu erzählen und öffentlich zu machen.« Judith lächelte mühsam.

»Ich werde das Buch mitnehmen, Ferry. Irgendwann werde ich es wohl verbrennen. Von mir wird niemand die Namen erfahren. Für viele wird es vielleicht besser sein, das Ganze weiterhin zu verdrängen. Manchmal ist schweigen heilsamer als reden, manchmal hilft aber auch nur reden. Ich werde diese Frauen ansprechen. Ich weiß noch nicht wie und auf welche Weise. Aber wie auch immer, ich habe eine Menge zu tun, Ferry. Und ich muss das allein tun.« Judith stand auf und war dabei, das Büro zu verlassen.

Ferry fragte leise: »War es das jetzt mit uns?«

»Ich weiß es nicht, Ferry. Ich weiß es wirklich nicht.«

Damit war sie verschwunden.

Drei Monate später lieferte GermanNet wieder ein gutes Quartalsergebnis. Gewinne, Umsatz und Cash flow fielen höher aus, als erwartet. Während die meisten der anderen Carrier vor sich hinkränkelten oder starben, stand GermanNet glänzend da und war zu einem Hoffungsträger für den gesamten Technologiemarkt geworden. GermanNet kündigte an, die augenblicklichen, günstigen Preise für Backbone-Leitungen zu nutzen, seine Infrastruktur auszubauen und international zu expandieren. Inoffiziell machte das Gerücht die Runde, Ferry Ranco werde in einem halben Jahr das Unternehmen verlassen. Als Nachfolgerin würde zurzeit Diana Schischkowski aufgebaut. Ferry und Diana hatten über diese Frage viel gestritten. Ferry hatte die Schnauze voll und wollte so schnell wie möglich aus GermanNet raus. Er war davon überzeugt, dass Diana die beste Nachfolgerin war, die er sich vorstellen konnte.

»Ich kann das nicht, Ferry. Ich verstehe so gut wie nichts von dem ganzen Technikzeug.«

»Du kannst es lernen und außerdem brauchst du es nicht. Du sollst dieses Unternehmen führen. Techniker hast du genug im Haus. GermanNet braucht jemanden mit Visionen und vor allem jemanden, der die Menschen motivieren und begeistern kann. Du hast bewiesen, dass du die richtige Frau für diese Position bist.«

»Selbst wenn du und ich das glauben sollten, musst du auch noch den Aufsichtsrat davon überzeugen.«

»Heißt das, dass du annimmst?«

»Das heißt überhaupt nichts.«

Ein halbes Jahr später wurde Diana vom Aufsichtsrat zum neuen CEO ernannt. Die Mitarbeiter von GermanNet nahmen die Entscheidung mit Begeisterung auf. Zwei Jahre später wurde Diana von einer bekannten Manager-Zeitschrift zur Managerin des Jahres nominiert. Bei dieser Gelegenheit wurde auch wieder der Geschichte ihrer gewonnenen Misswahl erwähnt, aber Diana hatte angefangen, das komisch zu finden.

Judith und Ferry heirateten im darauf folgenden Jahr in Berlin.

Isabel und Diana wurden Judiths Trauzeuginnen. Bis zum Schluss machte Ferry ein Geheimnis daraus, wer sein Trauzeuge werden würde. Erst eine halbe Stunde vor der Trauung stellte Ferry ihn Judith endlich vor.

»Darf ich euch bekannt machen, das ist Isaac White, mein Trauzeuge.«

Judith musste überlegen. Irgendwo hatte sie diesen Mann schon einmal gesehen.

»Wir sind uns schon einmal begegnet«, begann Isaac, »ich arbeite als Barmann in einem Hotel in Seattle. Sie und Herr Ranco waren vor einem Jahr meine Gäste. Morgens um drei Uhr haben Sie bei mir gefrühstückt. Ich war etwas verwundert über die Einladung zu Ihrer Hochzeit, aber ich fühle mich sehr geehrt. Außerdem bin ich das erste Mal in Europa.«

Judith fiel Herrn White um den Hals. Wie hätte sie diesen Mann und diesen Morgen vergessen können? Es war der Morgen gewesen, an dem sie sich entschlossen hatte, zum ersten Mal jemandem zu erzählen, was ihr passiert war. Der Morgen, als sie begonnen hatte, gegen die Geister der Vergangenheit zu kämpfen und ihr Leben zurückzufordern.

Isabel nahm Judith zur Seite: »Wieso weiß ich nichts von diesem Morgen in Seattle? Findest du das in Ordnung, deine beste Freundin und Trauzeugin so im Unklaren zu lassen? Was meinst du, wie ich mich fühle, von allem ausgeschlossen!«

Das folgende Gespräch zwischen den beiden Freundinnen dauerte fast eine Stunde und die Trauung musste deshalb etwas später beginnen. Der glückliche Bräutigam trug es mit Fassung.

Epilog

Die Durchführung der Präsidentschaftswahlen in den USA sollte schneller und sicherer werden. Das hatte man sich von der Einführung der maschinellen Erfassung der Stimmzettel versprochen. Aber jetzt hatte genau dieses System dazu geführt, dass die Präsidentenwahl zu einer Lachnummer geworden war. In Florida wurden Unstimmigkeiten zwischen der maschinellen Erfassung und der Handauszählung festgestellt. Die Frage, welches Zählergebnis richtig und welches falsch war, beschäftigte inzwischen verschiedene Gerichte. Die Beantwortung dieser Frage durch Richter würde letztendlich über den Ausgang der Wahl entscheiden.

Das Treffen der beiden Männer fand in einem Park in Washington statt.

»Ich muss Ihnen ja wohl nicht sagen, dass es ein Desaster ist, was Sie uns da in Florida eingebrockt haben, Maximilian?«

»Hören Sie, Sean. Wir haben unseren Teil der Abmachung erfüllt. Die Daten wurden von uns manipuliert und Ihr Mann war die Nummer eins.«

»Nur leider kam jemand auf die Idee, das Ganze per Hand nachzuzählen.«

»Genau, leider kam jemand auf diese blödsinnige Idee. Wir können nur Daten verändern, Sean. Aber keine Stimmzettel in einer Präsidentschaftswahl verschwinden lassen.«

»Wir brauchen keine Entschuldigung. Wir benötigen eine Lösung in Florida und wir brauchen diese

Lösung verdammt schnell. Ich darf Ihnen ausrichten, dass wir Ihnen sonst definitiv kein Honorar zahlen können.«

»Für uns alle steht weit mehr auf dem Spiel als nur das Honorar. Wir sind nahe daran aufzufliegen. Und wir haben zurzeit alle Hände voll damit zu tun, die Spuren zu verwischen, falsche Informationen zu streuen und von uns abzulenken.«

»Zumindest damit haben Sie Erfolg. Kein Mensch steigt mehr bei dem durch, was in Florida los ist. Sie sind nicht nur dabei, die Vereinigten Staaten lächerlich zu machen, Sie stellen unser demokratisches System bloß!«

»Ersparen Sie mir Ihren Patriotismus. SIE wollten einen Präsidenten kaufen!«

»Richtig, ich wollte. Ich dachte doch tatsächlich, Sie könnten bestimmen, wer der nächste Präsident wird. Wissen Sie, Maximilian, eigentlich freut es mich zu sehen, dass Sie es doch nicht können.«

»Wir konnten es und wir werden es wieder tun. Sie sollten so ein kleines Missgeschick nicht überbewerten.«

»Ich werde mich dafür einsetzen, dass zukünftig die Stimmzettel wieder von Hand ausgezählt werden. Wir werden die Präsidenten in diesem Land wieder auf die altmodische Art an die Macht bringen, und zwar ohne Ihre Hilfe.«

»Ach, Sean, das ist wie Holzschuhe in Webstühle werfen.«

»Bitte?«

»Eine Anekdote aus der europäischen Geschichte. Als die ersten dampfgetriebenen Webstühle aufkamen, war das eine Katastrophe für tausende von Webern und deren Familien. Die Weber hatten damals versucht den Fortschritt aufzuhalten, indem sie ihre Holzschuhe in die Mechanik der neuen Webstühle warfen. Und Sie, Sean, können den Fortschritt genauso wenig aufhalten wie die Weber. Glauben Sie mir, in ein paar Jahren werden die Wahlen über das Internet abgewickelt werden. Dann gibt es keine Stimmzettel mehr. Keine Handauszählungen und ein Desaster wie das, was wir gerade erleben, wird es auch nicht mehr geben.«

»Nette Geschichte, aber nun zurück in die Gegenwart. Was soll ich dem Boss erzählen? Haben Sie hierfür auch eine Anekdote aus der europäischen Geschichte parat?«

»Erzählen Sie ihm, dass wir die Spuren verwischt haben und dass wir nichts mehr tun können. Die Wahl muss dieses Mal ohne uns gewonnen oder verloren werden.«

Damit war das Gespräch beendet, es gab nichts mehr zu besprechen.

Nachdem Maximilian gegangen war, schlenderte Sean noch fünf Minuten durch den Park, bevor er sich auf den Weg in sein Büro machte. Mit ein wenig Glück würde er bald für den mächtigsten Mann der Welt arbeiten. Er war bisher immer davon ausgegangen, dass es dann nichts mehr geben würde, was er fürchten musste. Vielleicht war das ein Fehler gewesen. Er würde den Boss davon überzeugen, das Wahlsystem dringend zu verändern. Die Stimmzettel mussten wieder durch Handauszählung ausgewertet werden. Nach dem, was in Florida geschehen war, würden sie in diesem Punkt von einer Menge Leuten Rückendeckung erhalten.

Auf dem Weg zur U-Bahn kam er an einem Zeitungskiosk vorbei. Automatisch überflog er die Überschriften. Sein Blick blieb an einer Schlagzeile hängen: »Uganda bietet an, Wahlbeobachter in die USA zu entsenden.«

ENDE

Erläuterung der Begriffe

Backbone

Der Begriff Backbone bezeichnet den zentralen Bereich eines Telekommunikationsnetzes mit sehr hoher Bandbreite (Hochgeschwindigkeitsverbindungen). Der Backbone des Internet wird durch die untereinander verbundenen, zentralen Netzknoten gebildet und stellt damit das Rückgrat des Internet da.

Biometrische Sensoren

Die Biometrie nutzt Merkmale von Menschen zur Identifizierung, damit beispielsweise der Zutritt zu einem sensiblen Bereich erfolgen kann. Der Fingerabdruck wird bereits von einigen biometrischen Systemen zur Identifikation eingesetzt. Damit nicht durch imitierte Fingerabdrücke der Zugang erlangt werden kann, sind Temperatur- und Pulssensoren in die Erkennungsgeräte integriert, die prüfen, ob ein lebender Finger auf das Gerät aufgelegt wurde. Biometrische Methoden haben in den letzten Jahren einen enormen Aufschwung erlebt. In den Personalausweisen der Zukunft werden biometrische Merkmale wohl zum Standard gehören.

Einwahlnetzwerk

Einwahlnetzwerk oder Dial-up Access beschreibt den Zugang zum Internet über das öffentliche Telefonnetz und Modem. Der Nutzer ist im Regelfall Kunde bei einem so genannten Internet Service Provider (ISP). Über das Telefonnetz wählt er sich in dessen Netzwerk ein und kann dann das Internet nutzen.

Eskalationsprozess

Eskalationsprozess ist ein in der IT-Industrie übliches Problemlösungsverfahren oder auch ein »Notfallplan«. Tritt eine Krisensituation ein und die Standardprozesse liefern keine zufrieden stellende Lösung in einem vertretbaren Zeitrahmen, so wird der Eskalationsprozess ausgelöst. Hier ist unter anderem genau festgelegt, wer zu informieren und welche Maßnahmen gegebenenfalls einzuleiten sind.

Fernwartungsprogramme

Fernwartungsprogramme (Remote Control) ermöglichen es einem entfernt sitzenden Servicetechniker, direkt auf den zu wartenden Rechner Aktionen durchzuführen. Dabei werden Tastaturanschläge und Mausbewegungen übertragen und der Servicetechniker sieht die Bildschirmausgabe auf dem eigenen Bildschirm. Der Remote Zugriff kann über das Internet oder über herkömmliche Telekommunikationswege wie etwa Telefon erfolgen. Den Einsparmöglichkeiten bei Reise- und Personalkosten stehen jedoch Sicherheitsbedenken gegenüber. Computerkriminalität und der fahrlässige Umgang mit Daten können große Schäden verursachen.

Firewall

Die »Firewall« (Schutzwall) ist eine Software- oder eine Hardwarelösung, mit der ein Computernetzwerk vor unerwünschten Zugriffen aus dem Internet geschützt werden soll. Firewalls kontrollieren den Datenverkehr, verhindern ungewünschten Verkehr und lassen nur den gewünschten Verkehr passieren. Der häufigste Einsatz einer Firewall besteht darin, den Verkehr zwischen einem lokalen Netz (LAN) und dem Internet zu kontrollieren.

Hacker-Angriff

Der Begriff »Hacker« wurde bereits in der Frühzeit der Computergeschichte geprägt und tauchte das erste Mal am MIT in Boston auf. Als Hacker bezeichnete man hier jemanden, der exzellente Programmierkenntnisse besaß. Der Begriff soll auf die Tipp-Geräusche der Tastatur zurückgehen, die so klingen, als würde jemand auf etwas herumhacken.
Gerüchten zufolge waren die ersten Hacker Studenten, die sich durch Umgehung der Sicherheitsmaßnahmen mehr von der sehr knapp vergebenen Rechenzeit des Hauptrechners ihrer Universität nahmen. Seit den 80er Jahren existieren eine Reihe von Untergrund-Magazinen und Seiten im Internet (z.B. http://www.phrack.org), durch die sich Hacker gegenseitig mit Informationen versorgen.
Heute wird der Begriff Hacker für jemanden verwendet, der Computer zu illegalen Zwecken einsetzt, zum Beispiel in fremde Rechner und Netzwerke eindringt, um dort Schaden anzurichten, Kopierschutzmechanismen umgeht, oder fremde Daten beschädigt (Cracker)

IP-Nummer
IP-Adresse

Die IP-Nummern sind die Adressen des Internet. Jeder Computer im Internet hat eine spezielle, einzigartige IP-Nummer. Das ist eine der Voraussetzungen, dass diese Rechner direkt miteinander kommunizieren können. Eine IP-Adresse erscheint normalerweise als Folge von vier Zahlen zwischen 0 und 255, die jeweils durch einen Punkt getrennt werden, z.B. 192.168.0.34 oder 127.0.0.1. Es sind maximal 4.294.967.296 eindeutige IP-Adressen möglich.

Die IP-Adressen basieren auf dem IP (Internet Protocol), quasi die Sprache, die weltweit eingesetzt wird, wenn Computer miteinander kommunizieren. Das Internet Protocol bildet eine der wichtigsten technischen Grundlage des Internet. Es wurde im Jahr 1981 von Jon Postel definiert.

IT-Sicherheit

Unter Computersicherheit versteht man die Sicherheit eines Computersystems vor Ausfall und Manipulation (Datensicherheit) sowie vor unerlaubtem Zugriff (Datenschutz). In der Anfangszeit des Computers verstand man unter Computersicherheit in erster Linie die Sicherstellung der Funktionalität der Hardware, z. B. Maßnahmen gegen Ausfall der Bandlaufwerke oder anderer mechanischer Bauteile. Mit der Zeit änderten sich die Anforderungen an die Computersicherheit, heute steht vor allem auch der Datenschutz im Vordergrund.

Linux

Linux ist ein Betriebssystem und vergleichbar mit dem System Windows von Microsoft. Linux wurde am 5. Oktober 1991 von dem damals 21-jährigen finnischen Studenten Linus Torvalds offen und kostenlos im Internet zur Verfügung gestellt. Der Name ist dabei abgeleitet aus dem Vornamen des Initiators und dem oftmals als Anspielung auf Unix (einem anderen, kommerziellen Betriebssystem) genutzten x.
Linux ist eine so genannte Open-Source-Software, die mit der Hilfe zahlreicher Entwickler und Nutzer auf der ganzen Welt stetig und kostenlos weiterentwickelt wird. Heute ist es ein vollständiges Betriebssystem für verschiedenste Einsatzgebiete. Viele Experten vertreten die Meinung, dass Linux-Rechner stabiler und sicherer laufen als Windows-Rechner.

Zudem gibt es unter Linux kaum Probleme mit Viren und Würmern.
Während in den Anfangszeiten die Entwicklung nur durch die Internet Community geleistet wurde, sind heute auch Firmen und gemeinnützige Institutionen an der Weiterentwicklung beteiligt und bringen Linux weiter voran. Von Anfang an gab es auch Gegner, vor allem Microsoft wurde sich der Konkurrenz des freien Betriebssystems schnell bewusst. Die weitere Verbreitung ist aber nicht mehr zu stoppen. Linux läuft mittlerweile auf vielen Computern und Servern weltweit, unter anderem auch auf den Rechnern der Bundesregierung.

Transatlantikleitungen

Ein transatlantisches Datenkabel oder Transatlantikkabel ist ein Unterwasserkabel für den Telefon- und Datenverkehr, das auf dem Grund des Atlantischen Ozeans verlegt ist.
Das erste Transatlantikkabel wurde bereits Anfang des 19. Jahrhundert verlegt. Um 1920 war die Anzahl betriebsfähiger transatlantischer Kabel bereits auf 13 angewachsen.
Marine Glasfaserkabel gibt es heute in allen Ozeanen, sie verbinden alle Kontinente der Erde. In der Mitte der 90er Jahre wurden, in der Euphorie des Internetzeitalters, einige neue, weltumspannende Unterwasserkabel verlegt. Hierzu waren Milliardeninvestitionen notwendig, viele der beteiligten Unternehmen sind inzwischen in Konkurs gegangen.

Venture Capital

Venture Capital, auch Wagniskapital oder Risikokapital, ist eine Form von voll haftendem Kapital, das von Investoren in ein Unternehmen eingebracht wird.

Venture Capital ist meist zinslos überlassenes Geld, der Gewinn des Kapitalgebers entsteht durch den erwarteten gestiegenen Unternehmenswert des Unternehmens. Risikokapitalgeber verkaufen ihre Anteile am Unternehmen nach einigen Jahren wieder und das nach Möglichkeit mit sehr großem Gewinn. Dabei gehen Venture Capital Unternehmen bewusst hohe Risiken ein, ein Großteil der Unternehmen, in die sie investieren, scheitert und die Investitionen sind hier verloren. Die wenigen, die es schließlich schaffen, Erfolg am Markt zu haben, entschädigen für die Verluste bei den anderen.
Es wird hauptsächlich in nicht börsennotierte, neu gegründete, technologieorientierte Unternehmen (Startups oder Wachstumsunternehmen genannt) investiert. Venture Capital organisiert sich außerhalb des geregelten Kapitalmarktes, es gibt also keine Börsen für Venture Capital, es ist »privates Beteiligungskapital«.

Provider

Provider bezeichnet in der Telekommunikation einen Anbieter von Telekommunikationsdiensten. Besitzt der Provider ein eigenes Kommunikationsnetz, wird er als Netzbetreiber bezeichnet.

Router

Ein Router ist ein Vermittlungsrechner, der in einem Netz dafür sorgt, dass die bei ihm eintreffenden Daten zum vorgesehenen Ziel weitergeleitet werden. Sie sind sozusagen die »Postämter« des Internet. Die Gesamtheit aller über Router verbundenen Netzwerke bildet das eigentliche Internet. Router berechnen mit spezieller Software den jeweils günstigsten Weg für ein Datenpaket auf dem Weg zum Empfänger. So kommt es öfters vor, dass einzelne

Datenpakete, aus denen eine Datei oder eine Information besteht, jeweils auch auf unterschiedlichen Wegen zum Empfänger gelangen und dort wieder zusammen gesetzt werden.

Hintertür
Backdoor

Als »Hintertür« bezeichnet man einen vom Programmierer eingebauten Teil eines Computerprogrammes, der es ermöglicht, unter Umgehung der normalen Zugriffssicherung Zugang zum Computer (oder einem Computerprogramm) zu erlangen. Eine Variante sind in einem System fest vorgegebene, nur dem Ersteller des Systems bekannte Passwörter oder andere versteckte Funktionen, die ein Login ohne die sonst übliche Authentifizierung ermöglichen. Bekanntestes Beispiel hierfür ist wohl das von Award Software über mehrere Jahre vergebene BIOS-Universalpasswort »lkwpeter«. Publikumswirksam demonstriert wurde der Einsatz einer Hintertür auch im Kinofilm »Jurassic Park.«
Als ein Vorteil quelloffener Open-Source-Software wie z.B. Linux wird deshalb oft angeführt, dass hier Hintertüren leicht für jeden zu erkennen und zu schließen wären.
In jüngerer Zeit findet der Begriff »Hintertür« auch Anwendung als Bezeichnung für z. B. durch Trojaner nachträglich installierte Programmpakete, die Benutzern über das Internet Zugriff auf Computersysteme gewähren.

Weitere Krimis finden Sie auf den folgenden Seiten und im Internet: www.gmeiner-verlag.de

Adolf Heinzlmeier
Bankrott

227 Seiten, 11 x 18 cm, Paperback.
ISBN 3-89977-667-4. € 9,90.

Als der Arbeitslose Waller bei seiner Bank einen Kredit beantragen will, um eine Ich-AG zu gründen, gerät er in einen Banküberfall und wird als Geisel genommen. Privatdetektiv Peter Merton erhält von dem dubiosen Roderich Luger den Auftrag, die Bankräuber zu finden. Zwei Morde verkomplizieren die Lage und Mertons Auftraggeber wird ungeduldig …

Hans Lebek
Karteileichen

326 Seiten, 11 x 18 cm, Paperback.
ISBN 3-89977-673-9. € 9,90.

Hauptkommissar Michael Schlosser wird zur Birthler-Behörde in Berlin gerufen. Ein Mitarbeiter der Behörde, Martin Steiner, wurde ermordet aufgefunden – zerquetscht zwischen den schweren Regalen des Archivs. Schlosser ist verblüfft, dass dieser Mord von den Überwachungskameras aufgezeichnet wurde, noch mehr überrascht ihn aber die Tatsache, dass der unscheinbare Archivar ein lupenreines Doppelleben geführt hatte …

GMEINER-VERLAG
www.gmeiner-verlag.de

Leo Valdorf
Grossstadtsumpf

277 Seiten, 11 x 18 cm, Paperback.
ISBN 3-89977-676-3. € 9,90.

Vor den Toren Münchens wird eine weibliche Leiche gefunden. Der Fall scheint klar: Das Opfer wurde vergewaltigt und erdrosselt – ein klassischer Sexualmord. Doch warum wurde die Identität der jungen Frau sorgfältig verschleiert? Und warum wurde ihr die Zunge herausgeschnitten? Die Ermittlungen führen Hauptkommissar Bruno Brandi ins Münchner Rotlichtmilieu und was als Routinefall begann, wird zur größten Bewährungsprobe seines Lebens.

Uta-Maria Heim
Dreckskind

374 Seiten, 11 x 18 cm, Paperback.
ISBN 3-89977-661-5. € 9,90.

Ein wohlhabendes Dorf, das aus den Fugen gerät – eine im Mittelalter angelegte Idylle, in der ein siebenjähriges Mädchen brutal ermordet wurde und ein sechsjähriger Junge spurlos verschwindet. Und bei der Stuttgarter SOKO liegen die Nerven blank, denn seit einem halben Jahr treten die Ermittlungen auf der Stelle …

Peter Wark
Epizentrum

277 Seiten, 11 x 18 cm, Paperback.
ISBN 3-89977-665-8. € 9,90.

Junge Geologen der Universität Tübingen machen im Hohenzollerngraben bei Albstadt einen grausigen Fund: Sie entdecken in einem Plastiksack Teile einer verwesten Leiche, die offenbar schon lange dort gelegen hat. Der einheimische Journalist Jörg Malthaner erfährt durch Zufall davon, doch auf seine Nachfragen zeigt sich die Polizei seltsam zugeknöpft. Malthaner beginnt auf eigene Faust zu recherchieren. Da ereignet sich ein weiterer Todesfall und plötzlich interessiert sich auch das Landeskriminalamt in Stuttgart für den Fall …

Manfred Bomm
Schusslinie

229 Seiten, 11 x 18 cm, Paperback.
ISBN 3-89977-664-X. € 9,90.

Deutschland muss 2006 im eigenen Land Fußballweltmeister werden! Dass man dies nicht dem Zufall überlassen darf, darüber sind sich einige Wirtschaftsbosse und Politiker in Berlin längst einig und im Hintergrund werden Fäden gesponnen, die bis in die schwäbische Provinz reichen. So findet sich auch Kriminalkommissar August Häberle bei seinen Ermittlungen um einen mysteriösen Mordfall in einem Geflecht aus Erpressung und Intrigen wieder …

GMEINER-VERLAG
www.gmeiner-verlag.de

Friederike Schmöe
Fratzenmond

277 Seiten, 11 x 18 cm, Paperback.
ISBN 3-89977-675-5. € 9,90.

Privatdetektivin Katinka Palfy wird von der 76jährigen Ida Schenck um Hilfe gebeten. Angeblich schleicht allabendlich ein als der berühmte „Bamberger Reiter“ verkleideter Mann um ihr Haus und jagt ihr Angst und Schrecken ein. Katinka glaubt zunächst an eine etwas zu üppige Fantasie der alten Dame, doch als sie sich im Garten auf die Lauer legt, wird Ida Schenck zur selben Zeit in ihrem Haus ermordet ...

A. Thadewaldt / C. Bauer
Kreuzkönig

325 Seiten, 11 x 18 cm, Paperback.
ISBN 3-89977-678-X. € 9,90.

In einem Wald wird ein auf außergewöhnlich grausame Weise ermordetes Paar gefunden. Die blutige Art der Hinrichtung wirkt auf Hauptkommissar Frithjof Arndt wie eine große Inszenierung. Noch ahnt er nicht, wie nah er mit seiner Vermutung an der Wahrheit liegt ...

KRIMI IM GMEINER-VERLAG

G. Keiser/W.Polifka
Puppenjäger

374 Seiten, 11 x 18 cm, Paperback.
ISBN 3-89977-662-3. € 9,90.

Als die angehende Journalistin Aisha Khan nach einem Neujahrsempfang im Frankfurter Römer am Schauplatz eines Verbrechens vorbeikommt, ahnt sie nicht, dass das brutal ermordete Mädchen mit den abgehackten Händen zu einer spektakulären Serie von Vermissten gehört. Erst als Aisha die Meldung mehrer anderer, in Europa vermisster Mädchen in die Hände fällt, die auf mysteriöse Weise verschwunden sind, vermutet sie einen Zusammenhang. Sie beschließt, auf eigene Faust zu recherchieren. Was sie schließlich aufdeckt, hätte sie in ihren schlimmsten Träumen nicht für möglich gehalten …

Franziska Steinhauer
Racheakt

374 Seiten, 11 x 18 cm, Paperback.
ISBN 3-89977-674-7. € 9,90.

Cottbus wird von einer Mordserie heimgesucht. Junge Mädchen werden erschlagen und grausam verstümmelt. Kommissar Peter Nachtigall erkennt, dass er einen psychopathischen Mörder jagen muss, der seine Opfer nach Kriterien auswählt, die im Dunkeln bleiben …

GMEINER-VERLAG

www.gmeiner-verlag.de

Das neue Krimijournal ist da!

2 x jährlich das Neueste aus der Gmeiner-Krimi-Bibliothek

KRIMI Journal

Nr. 4

1/2006

Endlich ist sie wieder da

Bundestrainer Jürgen Klinsmann in Gefahr?

Der Krimi zur Fußball-WM 2006 in Deutschland

ISBN 3-89977-950-9

kostenlos

In jeder Ausgabe:

- Vorstellung der Neuerscheinungen
- Hintergrundinformationen zu den Themen der Krimis
- Interviews mit den Autoren und Porträts
- Allgemeine Krimi-Infos (aktuelle Krimi-Trends, Krimi-Portale im Internet, Veranstaltungen etc.)
- Die Gmeiner-Krimi-Bibliothek (Gesamtverzeichnis der Gmeiner-Krimis)
- Großes Gewinnspiel mit »spannenden« Buchpreisen

Erhältlich in jeder Buchhandlung oder direkt beim:

Gmeiner-Verlag
Im Ehnried 5
88605 Meßkirch
Tel. 0 75 75/20 95-0
www.gmeiner-verlag.de

KRIMI IM GMEINER-VERLAG

Alle Gmeiner-Autoren und ihre Krimis auf einen Blick

Anthologien: Grenzfälle (2005) • Spekulatius • Streifschüsse (2003)
Artmeier, H.: Katzenhöhle (2005) • Schlangentanz • Drachenfrau (2004)
Baecker, H.-P.: Rachegelüste (2005)
Beck, S.: Einzelkämpfer (2005)
Bekker, A.: Münster-Wölfe (2005)
Bomm, M.: Schusslinie (2006) • Mordloch • Trugschluss (2005) • Irrflug • Himmelsfelsen (2004)
Bosch van den, J.: Wassertod • Wintertod (2005)
Buttler, M.: Abendfrieden (2005) •Herzraub (2004)
Danz, E.: Osterfeuer (2006)
Emme, P.: Heurigenpassion (2006) Schnitzelfarce • Pastetenlust (2005)
Erfmeyer, K.: Karrieresprung (2006)
Franzinger, B.: Wolfsfalle • Dinotod (2005) • Ohnmacht (2004) • Goldrausch (2004) • Pilzsaison (2003)
Gardener, E.: Lebenshunger (2005)
Gokeler, S.: Supergau (2003)
Graf, E.: Löwenriss • Nashornfieber (2005)
Haug, G.: Gössenjagd (2004) • Hüttenzauber (2003) • Finale (2002) • Tauberschwarz (2002) • Höllenfahrt (2001) • Todesstoß (2001) • Sturmwarnung (2000) • Riffhaie (1999) • Tiefenrausch (1998)
Heim, Uta-Maria: Dreckskind (2006)
Heinzlmeier, A.: Bankrott (2006) • Todessturz (2005)
Karnani, F.: Takeover (2006)
Keiser/Polifka: Puppenjäger (2006)
Klewe, S.: Kinderspiel (2005) • Schattenriss (2004)
Klingler, E.: Königsdrama (2006)
Klugmann, N.: Schlüsselgewalt (2004) • Rebenblut (2003)
Kohl, E.: Zugzwang (2006)
Koppitz, R. C.: Machtrausch (2005)
Kramer, V.: Todesgeheimnis (2006) • Rachesommer (2005)
Kronenberg, S.: Flammenpferd • Pferdemörder (2005)
Lebek, H.: Karteileichen (2006) • Todesschläger (2005)
Leix, B.: Zuckerblut • Bucheckern (2005)
Mainka, M.: Satanszeichen (2005)
Matt, G. / Nimmerrichter, K.: Schmerzgrenze (2004) • Maiblut (2003)
Misko, M.: Winzertochter • Kindsblut (2005)
Nonnenmacher, H.: Scherlock (2003)
Puhlfürst, C.: Dunkelhaft (2006) • Eiseskälte • Leichenstarre (2005)
Schmöe, F.: Fratzenmond (2006) • Kirchweihmord • Maskenspiel (2005)
Schröder, A.: Mordswut (2005) • Mordsliebe (2004)
Schwab, E.: Großeinsatz (2005)
Schwarz, M.: Maienfrost • Dämonenspiel (2005) • Grabeskälte (2004)
Stapf, C.: Wasserfälle (2002)
Steinhauer, F.: Racheakt (2006)
Thadewaldt/Bauer: Kreuzkönig (2006)
Valdorf, L.: Großstadtsumpf (2006)
Wark, P.: Epizentrum (2006) • Ballonglühen (2003) • Absturz (2003) • Versandet (2002) • Machenschaften (2002) • Albtraum (2001)
Wilkenloh, W.: Hätschelkind (2005)